红楼
别样
红

周汝昌 著　周伦玲 整理

作家出版社

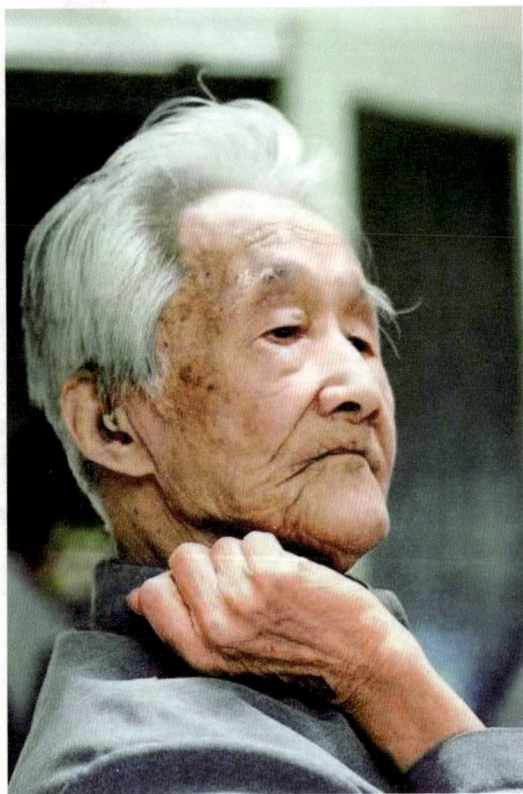

周汝昌

中国红学家、古典文学研究家、诗人、书法家，是继胡适等诸先生之后新中国红学研究第一人，考证派主力和集大成者，其红学代表作《红楼梦新证》是红学史上一部具有开创和划时代意义的重要著作，奠定了现当代红学研究的坚实基础。另在诗词、书法等领域所下功夫甚深，贡献突出，曾编订撰写了多部专著。

丙戌中秋自题新书

春花葬了赋秋红，苦慕通灵总未通。

岂有文章惊四海，漫劳粉黛妒三宫。

悲天独识无才恨，傲世谁邀过洁容。

新拟小楼题铸梦，宝湘珍重再相逢。

叠韵再题

重到名园别样红，条条文脉沁溪通。

寰中赤县神州境，天上琼楼玉宇宫。

明月三更风栉影，行云一片雨澄容。

良宵此际谁联句，雅兴芳情意再逢。

目　录

（肆）谁是红楼梦里人

（伍）红粉朱楼春色阑

（陆）香词艳曲动芳心

（柒）怡红唱曲为何人

（捌）活虎生龙旖旎文

（玖）文采风流今尚存

（拾）势败家亡字字清

自　序

　　《红楼别样红》是《红楼夺目红》的姊妹编，书稿大约多半写于甲申，次年乙酉也有少数续作。而此刻写序，已是丙戌之秋，正在闰七月之间。

　　怎么叫"别样红"？如寻绎来由，就会想起南宋四大诗家之一的杨万里的名句：

　　　　毕竟西湖六月中，风光不与四时同。接天莲叶无穷碧，映日荷花别样红。

　　"别样"真是一个独特的形容词，它本身就很"别样"——什么也没说，却信服地令人领会了那种与众不同的、而又找不到合宜而恳切的话来表达衷怀的赞美，只能说：哎！果真是与众不同，无与伦比！

　　《红楼梦》之红，即她的真美，就正是"别样"的红，简直无法形容，没有一个切当的字眼可以用得上。那么，我们自然就会不断地追寻这个"别样红"的各种缘由、因素，究竟是什么神奇的奥妙，竟使得这部"小说"（其"说"不"小"呀！）如此地夺人眼目，更令人叹为一万部书也比不上她这个"别样"？荷花的红，本来已与桃花、杏花、牡丹、石榴……"万紫千红"不同了，偏偏又加上那清波丽日的上下照应，这个"红"可就太"别样"了！杨万里是个大诗人，连他也没"办法"——大约是"想了半日"，也没个道理可言，就只好拿了一个"别样"来"交卷"。诗人毕竟是智慧之士，他不去"参死句"，也更不替人立什么条条框框——让各人去体会那个"别样"吧！谁若能为荷花的红做出一个科学分析和定义，自然他比诗人就更有学识和才干了。我们期待众多专家学者来"解读"的是荷花的红，当然更是《红楼梦》的红。

如今，问题却并非纠聚在红与不红之上，而是那个"别样"，方显示出诚斋到底不同凡响。他创造了"别样红"这种超群的诗句，咏花大都色红，红不少见，然而少见的是"别样"之红。而荷花之红与那些名花之红都不一样，因此，我很喜欢这个"别样红"，她比较蕴藉，稍有厚度，不那么张狂——红是不错的，但不带强光浓艳。究其实，红楼之红，不拘如何，总是真美的，好比老杜爱黄四娘家的满蹊之花，"可爱深红爱浅红"？真令人不知是深些好看还是浅些好看——这是无法强行"称量"美丑高低的，再往根上讲，夺目之红，正因她是别样——若千篇一律，千人一面，那根本不存在什么"别样"，那她又靠什么来"夺目"呢？

雪芹的《红楼》，一部奇书怎么看也是红得让人观玩不尽。还有一点不可忘掉：诚斋咏荷，说的是"映日"的荷花才有"别样"之红；我则为之指出：红楼之红，却不单靠映日，她映月也红得"别样"，风中雨中，云里雾里，她红得总是那么与众不同，所以红楼之别样红是无所倚无所待的。她是自己的"一生爱好是天然（《牡丹亭》名句）"，她的真红是内在而外照的，又何必乞灵于自身以外去物色乎？

　　或许会有人解说：文学艺术，不是已由大家认同要有"个性"吗？如今这个"别样"岂不正是"个性"之义？若问及此，却又不可混为一谈，因为"个性"只是个生理、心理科学性的名词，而"别样红"却不能等于"个性红"。"别样红"是说《红楼梦》这部著作的内容、意义和艺术成就是异乎寻常的。她的文采之美，她的超凡迈俗的鲜活之气，那一种人间的情缘和诗词境界——远远望上去，就全与众不同。这也许可以叫作"个性"，但绝不是"个性"所能表达的风光景象。

　　说来说去，那个"别样红"，是找不到十分理想的"代词"的，诗人杨万里之所以选定了它，定非是草率漫然"凑字"的缘由。

　　这本小书，虽然题了此名，一点儿也不是要"破解"这个神奇奥秘，只是想提醒同好者，我们应当致力于领会这"别样红"之可喜可贵，因而共同寻究其种种来由与因素，认识这是中华大文化的一项不可忘掉的研讨课题。

　　本书《红楼别样红》的内容与《红楼夺目红》相差不远，都是重读芹书的新领受、新思量，而且又都是以感悟为主的新收获。红学的研究不单靠什么资料，即所谓"证据"，读芹书者而有所会心的都识此理；所谓"考证"，其实也是边考边悟，边悟边考；悟中有考，考中有悟。假若有人想要打出"有一份证据说一份话"的牌子来，那就连自然科学也不懂得是怎么发生的了。牛顿明白地心吸力是"上帝"给他留下"史料""档案"为"据"的事情吗？同样，富兰克林发现电之存在也只是从放风筝上得力于一个"悟"字，这都是小学生的常识嘛！别拿什么可贻笑大方的陈言来吓唬三岁孩儿，多学点真知灼见。古今中外的大思想家、大科学家们都是先有感悟，以朴素的"猜想"作为开步，进而取得伟大的成就，不是可以令人作一番深长思吗？当然，有的人连感悟是怎么回事也没法理解，他没有这个能力和经验，所以就会有对牛弹琴之叹了。

诗曰：

> 映日荷花别样红，移来借美赞芹公。
> 海棠零落胭脂雪，桃杏纷纭俗眼中。
>
> 牛女今年两度逢，不知悲喜异耶同。
> 白首双星字斗大，岂能无谓穴来风。
>
> 露玉风金捐扇罗，鹊桥高架渡星河。
> 夜凉仿佛囊萤意，唯有研红岁月多。
>
> 《别样红》联《夺目红》，卖瓜难效老王雄。
> 从来敝帚皆珍重，自炫寒家本不穷。
>
> 兰蕙当门势务锄，误离幽谷涉通途。
> 芳园绮幕遮名利，吴宓先生叹妙姑①。

中华农历岁在乙酉六月中草草写讫
丙戌闰七月中浣解味写记于爽秋楼影居

---

① 1954年上元佳节吴宓先生为我题词之往事，他人不知。盖其所题全仿《红楼梦》第五回《世难容》，因知先生实以妙玉自喻也。

（壹）

何处红楼别样红

1.《红楼》写"大家"

我写的这个题目似乎多余无味，谁不知道这部书写的是荣、宁二府，是特定的主题内容，二府是"大家风范"，非"小门小户"所能比拟。

这都说得对。只是我要问一句:什么是"大家"？够个"大家"的因素、特征又是什么？是否人人会答，是否一句话简单可了？恐怕就不一定敢保了。

有人说，族大人众，故称大家。

有人说，世代仕宦，生活富厚，是为大家。

这也都是不错的。可是只是缺漏了一个更重要的内核没说清楚——即:文化教养，诗礼熏陶。

看看《红楼梦》，族大人众，似乎如此，其实真正的"人众"不过赦、政、琏、玉、珍、蓉屈指可数而已，其他芸、蔷、菖、葛等等，实皆配角，不占主位。故贾府之为"大家"者，并不在此。

再看仕宦，那更不怎么样，远远够不上王公将帅、督抚宰卿，只是个（内务府）员外郎和捐资的虚衔罢了。这比起真正的大富大贵的清代高官来差得太悬殊了。

那么可知，贾府的成为"大家"者正在于他家的世代文化教养，诗礼熏陶——正如书中明写的，是"诗礼簪缨之族"。

试看以下几个例证——

贾母史太君，似乎不识字，游园至藕香榭，叫湘云念对联听。但她的艺术审美水平高极了。

她见宝钗屋里太素，立即为之"布置"陈设，只消几件古玩，便改换了环境气氛，又大方，又典雅。这就是文化素养熏陶，俗人是不具备这种眼光才气的。

再看这位老太太调理出来的贴身大丫鬟鸳鸯。她的牙牌令，是代老太太发令的"令官"，你看那所发的牌副儿，出口成章，没有文化教养行吗？

鸳鸯遭了事，"大老爷"要讨她当小老婆，气愤得以死相抗争——就在这样的情势和心境下，她对来做"说客"的嫂子还嘴相斗时，却还说出了这样的话：

（嫂子自辩说的是"好话"，她立刻还话——）

"什么好话！宋徽宗的鹰，赵子昂的马——都是好画(话)！"

这真令人绝倒，同时也令人倾倒。一个没有深厚文化陶冶的家庭，其丫鬟侍女，能说得出半句这样的妙语来吗？试比一比《金瓶梅》里女流的声口气味，就真是云泥悬隔了。

老太太的评说戏文、弹唱，讲解特级珍贵织品"霞影纱""软烟罗"的名色、质地、用场，都包含着非常超众的审美文化因素在内，绝非一般人所能企及。

贾府的丫鬟、小厮的名字，也是文化的表现之一面。麝月、檀云、晴雯、绮霞（或作霖）、引泉、锄药、伴鹤、挑云……不从文化上品味，看《红楼》就无甚趣味——因为没有文化的"大家"，是俗不可耐的家族，包括文物、器用、语言、举止……都无例外。

至于起诗社、制灯谜、行酒令等等之类，在我看来，反倒不如上述的几个方面更为耐人寻味。因为那些弄文索句，是文人游戏消遣之事，固然不懂文化不行，然而真正的文化教养，又在"文字"之外，不一定有迹可循，而是一种素质、品格、气味的"无形"之事情。

有教养的人，可以不识字、不读书，一样可钦可爱、可友可师。这是个风范的大问题。书中写"薛大傻子"种种可笑，并非说他就是个坏人，不是的，目的就在写他的缺少文化教养——就成了趋向下流的纨绔子弟，声色是求，饱食终日，为社会之蠹虫，造物之浪费。

探春三姑娘为何把迎、惜比得大大逊色？虽说是"才自精明志自高"，但还有一个重要原因，就是她的文化修养高，文化要求也强——试读她写给宝玉的小柬就可晓悟。她举出古人在没有好条件之下还要寻求"些山滴水"。这是何义？不是别的，实即文化的向往，超物质的精神生活才是真的"生活"。物质的丰足虽好，也只是为了更能"生存"，而不一定等于"生活"也。

诗曰：

> 中华文化在何方？试展《红楼》细忖量。
> 识得鸳鸯宣酒令，也如画卦有羲皇。

2.《红楼梦》题名揣义

曹雪芹著书题曰《石头记》，盖因自古小说戏本，多用"某某记"语式，例多不可胜（shèng）举。曹雪芹自幼博览，此等烂熟胸中，必亦心喜"记"名，而《西厢记》高居榜首，余者如《钗钏记》《西楼记》等次之。

只说到这，我就心生联想，而不妨故作推衍，以窥雪芹的文心密意、灵慧才华——我设想，其当日大致思路也许可分三步来讲：第一步，他倾倒于《西厢记》的绝代文才，心欲仿其题名，用一个"地点"名称来做书名之"主体眼"，实甫用"西厢"，我也用"某某"……

正在此际，他忽想起了《西楼记》。对！两剧皆是"本事"为自叙性质，可谓之"双西"了。"厢"是房，"楼"也是房，何其巧也。于是，他想：我也用"楼"为好。由"厢"而"楼"（其实也隐"西"字，因为荣国府就叫"西府"），定了"楼"字。然后第二步。已然决意是为了女儿而作书，那么正好，早有唐宋诗人词客喜用的"红楼"一词，正寓意于女儿之所居。对，红楼！定局了。

再后，第三步。

——上一步，本来可以定名为《红楼记》了。这已全然符合了心怀文境。可是，这时又想起汤先生"临川四梦"来！雪芹觉得，"四梦"中的《牡丹亭》是写女儿之"梦"的"艳曲"绝品，因此对题，何不就也用他个"梦"？于是三"步"到"家"："红楼梦"之曲名、书名，遂由此铸下了不朽的妙语伟词。《钗钏记》呢？也仍在透露光芒：君不见，"金陵十二钗"是总名，而"宝钗"是一个专名。大丫鬟有"金钏""玉钏"姊妹相连并倚，都可以在文心、文脉上找到根源。

顺便一说：《情僧录》者，无非还是"石头"之"记"的小小变换、表明层次而已；那总比不上"红楼"之"梦"，其诗意，其画情，其心灵境界，都不可再寻他字别句来替代。"石头记"更诗意化，因为朴素无华。"红楼梦"则风流文采——再也掩不住曹子建那家世门风的秀色夺人，神采飘逸了！

乙酉十一月十八夜草草呵成

3. 《红楼梦》——唯人主义

人家问我：你从"四七"年开始研《红》，今年为"零六"年，整整六十年，一个花甲子之数呀，对《红楼》的认识到底达到了何种境界，可得一闻否？

一听此言，满心愧怍，不知如何答复才好。想了半日，仍然是只能"借花献佛"：我的最简要、最透彻的认识还是从老作家胡风先生的书里挪来的四个字："唯人主义"。

怎么叫唯人主义？不是只有唯物与唯心之区分吗？怎么又出来一个"唯人"？难道说是鼎足而三不成？如君所悉，唯物唯心之争，是欧西哲学思想家的研论主张，而胡风的"唯人"，却真正是中华民族传统文化中根深枝茂的思想道德之树、情感气质之花。

孔子讲仁，讲恕，推己及人，亲疏次第。老子则说"天地不仁，以万物为刍狗"。参合而观，即是天地虽大，终极之点莫过于仁，仁只是"人"的特有品德，正因此，"仁"即与"人"是同音同义字——可以悟知：中华先民的思想光焰留在汉字上的第一要义就是：人若不仁，即不是人。懂了这一点，就明白了胡风先生的"唯人主义"。

问者曰：嗐，你弄错了，贾宝玉是封建社会叛逆者，他反对旧道德呀，怎么你同意胡风先生，却主张"唯人主义"，那不就是孔门的陈言旧套复振了吗？到底是胡风弄错，还是你弄错了？大可再思再想。

告诉你一句真话吧，雪芹自言"大旨谈情"，那情是什么？就是人的心田心地，为人忘己的诚心痴意。孔子讲"仁"，归属于社会伦理、人际关系；雪芹讲"情"，转化为诗情画意、文学艺术的审美性修养，即人的精神世界、文化素养、品格气味的高度造诣。

所以，在雪芹笔下，不再叫作什么仁义道德——那总带着"头巾气"，不合乎"红楼文体"。所以，他笔端一变——叫作"千红一窟（哭）""万艳同杯（悲）"。

先生请想：这与千红万艳而同悲一哭的情，还不就是天地间万物所能具有的最广大、最崇高的"仁"吗？雪芹比孔子提得高多了，深多了——也沉痛激动多了！读《红楼》，倘不能体认此点，必然沉迷在那种哥妹、姐弟的所谓"爱情悲剧""争嫁夺命"

的庸俗闹剧中而永难度脱。

原因何在？盖不但不懂雪芹的情，也并不懂中华民族传统道德，只回到了一种粗俗愚昧的最低级"审美"层次中去了，谁也警醒不了，谁也救助不得——这样的人，他见了胡风先生的解《红》之言"唯人主义"，纵然一针见血，倾心吐胆，乃至痛哭流涕，可又有什么用处呢？

胡风识破高鹗的"居心叵测"与"最大骗局"，一片赤诚，揭示于我们，不会徒然，真理永恒，然而也只能留与能领会的人去感知享受。

4. "红楼梦"之思

我于拙著中多次试解"红楼梦"三字之旨义，不独是为了解字面义——即"字典释义"，更要领会作者雪芹的铸词与寄意，因此不辞再三絮絮，知者谅之。

已然指出的，"红楼""紫陌"常为对仗，用写京都繁华景象。如此，则"十丈红尘"也是类似的词义，那么岂不应该悟到：尘并不真是"红"色的，无非渲染其美好之境而已。循此以推，"红楼"就一定是说，那妆楼绣阁就真都是用红漆赤油来涂得"通红"了？恐怕那就太"呆"气了——正如"紫陌"，那都邑中的繁华街道，就真是一片"紫"色了吗？岂非笑谈，只可记住一点：我们汉字华文，自古是"郁郁乎文哉！"而"文"的本义是"五色成文""五音成章"（故杜甫《冬至》诗中有云："刺绣五纹添弱线。"纹即"文"的衍生字）。我们的古代大作手，最重"文采"，何也？文怎么会有"采"？须知我们汉字华文本身特点即是"五色""五音"的文，与西方之文大异。

如此，可以意会：东坡中秋词"转朱阁，低绮户"者，亦即红楼绣房之意，不必拘看"死"讲，庶得真谛。也是说过多次了，唐人蔡京咏杜鹃诗，有一联云："滴残紫塞风前泪，惊破红楼梦里心。"可能即是雪芹书名取义远思的来由，过去我不敢肯定，今思雪芹在书中也有"玉烛滴于风里泪"之句，会是巧合吗？遣词铸句太相像了，这应该就是雪芹读过蔡诗的证迹吧？

友人邓遂夫见示，他从《全唐诗》中查辑"红楼"一词，竟有六十二例之多。可见为人所喜，确有其代表性。至于"梦"，如依蔡诗原意而言，那是怀人念远的相思萦结之梦，正如"犹是春闺梦里人"是也。于是，我们又要思忖：雪芹采用了这个字，是否与蔡意一同呢？这就不是片言可定。因为"历过一番梦幻"，先出梦字。"浮生着甚喜奔忙……古今一梦尽荒唐"等句，又明明是"浮生若梦"之意了。脂砚也说，作者自言所历不过红楼一梦耳，等等。那么，此"梦"即与蔡诗并非一回事了。此其二。

还有，"梦"有"梦想"，"做（美）梦"一义，同样十分通俗普遍，"你做梦呢！"此语可见之《红楼》书中。文学家们又说，雪芹作此《梦》书，是受明代大剧作家《临川四梦》的影响。这话不虚，可是"四梦"本身又不一样：有幻灭的人生迷梦，有少女寻求爱慕之旅的美梦，差别显然，那么雪芹所"受"，又是汤公的哪种"梦"之影响呢？

这个答案我们不宜立刻下一"死句"，留待异日共同细致探讨。从严肃的人文科学上讲，我们还应该多从"小学"下点儿基本功，放得谦虚一些，这于人于己，都有好处——我这些话，也包括了如何用外语介绍《红楼梦》而言——请你思索一下，问题不是不存在的。所以需要的不是"争胜"，是共同努力治学。

5.《红楼梦》的伟大——"拿证据来"

《红楼梦》（专指曹雪芹原著，与伪续书无涉。后同）是一部伟大的著作，这早已成为人们的共识，本是无须重复的常言了。但若问：此书何以伟大？伟大的理据何在？是否一向名气大了，就形成了大家不明所以的随声附和（hè）？能够说得清吗？

若要真够得上一个"清"字，我自愧无此能力，为此写一部几十万言的专著，也未必就"清"得起来，何况一篇如是的小文，又济何事？可是我还是想说上一说——说的全是一己之见，没多大意义意味，可以取证于前贤，借重于先哲。我觉得这个办法非但不只是"不失于"一种解疑之方，倒正是最好的书证文证，人证言证。

先说清代人。他们不会用"现代汉语"来正面下个"评判""鉴定"；但其实质可以推求，"译"成今言。黄遵宪向东瀛友人介绍《红楼梦》，推之为"开天辟地以来的第一奇书"！

这不就是"伟大"得再无更伟更大了吗？他是诗家。如谓诗人话语不免"艺术夸张"，那么另请一位学者兼政治家——饮冰室主梁公启超。他是清代三百年学术的总括之大家，他不是讲"文艺"，而他的评断是：一代说部（说部，小说类著作），唯

《红楼梦》是"隻立千古"（注意："隻"不能简化为"只"，否则就只能限于一千个"古"，到"一千零一古"，它就"倒"了。一笑）。

能千古而永远独占文坛之魁首并无与匹敌——这还不就是真"伟大"，又是什么？毛泽东是政治家、革命伟人，一生读万卷书。及至谈到中国可以骄傲于世界的，除了地大物博之类而外，却"只有"一部《红楼梦》！你看，这实际上是何止"伟大"，简直是无以名之的最高评价——因为古今汉文中并没有留下更恰当的词语。真是不可拟议，令人震撼惊奇！陈独秀有过专文极赞《红楼梦》，理论甚为高明。同时就有鲁迅先生的《中国小说史略》作出学术性的定位之鸿论了——先生对《红楼梦》的评价，不是用一个"形容词"来表达的。他的思想穿透力和艺术鉴审力是兼胜而又俱高的，所以在《史略》里对《红楼梦》及其作者的评述是带着浓厚的感情而落墨，胜义不竭，隽语时出，迥异于一般习见的语调词风。这说完了各个特点之后，总括了一句，是"此所以雪芹之不可及也"！

谁若能得先生的这句话，就不必再用"伟大"二字方能显其伟大了——是为真伟哉大哉矣。顺便一提：鲁迅明明知道"曹霑"是其本名，学术著作例书本名，而不同于随笔杂记可以表字、别号代之；今先生乃不拘"文各有体"之常例，径称"雪芹"，亲切佩服、爱重之至矣，何待写上一个"伟大"方显其心情态度乎。

我以为，如有人欲索"证据"以证明《红楼梦》之伟大，以上粗举数例，皆证而有据，岂是哪个人一家之私言，或编造之假"证书"哉。也有一二评者说雪芹的坏话，今不拟引来大煞风景。至于胡适、俞平伯两位先生，都曾说《红楼梦》并非一流作品云云，在此叙及，可以耐人寻味，信乎眼光不同，另有其"标准"，非我等所知了。

诗曰：

伟大何须字写清，心明眼亮句通灵。

泰山亦有不能见，总是崇洋一派情。

6.《红楼》与"十三"

人人皆知《红楼》与"十二"关系密切，一部书里有各式各样的"十二"这、"十二"那。十二者，偶数而非奇（jī）数也。可是人们很少言及这书和"十三"的关系。如今就来"发凡提要"，看看有其义理否。

早在中学，就听说西洋人忌讳"十三"，视为不祥的数字，但未遇给讲解其文化原因者。在中国，没有这一观念，"大旱不过五月十三"，据说那天是"老爷磨刀日"（老爷，民间专指关公关帝也）。其来历是什么？我也没听人讲清楚。这都是民间之事。说到文人，只知清代一位名士，本来手笔很高，科考却落了第，只因作诗时用的是"十三元"的韵，不慎一个字押错，出了韵，竟尔蹉跎了半世，气得他发狠大骂"该死十三元"！给人留了个谈资话柄。

这"十三元"为何那么独它讨人嫌？因为这韵里的字不像别的韵全都"顺口合辙"，却分成两半——应说是按古音原是全谐的，而后世则念起来是两个韵"拼"成的：一半韵母是—uan，一半是—uen，所以一个记不准，就弄错了。

然而，《红楼梦》里，偏偏爱用这个"十三元"。

初起海棠社，丫鬟拈的韵就是此韵的门、盆、魂、痕、昏，属—uēn 类。到后来中秋联句，黛、湘数栏杆多少个以为韵部之数，恰好十三根，"又是十三元了"！真巧！

这夜的大联句，韵多，就不只"—uen"类了。如元、繁、轩、暄、媛……属"—uan"了；而坤、吞、孙、痕、魂、根……则属于—uen 类（作诗的，仍愿守律；作词的宋人，已将它们分押入两韵了，一半入"真、文"，一半入"寒、删"等等）。

回到本题，雪芹为何单单"爱"这个"十三元"？恐怕内中奥秘很多，后人难晓。依我一知半解而妄揣之，就不止一层微妙缘由了。"十三"对雪芹是个难忘的数目。例如，害得他幼时眼见家破人亡、六亲遭罪的那位"圣上"是十三年"驾崩"的。例如，他长到十三岁时，得蒙新皇"宽免"，家道小小"中兴"，他又能重享公子哥儿的福分了。这可非同小可——

然而，就在同时，他就被家里嫉妒的人害得差点儿丧了性命——在书中是马道婆、赵姨娘的勾结谋算，而救命的和尚清楚地念诵的是："青埂峰一别，转眼十三载矣！"你看，何等惊心动魄！

在"书背"（书的背面或底层）即历史事实上，这是乾隆改元的大事。再到了乾隆十三年，就又一番光景了——那年，雪芹年方二十五岁，大约正在内务府当差，由"笔帖式"做到"堂主事"。这无疑是在大表兄平郡王福彭的庇荫之下，境况是"过得去"的。谁想，这年冬十一月，福彭忽然病逝，年方四十一岁。

福彭既殁，曹家再无可予支援救济的至亲了，估量雪芹真正地告别亲友，走上更为艰辛的生涯之路，当从这个"十三年"开始。

再看看国是朝局的大势吧。这年，江苏民闹事，因米价太高。山东民抢劫，因岁凶灾荒。朝廷上大臣获谴。皇家内部，大阿哥、三阿哥不孝，气得乾隆要杀了这种亲生子，说的话竟明明白白指出了他们兄弟将会自封自号，争位残杀——（恰如雍正当年兄弟相残一样，只不便这么比照罢了）。乾隆甚至说：与其你们日后互斗相杀，不如我杀了你们！

这些事态，勾动了雪芹的多么大的震动、惊奇、沉思和叹慨！又是"大阿哥"，这不就太像太子胤礽那时候的故事再度显现了嘛！

啊，这个是福是祸、是生是死的"十三元"又来了。刻骨铭心，作诗也忘不了这个"元"。让它永志在笔花墨彩中吧。

诗曰：

年华长记十三时，天壤风光梦自知。
才欲吟诗拈好韵，十三元总最相宜。

海棠起社兴犹浓，月满中秋续未终。
溪馆栏杆关气数，十三常与命相逢。

7. 红楼与朱门

"红楼梦"，不但"梦"是饰词，即"红楼"也是假名。

何以言此？理由简单清楚，无甚纠缠之处。因为宝玉入梦，是宁国府（即东府）的府主贾珍之子媳秦氏的卧室，这都是大四合院平房建筑，没有什么楼阁亭榭——那是后花园的格局，二者无相混之例。

那么为何又叫"红楼"之梦？

我于拙著中多次引来唐诗佳句，用以说红楼乃唐宋诗词中的特别雅名，专指富家妇女的精美住所，其词义相当于"琼闺绣户"而已，"红楼"不过是富家的妆楼、绣户，即妇女闺房的一个代词，可以是楼，也可以非楼而以"楼"称之而已。可是我又强调说这个"楼"不能译、无法译为英文，因为"红楼"这个整体词语是个"诗境"，不能一概坐实，以为它必定是两层（或多层）的楼房。如直译为 storey-building，这对欧美读者来说是一丝毫都不会表达我们那"红楼"的楼宇境象的，反而成了十分可笑的"文词"。所以，我又总是称赞自昔英译"红楼梦"为 Red Chamber Dream 是高明的译法，是真能体会原文的意境而不是死抠字眼儿。在雪芹笔下，"红楼梦"本是指宝玉在秦氏的闺房卧室所做之梦，而秦氏卧室只是宁府的儿媳的住房，都是平房大四合院，哪儿真有"楼"在？

若明此义，便知自清末以迄民初的各种英译本皆作 Red

Chamber Dream，是煞费苦心、推敲选定的，将"楼"译为Chamber，正合精美卧房之原义。那是真懂了"红楼"二字精神的佳译。所以，英译中的chamber正是经过精思细解，方是真能传达一个精美居室的单词，似"不忠实"而实为"信、达、雅"也。

不料，后来忽然出来了一个Red Mansion（s），而且大行其道。世上怪事之多，于今为甚矣。Red Mansion（s）已不再是"红楼"，而是"朱邸"，即"朱门"高官豪富大府第了——这个古词语特指的与女儿（雪芹之书的主题）早无干涉。这等于把人家的书名悍然篡改为"朱门梦"了！

朱门者何？高官显赫人家的大"官邸"是也，所以也叫"朱邸"。朱门、朱邸，表达的是男人们争权夺利、发财致富以后居住的豪华住宅，也能称之为"府"为"第"的一个专用词，它与雪芹小说的主题——"女儿"正相违反。这种译法，真可谓荒谬之至，不通之至！

"朱邸"是男性的占据地，里面纵然包括女子，只不过是"附属品"的地位与性质，绝非"主位"。这里是男性弄权倚势、积财进禄的巢穴，豪华是有的，于美好、于诗意是不相干连的。杜少陵句："朱门酒肉臭""朝叩富儿门"，你能从那中间得到"红楼"的美学感受吗？

红楼梦不是朱门梦，不要给不懂中文的西方读者"灌输"如此错误的书名，完全改变了原著的旨义。

诗曰：

> 译界久传信达雅，于今胡乱可安排。
> 专家自有专家派，进士原来如此哉。

8. 红楼四季

晋代陆机作《文赋》，开头就说"伫中区以玄览〔谓心居身躯之中位，功用是精神活动〕，颐情志于《典》《坟》。遵四时以叹逝，瞻万物而思纷"。四时者，时光节序之推迁，花木风霜之改换，最是诗客文家的敏锐感受的对象，起着非常重要的引发作用。说到《红楼》，正不例外，而且所起的作用，又不只是引发思绪，更是情节的"构件"。

开卷中秋，甄家祸变上元。此乃序幕。以下进入正文，节令总是随笔点明。秦可卿病忽转重，叙明前儿中秋还很好……她的由病重而丧殡，皆不出冬季。以前，姥姥一进荣国府，是为了预谋过冬的生计，而宝玉到梨香院看望宝钗，黛玉亦至，回来时已下雪珠儿，送手炉，晴雯登梯贴"绛芸轩"，说冻得手疼……

大观园盖了一年，贾政"验收"已是次年春日，故有杏花海棠景色。至省亲则又是第三年矣——此皆虚写，从元宵省亲过后，这才真正展开了全年四季的正面细写。

葬花，首次三月，二次孟夏了。饯花会明文四月二十六芒种。然后，娘娘传令打醮，五月初一至初三，连上端午。撕扇，洗澡，夏日情事。而画蔷、雨淋……以至王夫人盛暑午憩与金钏戏语，直至交识琪官惹了事，环儿诬陷，大承笞挞……连那莲叶羹也点醒是夏日名色。

再后，秋海棠结社，探春为风露所侵；接上菊花结社，吃蟹，已是八月之末旬了。

自此以后，"风雨夕"为深秋之景，不久便接"白雪红梅"；接冬闺夜景，晴雯补裘，除夕祭祠……粲若列眉。然宝玉入园之初，即叙他作了"四时即事诗"，那时还未历四时，而是"后事预表"之特殊手法，但已可知这个"四时"确是书中的章法脉络，绝不马虎。

雪芹写四时，我以为以写夏为最精彩——因为夏最难写。春、秋皆较易从事，而雪芹于此却反较少用力，只是淡淡写来，不肯多多落墨。倒是寒冬又一难写之季节，他反又写得极为传神入境。总之，他处处不落前人"套"里。他的办法是：虚者实之，实者虚之；难者易之，易者难之。完全出人意表，翻新破腐，有意"革命"（革文章的命）！

节令中，上元、中秋最要紧。四月二十六是宝玉（雪芹）的生辰，出以特笔——试看第二十七、二十八回与六十二、六十三诸回的书文，写得真到了花团锦簇，令人眼花缭乱，如行山阴道上，无可形容，只好借旧日评点家的话："真好看煞人！"

四时，天地之运会，日月之交辉，人在其间，在在受其感召推移，身心随之而不停地迁化，而"逝者如斯夫，不舍昼夜"，正是"如花美眷，似水流年"，孔仲尼与汤显祖，同其叹慨。陆士衡，曹雪芹又同其领悟——这能说成是"小事一段"吗？能批为"多愁善感"乃文家"病态"吗？

究天人之怀，通古今之变，太史公之志也。吾辈凡夫，又何以究雪芹之心，通红楼之字哉。思之思之，岂"一部小说"之识见可以了得乎？

9. 红楼·朱楼·绛楼

"红"有很多代字，如丹、赤、茜、绯、朱、绛、赪，皆是也。但亦不能胡乱替换，须知各有所宜。比如"红颜"之薄命，不可以换为"丹颜"；"绛河"岂容改作"茜河"？盖汉字组联之方，其理微妙精奇，此所以为人类之奇文，民族之灵慧也。

至于"红楼"，似乎可以变换成文而不害义者，只有"朱楼"与"绛楼"。"赤楼"就不成话了，难听了，可笑了。"茜楼""绯楼"，不可想象。

雪芹的书，"红楼"一词可以换为"朱楼"。然而，"朱门""朱邸"却绝不可以改换为"红门""红邸"。"丹门""丹邸"也没听说过。

"红尘"从未变为"朱尘"。"红妆"更无法易为"朱妆""丹妆""赤妆"……

"红楼"可易为"朱楼"，雪芹笔下已有三例："红粉朱楼春色阑"，一例也。"帘卷朱楼罢晚妆"，二例也。"昨夜朱楼梦"，三例也。

至于"绛楼"，就是康熙太子的"绛楼十二不飞尘"之句。

绛色，实际是红深而透紫的颜色，"万紫千红""姹紫嫣红"是泛言对举、不必细分之词。紫者，红中夹黑而发暗之色也，是以"紫楼"亦无此语可入得诗词。

奇怪的是，"绛楼"却又可以用得。

"绛"有仙家气味，又显得庄严厚重多了些。是以"绛楼十二"，是指仙境神居而言——太子那一联原是"蓬海三千皆种玉，绛楼十二不飞尘"，咏雪景而以仙岛绛阙为喻，是其本义，与"红楼"不同。

但我以为，太子胤礽的诗，雪芹见过，"绛楼十二不飞尘"，启发了他写"幻境"的"飞尘不到"，也正是仙居；此仙居又是女儿之所专，别无夹杂，遂又与"红楼"之本义（美人所居）可以联通了。

诗曰：

> 绛楼十二绛河槎，绛袖垂栏烛照花。
> 谁把红楼译朱邸？将男混女乱喧哗。①

10.《红楼》之情

要想读通《红楼梦》，第一先得懂得作者雪芹心中目中、意下笔下的这个"情"字。

雪芹自云：他的书是"大旨谈情"。他自喻是"情僧"，书是《情僧录》，而这是因为他"因空见色，由色生情；传情入色，自色悟空"，是以只有一个"情"，才是天地万物的"核心"——否定了虚假的"空观"，所以放弃了"空空道人"这个原名。然

---

① 此谓有将"红楼"译为 Red Mansions 者，以高官权贵之男性府邸之词取代了原著"红楼"为女儿之琼闺绣户之所。差以毫厘，失之千里矣。

后，又借贾雨村之口，阐明天地生人，正邪两赋之气最为聪明灵秀，禀赋于人，便为"情痴情种"。又后，宝玉梦游，警幻待以各色奇珍异味，而聆曲的开头即是"开辟鸿蒙，谁为情种"。此清楚喻指：宝玉方是真情痴情种——天生的情到至极之地步，便如痴者，为一般常人所难理解，所嗤所谤。

在回目中，写出了"村姥姥是信口开河，情哥哥偏寻根究底〔应作柢〕"。在"判词"中，则有"多情公子空牵念"之语。其他诸例不必备举，已然昭彰显著，略无遗绪了。

在过去，旧小说中的分类就有"言情小说"一目。这"情"就是上举诸例之所指吗？完全不是一回事。那"言"的是男女之情，即所谓"爱情"是也，佳人才子，"一见钟情"，偷偷地"恋"起来，"结合"起来，云云。

《红楼梦》恰恰就被归入了此"类"——然后批为"淫书"。前些年到铁岭（雪芹祖籍）开会，得见两份论文，方知在延安时期，很多革命者也还认为那是一部"吊膀子书"（只有毛泽东说不是）。这种观念牢不可破，已成"共识"。不料，伟大的鲁迅出来革了那种眼光的命——他在《中国小说史略》中，给《红楼梦》的大标题是"清代人情小说"。

"言"情、"人"情，一字之差，境界全新了！"人情"者，人的感情，人与人交往交流的心态心田，发生的互感相通，真心诚意——此之谓情，也就是雪芹作书的主题大旨之所在。可惜，鲁迅的这种卓识伟题，自1924年以来，很少加以标举申论的良证；不免为先生慨叹："知我者稀！"那么，雪芹写的不是"宝黛爱情"吗？怎么硬说不是，变了"人情"了呢？其实，论事应该实事求是，勿以教条为先入之"主"，还该重读原书，再求体会。

原来，宝玉是自幼与湘云最亲厚的，因为这表妹是祖母的内孙女，她随祖姑常住贾府，故二人才真是"青梅竹马"之深情至戚。及至湘云刚刚长到一个可以做点活计的年龄，其家遭事以后的困窘，加上婶母的严苛不加怜恤，就将她接回家去做"使唤"了——这些书中"暗度"而有意地不予明文"死"叙。恰好，失了群的小宝玉忽然见到新来的另一位表妹（祖母的外孙女）和一位姨姐，自然"填添"了他失落（湘云）的心理遗憾。然而，这都是小孩子时期，并非少男少女，不可发生错觉。

钗、黛后先而来了，情势一变。不是说就忘了湘云，但难得常晤；而眼前就有了这么两个女孩儿，时常相见。这就要发生微妙的感情。

黛玉初来，宝玉喜其人品貌出众；"摔玉"时明言，家里众姊妹皆无玉，如今来了一个"神仙似的妹妹"也无玉，可知它不是一件好东西……请注意：此时宝玉只把新来的与家里的一视同仁，都是骨肉姊妹一般。这儿丝毫没有什么"爱情"的成分在内。变化应是发生在二人都安排在老太太房里，虽是分室而居，其实咫尺相闻——时间稍久，小孩子一起，尚无"嫌疑"可避，于是"耳鬓厮磨"的情感，就随日加深。

这极其自然可以意会。

且说宝钗她是姐姐，先占了身份——宝兄弟对宝姐姐是敬重居先，爱慕在其后。她端庄稳重，知礼明事，对宝兄弟可以姐姐的身份进言规劝教导——大家庭是这样的。宝玉和她不在一起，只能偶到梨香院看望。一句话，宝玉对她是敬慕尊重，而非所谓"爱情"。这样，他对湘云的处境是深深怀念牵挂，而无计奈何。宝钗是个敬重而不敢亵渎的对象——这就剩下了一个黛玉。再过过，年岁又大些，于是"青春期"萌动，这才开始谈得到寻求"爱情"的潜意识。

以后的种种场合，包括"诉肺腑"和"慧紫鹃试宝玉"两场巨大风波"痴态"，这表明方是真的"相恋"之情在起作用了。然而，当湘云又能到贾府来住时，情形立即发生了新的变化——这些，雪芹叫它作"儿女私情"者是也。他区分得极为清楚："大旨谈情"的情，虽然并不排除这种一二人之间的"私情"，却绝不等于这就是全书大旨。

大旨的情是什么？是"闺中历历有人"，她们的"行止见识"皆出己上，不忍使之泯灭，故此矢志作书，为"千红一哭""万艳同悲"——她们咸隶"薄命"之司，都历尽了"悲欢离合，炎凉世态"。

这，不就是鲁迅的革命性的大标题"人情"二字吗？请抛除旧有的教条成见，厘清了什么是"私情"，什么才是"大旨"的崇高博大的真情。

不佩服鲁迅，行吗？

诗曰：

> 人情不是那言情，儿女私情也任听。
> 我为千红声一恸，朱楼记梦大无名。

11. 莫以"算式"读《红楼》

　　评论家说，宝钗总劝宝玉读书上进，而黛玉则绝口不及此，所以宝玉爱黛而不爱钗——是为"思想"一致与否的关键等，云云。这样，自然也"言之成理，持之有故"；可是还有一个湘云，怎么看待她？多数就简单地把钗、湘划归"一党"，与黛"旗鼓相当""排营对垒"起来。

　　于是很多人对湘云便定了"格"，好话说得不多——再不然就不重视，不多提她——一个被"冷淡"了的人。在湘云，宽宏阔大，霁月光风，未必把这些放在心上，也未必屑于一辩——可我这人"小气"，"偏爱"湘云，总愿为之剖白几句。成为"口实""罪款"的，其实只有一段"旧事"，就是有一回贾雨村来了，贾政又唤宝玉去会客；其时宝玉正与湘云二人对话，会心莫逆，忽被此事一搅，只不能不奉父命，换着衣服，口里发牢骚，说雨村回回定要见我……十二分不乐意，不耐烦，心态可掬。

　　这时湘云发了两句慰解的话。她说：主雅客来勤（俗语），你总有点儿警他的地方，他才想会会你。

　　这是第一层。

　　湘云表示的还有一点：你也该会会这路人，日后可以处世为人——岂能长大了也还总在姊妹堆里过活？（此皆非原文，是我的"译意"。）

　　这是第二层。

宝玉闻此，忍耐不住了，便向湘云下了"逐客令"——

宝玉回应说：我也够不上什么"主雅"，我是个"大俗人"——姑娘请别的姐妹屋里坐坐去，我这里仔细脏了你知经济学问的！"矛盾"发生而且"激化"了。评家们说：你瞧，这是宝、湘的根本分歧，他们二人并非什么全书中后来极关重要的一段"奇缘"。我说，诸公少安毋躁，且听在下一言——

谈到这个问题，大前提不可忘却：是三个姊妹就此问题向宝玉"进言"论理的态度作风之差异，各有千秋，语意心情也各自分明。

如黛玉，是纯诗人型，绝口不涉尘凡俗务，但当宝玉即入塾读书而向她作别时，她也会说出像"这回可要蟾宫折桂了"之类的话。可是她心中未尝不晓男人有那么一条"仕路"。是庄是谐，是劝是讽？随你意解可也。在这种场合情怀之际，宝玉就不会斥之为"混账话"。

若到宝钗，那是庄言正色，出于善意，却语不中听——书中叙她"女夫子"，一派正经，缺少了风趣，难以"忍受"。此其区别也。然后转到这个湘云。

湘云这儿不是"空词泛论"，不是斥责规箴（如袭人那样）。她是面对贾雨村而发言的——她太天真，难知世上有贾雨村那种居心叵测之人，故首先以为他真是宝玉的少有的一个知音，了解宝玉的才华抱负，日后可望帮他成就某种心愿、事业。这是无邪的、无私的，不为了讨得何人（包括宝玉）的"欢心"而发此口无遮拦、心无计算的一片心音。她处处宽宏阔大、事事霁月光风——其实宝玉深知这种人的脾性，所以也就深知不会引起误会而同样披以直言。

宝玉知湘云不会真恨他，才借他"出气"，大骂"混账话"。这是亲疏远近之分，也是知己与口头客气周旋之别。混此大别而误为一谈，就既失湘云之真，亦昧宝玉之诚了。

（贰）

怡红浊玉绛芸轩

12. "贾宝玉"解

曹雪芹给自己设下的巧妙：将书中人物的取名移借于唐诗，即宝玉与钗、黛、湘为香菱学诗而谈论时说的，"宝钗无日不生尘""此乡多宝玉"二例，"原来他们的名字都在唐诗上"，这种笔法实在有趣。但稍一沉思，便又生"疑"：他只举了宝钗、宝玉，连"黛玉"是否也见于唐诗，就不言不语了——由此可窥，那"黛玉"一词，纯出"生造"？找不到出处来历。

如今还说宝玉即是宝，二者本不可分，"宝"的原字、简字，都十分清楚。原字"寶"，此造字组构是屋内存有玉，"缶"是个音符（古音 fǒu pǒu 不分）。至于"贝"，那是后加的"构件"。是以"宝玉"原是一物、整体，并不存在"非宝之玉"或"非玉之宝"也。

玉为大宝至宝，是中华独有的科学与美学的联合认知，人人皆晓，"贾宝玉"是"假宝玉"，相对于"甄（真）宝玉"而言的。那么这该是说，贾宝玉本是石头投胎化人，本不是真玉，故谓之假。

可是，雪芹又特为揭明"贾不假，白玉为堂金作马"。他并不假，假而又真，妙谛回环，不可"死"于字句的表面。还有一义十分可能：雪芹的乳名也就真叫宝玉。

"路谒北静王"，小王初会宝玉，不就极口称赞：真个"如宝似玉"吗？此小说之巧笔乎？抑或微露之"天机"乎？读《红楼》，要有悟性，例证大都类此。

宝玉有个亡兄，名唤贾珠，李纨之夫也，"珠""玉"正相排次雁行（正如贾琏原有兄名瑚，"瑚琏"相次，见于《论语》也）。

奇怪的是，秦氏可卿之丧，却有二丫鬟报恩，一名宝珠，一名瑞珠——明犯西府少主人的名讳，这就太难讲了，因为那时候这是不容许的呀！由这一点看，秦氏的辈分恐怕不会真是贾蓉哥儿的媳妇。她是"宝瑞"的一颗掌上明珠。

——"宝瑞"是谁？有无此人？姑不妄揣，但这"瑞"字是与"珍"字同辈，礼法上是不会将丫头们取名为"玉"字辈的。

雪芹在全部书中肯用"宝"字以为名的，只有三个：宝玉、宝钗、宝琴；第四个属丫环的，则只有"宝珠"一例。

当宝玉学禅时，黛玉曾诘问：你名叫宝玉，尔有何贵，尔有何坚？宝玉不能答，其实非不能答——我们也可以代答，其词曰：我之贵，贵在"天下无能第一，人间不肖无双"，并无第二人可与我媲美；我之为坚，绝不去读八股文章，去和"禄蠹"为伍也。

假宝玉不假，品质无愧真宝玉。

13. 贾宝玉——新型"圣人"（上）

很有些人看不上宝玉其人其事，批评说：一点儿"刚性"也没有，哪儿像个"男子汉"？我听了这类话，就替宝玉不平——

是宝玉没"刚性",还是你根本看不懂《红楼梦》,难免"不通"之讥?

宝玉没有"刚性"吗?"手足眈眈小动唇舌;不肖种种大承笞挞"之后,他丝毫没有"动摇"和愧悔——他的愧是难以"对得住"金钏,金钏为他一句戏言自寻了短见。他的愧是难"对"亡者之亲妹玉钏。他对"劝"他"以后你可都改了吧"的知者答言道:"你放心,我就是为这些人死了,也甘心情愿……"听听这些语音:没有"刚性",说得出来吗?

雪芹写出这样的少年人物,为之"字字看来皆是血",无怪乎新睿亲王淳颖题诗说他是"英雄血泪几难收"。英雄二字下得非同等闲,难道世上有"没有刚性的英雄"不成?讲得通吗?

宝玉的"刚性",在于自有立足境——即今之所谓"原则性"。他并表露为"拧眉怒目",躁气十足;他听了不入耳的话,不便或不拟反驳时,总是以"不答"对之。要知道,不答是连"商量"的余地也无一丝毫,断然拒绝!这才是最大的"刚性"。如若不然,请教:怎样、什么,才叫"刚性"呢?

刚性并非顽固不化,不通人情,不具人性。恰恰相反,情至真极,则化为一种"刚性"。别错拿粗野、蛮横、霸道、自大等等当作什么"刚性"和"男子汉"的"特征"——那岂不令宝玉笑煞气死?宝玉有两次"最没刚性"的表现:一次是在"太虚幻境",一次是梦入甄家花园。那文章可称妙绝人寰,绝倒了古今中外的知音者——

第五回,当他进入"幻境",初遇警幻仙姑,交谈后,警幻唤其姊妹出来迎接贵客,房中果又走出几位仙子,一见宝玉,都怨谤警幻,说你原说绛珠当来,如何引这浊物污染了我们这女儿清净之境？宝玉听了这话，便觉自己污秽不堪，吓得欲退不能……那种"无地自容"的尴尬之心态，尽呈于目前。

第二次梦入甄宝玉家，无独有偶，人家的丫环们不认得他，骂他是个"臭小厮"，痛遭了一顿奚落。宝玉一生从未受人这般"待遇"，也是狼狈不堪，无以自处！

大约有些人对此就"抓"住证据了：确是天天甘受一群"毛丫头"们的气，一点儿"气性"也无！书里的傅家的两个婆子，看到宝玉的形影，就如此评论的。可是，那些以"大男子汉"自居的"看官"，单单忘了宝玉的"另一面"——他和湘云最为亲厚（实在对黛玉远甚），但当湘云偶因劝他去会见贾雨村，学些"仕途经济"时，他立刻毫不客气地说："姑娘，请别的姐妹屋里坐坐去——我这里仔细脏了你知经济学问的！"并且批评说那是些"混账话"！

请问：这是不是"刚性""气性""原则性"？！难道我们要他对他诚敬怜爱的女儿们竟拧眉怒目、吹胡瞪眼，充什么"男子汉大丈夫"的一派凌人抬己的臭架子不成？

我们应该"自我检讨"，懂不懂"浊物"这个名词，是何内涵质素？别让自己陷入"大男子主义"的庸俗坑淖中去。

窃以为，宝玉的两"面"不同表现，可以和鲁迅的"横眉冷对千夫指，俯首甘为孺子牛"先后合参对看，岂不饶有意味可寻？似乎没有谁讥嘲鲁迅是"没有刚性"吧？鲁迅与宝玉，自不宜"硬"比"强"拉，这原不待说；但毕竟在"各有千秋"之中还不无"相通"之处——这恐怕也就是鲁迅对宝玉颇能理解，并大有赞赏之意了。这却是十分重要的一个中华文化和英雄人物的大课题，需要深研细究。鲁迅当时"千夫"纷纷"指"斥围攻；

而宝玉恰好也是"百口嘲谤，万目睚眦"，不是清清楚楚地令人憬然吗？

然而那种"没有刚性"的论调至今有唱和者。这就表明：人心不同，各如其面；也是文化教养不同，各有其思维模式。不过，人又总有些"常识"，不肯冒犯"常规"——比方，评论一下说鲁迅"没有刚性""哪里像个男子汉"……的高明者，大约是还不曾出现过吧？

贾宝玉和鲁迅，都不是一下子、很容易简单地可以认识的人物。如果只用"好""坏""善""恶""正""邪"等等传统道德观念和"定义"来对待他们，结果弄清楚、说明白的"批评者"是不会很多的。

知人论世，谈何容易。研芹论《红》，又比知人论世"容易"多少？宝玉是个强者还是弱者？他对什么和顺、对什么刚硬，是有分际有原则的，雪芹笔下，是写得明了的，可惜，"接受美学"的关系，致使若干人看"反"了原意本旨。这当怨谁？如何解决？有待专家开方用药，非细故也。

14. 贾宝玉——新型圣人（下）

如何称得一个"圣"字？在某一领域造诣至高至极者就有资格。例如王羲之为书圣，杜少陵为诗圣，断无第二人可夺其位置，即是真圣，即是实至名归，万人拜服，千古不易。依此而推，所以宝玉堪为"情圣"——正如雪芹堪称"稗圣"一般。

宝玉是个情痴情种的最高代表。他的情，至大，至广，至诚，至切，至深，至厚，至痛，至真，至善，至美。这是一颗无可比喻的人类心田、心地、心境、心灵。

他之所以不同于前圣旧圣而为"新圣"者，在于他的崭新的价值观已然超越了以往的社会人生的标准尺度，而达到了一个升华至美、至大无名的境界。

我这样说，可信否？

若嫌我人微言轻，就让我拉一位名贤来作证，即《红楼梦人物论赞》之作者涂瀛，其《贾宝玉赞》已给他定了位，赞曰："贾宝玉，圣之情也。"这"圣"字是由他先定下的，非我妄拟阿谀之词也。宝玉是"圣"者，但又不同于孔子孟子、玉帝如来，他有自己的——即新的"教义"和留下的"经典"，此经典即是《红楼梦》。

《红楼梦》不是不讲"仁"、不讲"德"，而是更高层的真仁大德——他改用了一个"情"字来概括这部经典的胜义，所谓"大旨谈情"者是也。所以涂先生看清了，此真"圣之情者"——我以为，应该作"情之圣者"，也无不可。当然，哪个是本，哪个是末，值得深入讨论。

"情圣"之圣，是以情待所有之人，不分亲疏等级，包括"不情"者在内，同一博施普化。此其一。其二是他将"其恕乎——己所不欲，勿施于人"的消极命题转化而为积极的、大约可试拟为"人有所欲，我施与人"吧。当然，在《红楼梦》中，这"人"应特释为"女儿"——雪芹用女儿作为"人"（真正的人）的代表，那是另有一层深义——然而也正是新型圣人与旧圣前贤的不同之要点。

15. 贾宝玉的别号

贾公子别号不少，诸如绛洞花王、混世魔王、遮天大王、富贵闲人、无事忙，还有自呼的"怡红院浊玉"，回目中所称的"情哥哥"，书文中的"多情公子"——可谓多矣。总列而观之，煞是有趣。

有趣的是众义纷陈，各占一解。但其所以然者，是"反映"出这个少年的本性真情，志趣风格，抱负襟怀，是多么复杂地"统一"化为"天下无能第一，古今不肖无双"的奇才和痴人。

若逐一个别"注释"其本义实旨，不妨试作"解人"，姑陈臆测——

绛洞花王，王是主眼，或作"花主"者是个别版本讹字，务请改正——道光年间的王希廉不就自号"护花主人"吗？其实那思想庸俗得很，去宝玉十万八千里矣。

花王的"王"，不是称王称霸的帝王思想，是在某行某业中独有魁首之位的意思。在过去，时常可以看到此例，比如制造剪刀品质第一的，俗号即是"剪子王"。就连京剧里，也有"梅大王"之称号，谓梅兰芳是也。再如唱京韵大鼓（书词）的刘宝全，人人都尊之为"鼓王"，皆其良例。

所以，宝玉"小时候的营生"，是说自己居于花洞中为养花的第一能手——而绝非给群花做什么"主"、当什么"头目"的那种士大夫们"雅得俗不可耐"的庸俗念头。

混世魔王、遮天大王，贬语、戏语，我于另处讲过，今悉从略。

"富贵闲人"，又怎么讲呢?

若看字面，正是世上最难得的富贵中人，又无事多暇——最为自在，最能享受。这就"被作者瞒过"了。

雪芹设下此号的本义是:虽生于富贵之家，却于富于贵二途，均无交涉，是个不属于此类的"闲"者——多余之人耳。

这个别号，最为"有味乎其言"。

如《西江月》，说的就是"富贵不知乐业"——杜少陵说曹将军(大画家曹霸，魏武之后)是"富贵于我如浮云"，即此"闲人"之谓也。

再看"无事忙"——

无事，"闲"之注脚也，闲而实"忙"，似矛盾而相反相成——我于富贵场中，无事无缘，"闲"得"难过"，而我之时时刻刻都在繁忙者，是为(wèi)"千红一哭"的事业，日日夜夜操心费力，为她们伤怀落泪也。

所以，回目中又明出"试忙玉"之文——而那"忙"字却被人妄改为什么"莽玉"，成了几乎和薛蟠一样的气质了，真是毫厘千里。坏本子类此者甚多，怎不为雪芹叫屈不平，大声警世!

居末，出现了"怡红院浊玉"。

好一个"浊"字，写尽了宝玉的内心情愫。

想当初，大石化玉时，明文是"鲜明莹洁"——俗话有"透灵碑儿"一语，仿佛似之。那么，怎又"浊"了起来的呢?

"须眉浊物"呀，在女儿面前永远是自惭形秽，无地自容，愧煞人也!

浊玉，身在浊中，也无办法。慨叹"太（或作好）高人愈妒，过洁世间（或作同）嫌"，而混迹于浊世之间，怎么能真洁而不浊呢？

悲夫！

16. 宝玉的自愧

作者有深痛——宝玉怀内疚："家亡人散各奔腾"，家亡自难说是宝玉之罪，但人散却该由他承担一面责任。这话怎讲？明白清楚：人散的开端就是由宝玉而变生事故，一步一步导致这个使作者终生抱恨、满怀愧悔的全书大旨主题——为千红一哭，随万艳同悲。

人散的第一名就是宝玉的丫鬟茜雪。茜雪毫无过错失职之处，却因他在宝钗屋吃酒醉了，因奶母李嬷嬷之故，即向茜雪大发公子哥儿的脾气，摔了茶（盅）。此一事故，在第八回，是全书第一次写宝玉对待丫头使女的骄纵之气——"少爷"再好，也只能他作威作福，喜怒无常。茜雪之后，又有小红之被排挤离开怡红院，蕙香（四儿）之逢怒而遭斥。她们的本身本职，也是毫无过失可寻，一派冤枉。

而从脂批逗露，这小红、茜雪、蕙香（又作佳蕙），却是日后贾府败落、宝玉遭难时的念旧相助之人。这一点已足以让人深思而感叹不已了。再接下去，是惹了金钏的一段大祸，葬送了人家的青春性命。异日出城私祭，其深藏的内愧、隐痛，尚待言哉。

在"撕扇子"之前，又有欲逐晴雯的大风波。虽然此事晴雯也有其过分的不当之处，到底动不动就以撵逐为本领手段，开启"人散"的大端，岂可为宝玉寻词而诿过乎。是以我谓宝玉应对"人散"承担一定的罪责。

至于不能救助柳五儿，无力挽还芳官的被尼庵拐骗，尚不忍派他的不是。但他又很早许诺了众丫鬟，将来都要遣散自便——因此袭人临行方有"好歹留着麝月"之言，则可见诸鬟之去留，宝玉还是有"权"的，那么他一生的喜聚而怕散的伤离，却又自导于离散的前驱，是又何耶？

或许，这也就是脂批指出的：宝玉有"情极之毒"吧？"盛席华筵终散场"，"千里搭长棚——没有不散的筵席"，"聋子放炮仗——散了"……这些谶语伏词，为了什么？是"情痴"之"抱恨长"，还是"冤债偿清好散场"，看破了"红尘"而彻悟了人生之如"梦"？

"愧则有余，悔又无益"——此岂作者著书谢罪于闺友闺情乎？众多女儿含冤负屈而亡而罪，而苦而难，为宝玉也，亦缘宝玉也。宝玉岂得辞过？岂能自安？是以"通灵"玉上所镌"贰疗冤疾"，说明宝玉又曾有冤疾几乎致命的一段重大情节，而八十回后已佚缺。

诗曰：

> 悲欢离合是书魂，伤别伤春心自扪。
> 人散开端思茜雪，三春去后各寻门。

17. 宝玉的"思想"是自由、平等、博爱吗

红学如其他诸学，各有发展流变的历程。"新红学"被批判了，以"资本主义萌芽"论为经济基础而解说《红楼梦》所反映的"上层建筑"，如思想意识等等的说法兴起，取代了"新红学"。此说至今时有重提、复述的例子。如自1954年"批俞"计起，正好已满五十年。

由此一理论而提出的"贾宝玉论"中便出现了"自由、平等、博爱"的观念，认为这正是"怡红公子"的思想三大重要表现，恰好与西方资本主义经济产生初级阶段的口号要求相似，因而这必然就是中国的"资本主义萌芽"的社会经济的反映，于是在中国经济史上寻到了若干可以证明《红楼梦》与时代正相符合的证据。

记得那时期传达的毛泽东主席关于《红楼梦》研究的重要谈话里，就说"虽已有了资本主义萌芽，但还是封建社会"。并于此后又曾指示：迄于彼时，还没有真正的符合马克思主义的《红楼梦》研究著作。

最近一段时间，认识了几位在校的高才生，有男有女，他（她）们识见不凡，也敢于打破陈言，自抒新见，表示不同意以"资本主义萌芽"理论来理解中国的这部独一无二的伟大瑰宝，也不赞成把宝玉说成是"反封建"的"叛逆者"。其大意是认为，《红楼梦》是中华传统文化的产物，不宜用西方的经济社会发展

的情况来"比附"我们的历史实际。

这些新一代青年的对《红》书的理解与议论，令我感到意外，也引我深思。说到"自由、平等、博爱"，是否就等于宝玉的思想？这倒是我早就自学自研的课题之一，却不自近时认识新一代青年高才生开始。因此，想顺便乘机说说我多年的想法——而并非与他们这些新秀"倡和"之意。我曾想过的，有如下几点——

第一，什么叫作"资本主义萌芽"？应该就是"资本主义经济在封建社会内部因小生产者的自发分化而产生"（引自《辞海》）。它是最初阶段，还不"成形"。

第二，小生产自发分化，为图自我生存、发展，这才有了向"封建者"要求"自由、平等、博爱"的意识——此时应已"成形"，有了些微的"联合"力量了。

第三，所谓自由、平等、博爱，都是为了一个"自我"的利益，因为小生产者原先最受桎梏拘迫、最受歧视鄙夷、最不受富贵之族的"怜爱"，不当"人"待。

第四，一旦这些小资本者（经历时间、地域等条件的发展兴隆），其奋斗目标变为积累垄断资财、剥削劳动。一切是可以用"损人利己"来概括的。因而，他们从开始到后来，从出发到"完足"，只有"为己""自私"这个唯一的"座右铭"与"行动指南"。

如若我这门外汉妄思妄忖不至大谬非常，那么就不难与曹雪芹笔下的贾宝玉对照对比一下，看看到底他的思想行为就是"资本主义萌芽"的折射投影？宝玉最大的"不肖"是最不知"为己"，最不懂"自私"。所以胡风谓之"唯人主义"。但宝玉不懂什么叫

"平等"，他疼怜侍婢，因为她们是女儿。

宝玉的屋内，几等丫头各有"可到"之地，不"及格"的不许入内。春燕的干娘"不知礼"，也"不知趣"，闯入内室被丫鬟们羞辱得无地自容。这叫"平等"吗？

贾公子"不了情"偷祭金钏，冒了大险，费了大事，挣到井栏之旁，只"含泪施了半礼"！好一个"半礼"，这叫主、奴之分呀！平等吗？贾宝玉对小厮们，更"不平等"。他也并不懂什么"博爱"。他不会"爱"夏婆子、老尼姑、马道婆……可以"理解"；但他并不"爱"秋桐、夏金桂、灯姑娘……

"自由"倒是可以"比附"的，比如他理解龄官，为笼中鸟悲叹。他表示日后要将怡红院的丫鬟都"放出去"——是指不作奴婢，婚嫁自便——"主子"不再主张、干预，如此而已。资本家的剥削、害人肥己，是争"自由"的目的，他们也不是容许劳工们可以"自由"。"自由"是他们独享的自由，而宝玉并不曾让自己"自由"地损人利己。宝玉十分欣赏礼仪、礼节，一点儿也不主张"逾份"。他不狂而且不妄，绝不为了私欲而为非作歹。藕官在园内烧纸——宝玉也不赞成她有这种"自由"。

宝玉的真"平等""博爱"与"自由"，是和鱼儿说话，和燕子交谈，与星星月亮"同悲乐"。他憎恶功名利禄、八股文章，因为那"文"是假文，他渴慕真文真诗——这里可以拥有一些个性的自由。我以为，他身上拥有的气质与资本主义萌芽的东西并非一回事。

18. 宝玉续《庄》

> 焚花散麝，而闺阁始人含其劝矣；戕宝钗之仙姿，灰黛玉之灵窍，丧减情意，而闺阁之美恶始相类矣。彼含其劝，则无参商之虞矣；戕其仙姿，无恋爱之心矣；灰其灵窍，无才思之情矣。彼钗、玉、花、麝者，皆张其罗而穴其隧，所以迷眩缠陷天下者也。

这段"续《庄》"，真是全书中奇文之尤奇，异采之绝异！我此刻引录一遍，心里还是十分激动——思绪纷然，摘要粗记在此，与读者诸君"奇文共欣赏，疑义相与析"——

第一是，此文袭麝之箴劝，钗黛之警教，深深打动了宝玉此时此境的情思紊乱、斟酌参详；因《庄子》一段话，获得了感悟而找到了一时的"出路"。这"出路"就是拿庄子教示去消除那种比较、计算之心，若把一切"盘算"之心泯灭，心无计较争执之思，则感到一切"放松"，再无纠缠，豁然开朗，"得大自在"了。

第二是，这儿头一遭儿雪芹向人透露了他对钗黛二人的优长与他私衷深处的秘密：他认为，论姿容，钗比黛美，令人有了"恋爱"之心——这是别处不肯说的——别处总是说对宝钗是敬重，是钦佩，不敢亵渎；对黛玉呢，他首次表明：是喜爱她的才思，而非美容艳态。这一点，对理解《红楼梦》，就太重要了。

第三是，钗黛虽有不同，但都是可以令人迷眩缠陷的危害"天下"者，都须"戒"其姿而"灰"其窍，不然"天下"是不得安然的。注意，这只是讲他的一时之"悟"，而并不是真的从此"改悔"——那就不会有《红楼梦》这部书了。

第四是引出这一"悟"，对象全由"钗玉花麝"这儿，说来说去，只不干涉湘云一字！

为什么？为什么？

请你解一解，思一思，找找自己的答案——这答案以前曾经念及悟及吗？这才是我此刻引录此一奇文的最大的目的。

——至此，聪明的读者至少也会有点儿明白了：原来，湘云是"另当别论"的。也就是说：宝玉与湘云的缘分、情分，都不与钗黛等处于同一个"层次""等级"上；既非美貌一端，亦非才情兼擅——早已超越了这些"恋爱"的"标准"。

如果读不懂这一关键之点，就必然要疑惑，以为我讲湘云在书中的重要性是什么"抬湘抑黛"的"偏见"，因而为那林姑娘打抱不平，忿忿然，不知我这是怎么回事了。

我谓湘云与宝玉的关系已然"超越"了钗黛二人者，是说宝玉与钗黛相见时早已与湘云相处很久了，缘分已定了。而钗黛来时，宝玉与她们还要"从头"再讲十分"客气"式样的新的情缘，那深浅亲疏厚薄太不一样了，简直没法构成什么"比较"，但这一切雪芹不写，书中无有，故一般人是悟不到的——原因在于这部书本来即与别的通常的小说大有差别，它有"书前书"和"书外书"——此即构成它所以成为"自传"性小说的重要标志与"体例"，一般小说写法"叙事法"是不能有这种现象的。讲《红楼》艺术，须先明此义。因此之故，也就连带悟知：什么叫作"识分定"，什么叫作"情悟"。

这段"续《庄》"，在全书中可谓奇文中之大奇，也是雪芹逞才抒闷的一大得意之笔。最要看他对钗黛花麝等每个人的"特点评价""品格定位"，有趣得很！他说钗属仙姿，黛唯灵窍；这一切，据脂批云，是继"禅悟"之后的"道悟"，这儿他在群芳诸艳中对湘云是怎么样说的？最值得注目了：从第八回"金莺微露意""黛玉半含酸"起，焦点展开于钗黛二人之间；到第二十回湘云一到，方才变为"三人行"了，但钗湘绝无"矛盾""纷争"可言，还是黛之于湘，湘之于黛，虽不构成互"嫉"，到底湘云之心不愉快了，让奶娘周嬷嬷收拾衣包要回家了！黛玉听她一口一个"爱哥哥"，自然不无所感，书里虽无明文，但听湘云对黛玉的"评语"，也就可见一斑了："大正月里少信嘴胡说，这些没要紧的恶誓散话歪说，说给那些小性儿、行动爱恼的人，会辖治你的人听去，别叫我啐你。"

这弄到湘云与宝玉有了误会，是个"表面文章"，内里自然是另有缘由了。

却说"四个人难分难解"之际，就到了"梦兆绛芸轩"和"情悟梨香院"。这回书，暗定全书的大章法、总格局：黛、钗、湘的"三部曲"。

19. 押韵就好

宝玉和薛蟠，也是我所说的"大对称"章法中的一项对称法。你若只看到他们二人的差别，还是不能真正理解雪芹的笔意——要看到差别之外也有"知己""莫逆"之感，才算会读《红楼梦》。

说到差别，不用多费"文章"，只看两个人对待柳湘莲的心态和动态，就洞若观火了。湘莲何如人？一表人才，风流俊雅，多才多艺，能歌能舞——贵公子之中高品人物也。宝玉对他是爱重、倾慕、系念、怅望——不能多聚、多谈，恨自己不能像他那样可以做一名"儒侠"而遨游江海，同为少年英杰，一展才华抱负。

薛蟠则不然，把柳公子错当成彼时人贱视侮辱的"戏子"。这并非"识力"问题，是精神世界的不同。

宝玉与薛蟠交情不浅，并非由于姨亲之谊。他们的一切如此不同，并非"同气类"的"吾辈"，可是倒很谈得来。薛蟠人称薛大傻子、阿呆、呆霸王……他竟能"赏识"宝玉，一次薛呆兄得了四样难逢的珍品：暹猪、鱼、瓜、藕，专诚为宝玉设宴，说出了一句话："……这四样东西难得。我想只有你配吃。"你看，这确是太看得起宝玉——口说不清，但心知其为人之不同凡品，固甚显然也。

原来呆兄并不是一个"戏中小丑"或"反面人物"。那样看，就是不懂雪芹文心笔意了。因为"简单化"是无缘与雪芹"会心不远"的。这说明了什么？说明很多问题，其一是宝玉之人品性情，连薛蟠也是能"望风"而折服的。

还是在筵席上要行酒令的又一回，大家推宝玉为"令官"。宝玉"三句话不离本行"，出题"女儿"令，分悲、愁、喜、乐四句，这一下子薛大哥难住了，处境大窘。他说了头一句，众人笑得没法儿。于是说第二句，众人听了，说"更不通"！非要罚酒不可。

这时宝玉却说了一句："押韵就好。"须知：规矩是"酒令大如军令"，都得服从。不通的酒令"通"过了，薛大哥得了令官的"仁"令，十分得意，心定知感。宝玉的四个字一句话，干净利落，指明若要对待薛公子的"诗才"另有标准。真是仁人之心，厚道之言，令人感动。

自然，必有评者说话了：这是玩笑场面上戏语，焉能当作庄言正论，并且从而品骘宝玉之为人？我却不这么想。我只觉得这是仁人之心怀，宽爱之言语，未可轻以"戏言"视之。

当王夫人房内失窃，满园查"贼"之时，宝玉要代人认赃受过，是凤姐点破：宝玉搁不住两句好话，给他个"炭篓子"戴上，什么事他不应承？

这就一清二楚了：一片与人为善的慈心，不拘怎么都可以"过得去"。我以为，这就是大仁大勇，大慈大悲——这与学佛法无涉，大勇是当仁不让，无所避忌挂虑，亦即全部地为了别人，不管自己如何。这叫不知自私自利为何物，最高尚了。

乘此之便，倒也不妨谈几句"押韵"的话题。在古印度佛经中，有一文体叫作"偈"，从华语译本看，句子整齐，却不押韵——与中国诗不同格调，信为异文化之产品也。在西方，有

"自由诗"，也无韵可押。近代华语文学，多学人家外邦，也不押韵，也无汉字固有、特有的节奏音律——却也自称之为"诗"。中国的戏文、鼓词、民间小曲，如不押韵，则中国人民群众爱听不爱听？这请专家回答。

"押韵就好"！可知"韵"是个首要的大条件。《红楼梦》一部大书，不知"韵"为何事故，只有一个二小姐迎春说牙牌令时，接了一句"桃花带雨浓"，与鸳鸯的"开题"全不相类，令人真是"失色"，叫声"糟"！二小姐为何至此？实实莫名其妙。

"反"过来，看看人家香菱吧。她把"韵部"记得那么清：她用"十四寒"作韵，而"闲"字是"十五删"呀！北方人，怕是看不懂这文章。"普通话"拼音，寒（hán）、删（shān），那尾音（古名韵母）同为一韵，而听起来"合辙押韵"。但在江南吴语中，"寒"本音几乎有点儿像"何"，而"删"又几乎像"筛"。请问：这怎怪古分二韵呢？难道"不科学"吗？学点儿华文汉字的音韵学，是个文化大事情，也有助于读懂《红楼》。

这样说来，"押韵"也并非小事一段，是个大节目。中国的民间曲艺、鼓词小调，韵有"十三道大辙"，故有"合辙押韵"的俗话。俗曲戏文，平仄格律可以通融，但不可无韵。重要可知。

可惜，时至今日，遑论四声平仄，能与"薛大爷"的"文化水平"比肩者，恐怕也要"屈指"而可"算了"吧。

20. 大荒不荒

《红楼梦》开卷写娲皇炼石补天，弃一石未用遗在大荒山无稽崖下。这个"大荒"之山，是实是虚、为有为无——刚刚看到这几句，就会引人发笑了。雪芹明言"无稽"，那"大荒"无非也是同样寓意，所谓"荒唐言"是也。又如书中也有诗句说得清楚："女娲炼石已荒唐，又向荒唐演大荒……"这不就是明证吗？哪里又有个真山实岭？

话是这么说，事又未必尽然。因为雪芹的那支笔，是出名的"文人狡狯"，他专用"复义法"，即一词多义，似实而虚，虚中藏实，真假互兼，令你难以捉摸；时常让人得其一义，而因此忘了其他。一条线逻辑推理，往往受了"瞒蔽"，例子不少。

"大荒"一词，见于《山海经》，也见于《诗经》。唐代诗家也曾用之。但我此刻要提醒"看官"的，却不在那些上，而是在于寻找史籍文献中有可能与雪芹家世发生联系的线索痕迹。

有一本民国十八年出版的小册子，题名《寸心日月楼辽宁随笔》。据《辽志》所云，辽东本为"大荒之域"。按所引《辽志》，不知是指《辽东志》还是《全辽志》，手边无书，目力难及，有待关心此题者当能代核。

其中一段记叙引起我很大兴趣，因为我从雪芹的自制"地名"的考证中得到"潢海"，即"辽海"的确证；又得知雪芹为那"跛足道人"题咏中的"家在蓬莱弱水西"的弱水，就在东北黑龙江与吉林二省之境，所以我特别注意这个辽宁的"大荒"，也似虚而实，确有所指，不过总是以"荒唐"之形迹巧寓真实的内涵罢了。

无独有偶：一次《人民政协报》学术版的记者王小宁女士来访，谈会中提到，她原籍是辽宁抚顺。抚顺北与铁岭接壤，而她曾在一幅旧地图中，竟在抚、铁交界地带发现有一处地名——就叫作"大荒"！

这么一来，我这"考证派"可就拍案惊奇，大发"痴迷"之想了。把这个发现与"潇海""弱水"结合起来看，不禁恍然大悟：原来"大荒"不荒唐，本就实有其地。这地，竟与"潇海铁网山"［按即隐指铁岭卫，详见拙文《"潇海铁网山"考（附"楛木考"）》载《红学求是集》］，是同一地区。

我如今更加相信，由于"大荒"有了实据，雪芹上世祖籍本在铁岭，并无错断。人家讥笑我，说我近来离开"考证派"的本行，忽又走向"索隐派"，云云。大约其所指即是这种例子。但只是，过去所以诟病"索隐派"者，是指他们所运用的那种"猜谜"方法太离奇（如林黛玉是影射姜宸英，薛宝钗是影射高士奇……青儿是韭菜，板儿是铜钱等等，云云）。而我们这类考证，究竟如何又是坠入了"索隐派"的歧途错路？思之不能得其解，因为两者并无"相似"之处，不知缘何考察一下雪芹笔下所巧用的史地变名，就会成了那等特殊的"索隐派"呢？

"索隐"从《史记》一书始就早早发生了，它本身没有什么错误可言，雪芹既然"将真事隐去"了，我们为了读懂《红楼梦》，就需将他所隐去的真事考寻一番，不知这又犯了哪一条"原理"或"法规"？人们往往只听了一个"名词"，就下断语、判案情，而对名词含义与来由实际，却总不再细想一下。这大约也是在许许多多纠纷缠夹中又增多了本可无争的人为争执的一个未可忽视的缘由吧。但愿今后不再增添人为的新麻烦。

至此，又会有反诘：大荒山可以有解了，那么，"无稽崖"又指何所呢？我答：这个"无稽之言"用来虚托一笔，正如说"石头记"时，只是邦国舆地、朝代年纪"失落无考"的"无考"一样笔法。所以脂砚在此紧跟即批云："据余说却大有考据。"

你看，这多么有趣，"敷演"的文词是无稽无考，内里"埋伏"的却大有考据。作者口中越说是"假"的，越有无限烟云丘壑，索人去解。这就是一部《石头记》的奥秘所在。不讲这一点，则"红学"云云，就只能是"形象鲜明、性格突出"等那一套文艺用语了。

然而也有人一直在反对我们这样理解"红学"之"学"，却竭力呼喊：红学要"革命"，要"回"到文学创作上去！云云。

我忍俊不禁，拜问一句：曹雪芹自云"因曾历过一番梦幻之后，故将真事隐去，而借通灵之说，撰此《石头记》一书也"之言，到底这是不是正指"文学创作"？奇怪，我们试图解读这个与众有殊"隐—借"的创作方法，不是为了"回到雪芹的具体的、个性的、独特的"创作"上去，如何反倒遭到大专家们的强烈斥责呢？

事情可以弄清，本不复杂，即：开口闭口疾呼"回到文本""回到文学创作"的好心人，视"考证"为真理的妨害者、为邪魔大逆者，他们却实在并不真明白"文学创作"——尤其是雪芹的创作是怎么样的。一个空泛的口号式的"主张"，想抹杀一切具体的创作问题的情况，对研究阐释工作持"敌视"态度，自己树立起一堵高墙巨障，虽然他们从考证获取大量红学基本认识，却说考证是"山穷水尽"，是"死胡同"，究不知他们所指引的康庄大道是怎样的境界？是否认为《红楼梦》不过是和西方某些虚构的小说是一丘之貉，还得以西方的通常眼光和理论去看待《红楼梦》，方能"迷途知返"？因我之过于浅陋，不醒悟，让您见笑了。

我的谬见可以不值一笑，但摆在我们面前多少年来的一个根本问题，还是需要解答：如果曹雪芹写的一概是"满纸荒唐言"，那么，他该很"开心"地对读者哈哈大笑，心情应是兴高采烈，然而他却"一把辛酸泪""字字看来皆是血"！这却怎样讲？比如，"辛酸泪"不妨向人直流痛泻，为何偏偏要用个"荒唐"的烟幕？

这样，我这愚蒙就心悦诚服了。

（叁）

群芳榜首黛和钗

21. "林黛玉"解

林姑娘芳名黛玉，从字面解，古诗词早有"粉白黛绿"之语，黛者，画眉之色也，黛为深绿色，深极则转为黑，故"黛"从"黑"而造字。中华古来黑、青、绿往往互代不分，如"青布"即黑布。小时候习闻此称。"青鞋布袜"，即黑鞋白袜。至于"眉黛"，那不烦再举；老杜诗，"越女红裙湿，燕（yān）姬翠黛愁"，更是佳例。所以，宝玉初见林妹妹，即赠以"颦颦"的表字。

但雪芹笔下的人名，字面之外，又多有谐音寓旨，这是大家皆知之事。所以又要问"林黛玉"三字，是暗寓何音何义？若依拙见，此三字至少有两种"读法"：一是"麟代玉"，二是"麟待玉"。此外还可能有更多奥秘，如"麟带玉"——雪芹自己已然透露了"玉带林中挂"了。

如今且说，何为"代玉"与"待玉"。

说来还真是诱人。第一是"林"与"秦"的问题。在古抄本中，"林之孝"作"秦之孝"，那么小红的本名"林红玉"就应是"秦红玉"了。黛玉之姓"林"，似乎与李后主的"林花谢了春红，太匆匆……"有关，而"林如海"则是秦少游（观）词"飞红万点愁如海"的运化而成。可证"林""秦"之若即若离的关系，因而又可悟知：麒麟的古音反切即是"秦"，所以"秦—林"

亦即麒麟的古代标音法。

知此，雪芹写书，先有一个林黛玉，后有一个秦可卿，其姓氏音韵相连。然而林黛玉独无佩物，她只能妒忌戴麟的史湘云。确实，湘云是佩麟而等待宝玉重会的后半部书的主角；而湘云见了宝玉，又得一金麒麟，真是二人奇缘——已都"聚焦"在双麟佩上——玉佩的作用反而要逊色了，是故又谓"麟代玉"。宝玉有了麒麟，可以不再强调所谓"金玉姻缘"是真是假的烦恼心事了。

是之谓"林黛玉"。

红学家梁归智早即主张黛、湘是从娥皇、女英化来；而女作家张爱玲则认为本来只有湘云是主角，黛玉是作者后来想象虚构出来的一个"幻身"人物。他（她）们两位的看法，殊为似异而实同，微妙之趣令人称绝。

[附言]

娥皇，"秦娥"而可称"妃子"者也。潇湘妃子，合乎林。而女英，正是湘云为"英雄（或作"豪"）阔大宽宏量"，"唯大英雄为本色"（湘云给葵官取别名谐音曰"韦大英"者是也）。何其两两恰切，岂偶然乎。

22. 怜她寂寞

有一位学友向我提出：宝玉对黛玉是怜惜之情，而非今之所谓爱情。真爱情是在宝湘之间。

这见解，似未经人道，有道理吗？因为这实际牵扯雪芹真本与程高伪本之争，并非枝节细故。

我以为怜而非爱，是看事透到深层的灼见真知，而俗常被伪本迷得太甚的"宝黛爱情悲剧论"者是难以"接受"的——岂但"接受"，连"想象"也是无从谈起的。

书中有证据吗？太多了。

开卷不太久，就到太虚幻境一回，宝玉所见"判词"与曲文是怎么说的？请看：

> 可叹停机德，堪怜咏絮才。
>
> 空对着山中高士晶莹雪，终不忘世外仙姝寂寞林。

堪怜者，受人怜惜也，与"恋爱"是两回事。"世外"之人，少有合群至密之友，故谓这种寂寞孤独之人，十分堪怜——多情者如宝玉，能识其心，遂怜其境。多情公子的心迹是广施同情，慰藉于每一不幸者。

是以书中明文、理据俱在，非我制造什么"新说""异论"。

雪芹的笔，是精细巧妙至极的，每一义总是安排下呼应遥通，待人自悟。寂寞之叹，到了放风筝那一回——乃至茗烟和万儿那一回，都十分重要。

——茗烟那一回，是宝玉来到东府听戏，嫌那种"热闹"戏变成了"杂技"，已无曲词戏文的诗境（这是中国戏剧的文化特点，与西方不同），便想起那间小屋中所悬一幅美人图，恐怕她独自在彼，寂寞寡俦，故要来看望安慰——这是什么话？俗人以为"疯""呆"，笑骂不齿；却正是情痴情种的心灵之光，真情至美——凡物与人一样，皆有生命性情，皆需交会感通；这和什么"恋爱"乃至什么"遐思""邪念"，毫无交涉。

《红楼梦》的精神世界的不为常人所解，遂为妄人乘隙，迎合庸俗的"婚配""性爱"的观念，彻底痛毁了雪芹的伟大和大仁大义，大慈大悲！

放风筝那回更妙。

试看：除了探春另当别论之外，宝钗的是一串七个大雁，黛玉的是一个美人，给了宝玉。这美人怎么也放不起来，气得宝玉甚至说出：若不看在是美人的面上，我就一顿脚跺烂了！

与此同时，他又听了黛玉的话，把顶线叫人收拾了，果然放起来了，可他又说，这美人一去，不知落于何处，如若落在村野，让小孩子拾去，还好；若落在荒无人烟之地，我担心她怕寂寞——又把自己的一个美人也放了去与她做伴！

这些重要的"交代"，一般人都当"闲文琐语"看待，无非逗趣而已。殊不知字字皆非轻下，句句皆有着落。

宝玉的风筝，大鱼给了宝琴（喻"多余"耶？），螃蟹给了环儿（横行之人也），自己接了黛玉送的美人，还另有自己的一个！

请你听听：这都是什么"话"？想过吗？

事情已很清楚：第一，黛玉的风筝（美人，是她自己的象征）是放不好的，宝玉为之生气不耐烦；既放走之后，为之担心，体贴其寂寞——"荒无人烟"之境，即"世外"也，即"仙姝"独处之地也。生怕她孤寂难遣，又将自己的一个与她做伴——慰藉而非缠绵缱绻的"恋"情也。何等明白！

怎奈人们多是不思不悟，死抱着那部伪"全本"原著不放，大讲"宝黛爱情"，何其昧昧至于斯极！事情的大局已明白确定。

——那个又放之美人去做伴的是谁呢？晴雯吗？还是八十回后另有一个怡红院中之人随黛同逝者的佚文待探？

诗曰：

美人一去落花缘，寂寞无俦最可怜。

不识风筝真大事，伪文假物日嚣然。

情缘宝黛泪空垂，假相奇文辨是非。

荒漠美人谁做伴？何曾生死誓同归。

23. 黛玉与王维

有位读者，专程投函来问：黛玉教香菱作诗，为何单让她读王维的五言律作为启蒙"教材"？盼我回答。平生不愿让人失望，凡较有内容的必竭诚作复；而这次却未回信，至今怀有歉意——原因很多，大约当时极忙，各地信件又多，加上他问的绝非三言两语能够说清的，何况这样的问题自己也并非早就深思熟虑过，妄言是不妥的，打算得空想想再说——这一来就"搁"下再也"回"不到此题上去了。今日记起它，还是不肯失礼，在此简答几句。

第一，小说并非"论文"，作者常常借机行文引趣。我的感觉是：雪芹深知，学诗应从五言学起，最是能练笔力，养风格，不塌不蔫，不庸不俗；但他虽让黛教菱读五言律，却又写她作的是七言八句——这本身就"矛盾"，因此揣度，他单提王维，大约只是为了讲"大漠孤烟直，长河落日圆"的大道理，和后文的咏"月"七言律的作法，全非一回事。

一般讲诗的，若提王维，就说他是带佛学味的诗人，其实不然，试看那"风劲角弓鸣，将军猎渭城。草枯鹰眼疾，雪尽马蹄轻……"何等的健笔，多么地英气！哪儿是什么佛禅之事！我想，雪芹让人学王维，着眼点当在此处。

第二，诗文不是"一道汤""千篇一律"。王维能动，也能静。所以才有许多写景写境的名句。大艺术家无不如此。诗人是个"活"人，用笔也是支"活"笔，没有死条文、死规矩。从王维五言律入手，是讲领悟，不是让人"模仿""复制"。懂了为何写孤烟大漠，方有"直"字之理；懂了落日长河，方悟那"圆"字的境界。这是以王维为例的用意，亦即"教学"的艺术，不是死"填鸭"式的灌输。

香菱的三首七律，和王维"无干"。但她终于悟到"千里白""五更残"的时空境界，懂了"秋闻笛""夜倚阑"的人物心情——由这点烘托一个"月"来。

学生香菱自然成不了王维，师傅黛玉也不是"王、孟"的诗路，因为身份、境遇……都不同。但文学艺术有个大道理，却是四通八达、万变而有其"宗"的，离开不得。

如果以为写"明月松间照，清泉石上流"的人，就不能写"洛阳女儿对门居，才可容颜十五余"，那是以"死脑筋"看事情。黛玉的三篇长歌行、五言律、七言律、联句，也各有其格调声容——然而又与湘云、宝钗的手笔不相混同。香菱的诗，在《石头记》佚稿中应有发展——不知是什么情节？但我相信，雪芹设计了学诗一大回书文，却只为了三次咏"月"，便再无呼应作用，必无此理。因为他的章法没有"单文孤证"，都是"常山之蛇"，首尾必应的。

我这些想法，属于"心血来潮"，偶忆及此，未必即是。这不是小题目，希望有大方家为我们好好讲一讲。但即此区区拙见，我也无法都当"信札"写出来，立时答复那位读者。不知他能读到这篇小文，并能谅解我难以尽答的困难否？

24. 葬花

一提《红楼梦》，先想起的定是林黛玉；一提林黛玉，先想起的又定是《葬花词》。这已成了"定律"，甚至有些人的感觉上《红楼梦》不过"就是这个"。可见其影响之大，真不可及。

伤春惜花，残红落尽，而喻之以"葬"，诗里最早谁创铸此词？记不得了。此刻只还记得宋代词人用葬埋一义的例子，一个是周美成（邦彦），一个是吴梦窗（文英）。周曾咏及落花，说是夜来风雨"葬楚宫倾国"。好像是写风雨摧残了牡丹之美。他用上了"葬"字，但未涉作词作吟之事。及至梦窗，方有一首《风入松》，其前阕云：

听风听雨过清明，愁草瘗花铭。楼前绿暗分携路，一丝柳，一寸柔情。料峭春寒中（zhòng）酒，交加晓梦啼莺……

这儿的"瘗"正是葬，铭即是词。这似乎是《红楼》葬花的先导之例。若说巧，倒也够巧：你看这儿又有"楼"，又有"梦"。"绿暗红稀"，又遥遥衬出一个"红"字来——那楼为红楼无疑。即当时女儿美人之居处也。

雪芹受到梦窗词的艺术联想启示吗？

我曾讲湘云、脂砚、畸笏三名来自梦窗的一首《江南春》——"风响牙签，云寒古砚，芳铭犹在棠笏……"只这开拍三句一韵里，就包藏了湘云的"云"，脂砚的"砚"，畸笏的"笏"。你道奇也不奇？这还不算那"芳"，那"棠"，又都与湘云紧密相关。

南宋词人史达祖有一首《眼儿媚》，写的是想念分离的人。名曰"湘云"，已见我另文所叙。

梦窗有"剪红情，裁绿意"之句。同时又一名词人姜白石（夔）则有"红乍笑，绿常矉"之词；又云："东风历历红楼下，谁识三生杜牧之。"皆可味也。

诗曰：

小杜风流溯晚唐，周吴史与一家姜。

葬花谁是先驱者，花帚首闻咏杜郎[1]。

---

[1] "埽花帚"，亦见杜牧诗。

25. 葬花词之思

《葬花吟》是《红楼梦》书中打动读者的第一篇诗，所以几乎成了"红楼"的代表。我曾说黛玉的三篇歌行体的力作，即《葬花吟》《秋窗风雨夕》《桃花行》，后二首是精品力作，而不太受人注目，也少见过细的讨论。《葬花》确如雪芹明言，只是"随口念了几句"，有"散文诗"的意味，缺少精严的章法结构。因此，这实在是即景口占之诗句，甚异于案头涵泳推敲定稿的风格意度。

此篇开头即暗用《西厢》曲文而运化的，见我在《红楼小讲》中指出的例句。"落絮轻沾扑绣帘"句很重要，只这句，"絮""沾""帘"三"眼目"字都出现了。让我先说说这三"眼"的妙绪文情——

絮，可别轻看，请记住，前边有个"堪怜咏絮才"（第五回），后文有个"偶填柳絮词"，都是呼应。"沾"，暗点雪芹的真名。此字单单出在"絮"的身边，饶有意味。帘，总是与黛玉相连——如"一声杜宇春归去，寂寞帘栊空月痕"；"桃花帘外东风软，桃花帘内晨妆懒"，俱是要紧眼目。而又与"絮"紧紧相伴，"咏絮"一回，湘云先说"卷起半帘香雾"，宝琴后说"谁家香雪帘栊"，这就更为重要了。

悟知了"帘"字在黛玉诗中的重要性，也就明白了《在苏本》的"落絮轻沾扑绣帘""帘中女儿惜春暮"的文本是最正确的（它本是"闺中"），因为这"帘中"也就是"帘外桃花帘内人"的同义与呼应，这属于"顶针续麻格"，是有意的重复与衔接——后文《秋窗》与《桃花》两篇更发展了这个独擅的音韵体格。

此诗的警策，在于思绪"推理"，层层递进：一、柳絮榆钱来了，桃李无人过问了。二、桃李明年花可再发，而与花相似的女儿（这句才用"闺中"）却不可"重生"了。三、今奴葬花，人谓我痴，然而异日来葬，"葬花人"者又有谁人？四、归结一连串动人警句："试看春残花渐落，便是红颜老死时。一朝春尽红颜老，花落人亡两不知！"——至此，宝玉在山坡上听见，不禁"痴倒"——即感情撼动得不能支持了！

怎么叫作"两不知"？可讲得清楚？似可懂，似又不易懂。也许是说：花之落，人之亡，皆不可问。"不可问"原来用为感叹而又不忍明言其不幸结尾的意思。我想，雪芹或亦此意。

"花落—人亡"，全书的总纲关目，亦即"千红一哭""万艳同悲"的象征与注脚，前文后事血骨相连，呼吸相通，不是"两回事"。

全篇用"两不知"作结，结得最好，因为诗句虽完而含意不尽。何以"两不知"？不是简单地说"两者都不知道了"，而是说花之落，人之亡，其结局之不幸都是"不堪问"——即宝玉不忍细说，亦不忍倾听之，那是太令人伤情悲痛了。

这首诗，似黛玉自诉自伤，其实是代表"千红一哭""万艳同悲"的总主题、大氛围，其感动人的力量，不是无缘无故的。

26. 五美何人

"幽淑女悲题五美吟"一回书文，很是奇特——下半回竟然接的是尤二姐等人迥然殊异的事情了。此亦全书的一大转关，但我很觉别扭，转得太生硬。二姐、三姐这种笔墨，实非雪芹的擅场之处。不想多谈，故仍回到"五美"，补说几句。

诗人自昔咏古总为切今；雪芹为红楼才媛所安排下的诗篇，更是如此。

"五美"之中，"切"今而分明不差的是西施喻黛玉自身，"一代红颜逐浪花"，即日后她是自沉于寒塘也。明妃喻探春之"和番"远嫁，亦即无疑。红拂全切湘云明显可见。

这样，剩下了虞姬与绿珠，可就特别令人费思了，她们都是"殉情"之烈女，并且都为所殉者殒身亡势于政治旋涡之间，非一般"儿女""闲愁"也——然则，《红楼》一书中，谁又"相当"于她们二人而涉及如此重大的政局事故、人生巨变呢？这岂止是解诗，实实是"红学探佚"的又一关节了。

在我此刻执笔为文之际想来，大致情况可以初探如下——

虞姬所切者，元春也。

元春作妃的君王是谁？依年月节令实际已经考定应是乾隆改元，省亲当是乾隆帝的"旷典"。若这么推，她所殉的当为乾隆了。然而，虞姬所殉，乃是末路的英雄、失败的斗士——这与乾隆何涉？即此可悟：与乾隆做殊死的政争而被打倒的"楚霸王"

正是康熙太子之长子，真正的合法"帝孙"弘皙。

这可就重要极了！

我以为，元春本是弘皙的身边人，贾府之女元春正是被选入其宫府的一名内府包衣女。宝钗的"待选"实亦属此。

一个可能是：弘皙败了事，元春自尽以殉。另一可能是未殉之前，她已被乾隆夺入宫中，成为妃嫔之流；及至弘皙起事，她曾策划"反正"归主，不幸都被发觉，遂而自刎（或自尽）而殒命。

这个探佚推考，似乎合理而能解书中元春的"判词"与"曲文"。

如今，最难的一个就剩绿珠了，只因石崇是暗比宝玉，在此"前提下"，必然是怡红院中诸女儿在宝玉日后受逼落难时，毅然不被强者夺去，以身命而争，忠于职，殉于情……

这似乎也合情理，但困难是"五美吟"中明言"石尉"不重此女，随势一齐抛弃——明义之诗也说"青娥红粉归何处，惭愧当年石季伦"了，哪儿又曾有个"绿珠"可比？

这可真是问得人哑口无言。

怡红诸女儿，八十回前已知其结局的：晴雯死，芳官被逼为尼，二人而已。稍后可预知的也只袭人嫁与蒋玉菡，一人。其余均未离开。麝月是终身供奉者，且随湘云同为宝玉旧人之仅存者。这样，重要的应属檀云、碧痕、秋纹、绮霞等三四个——再小的，身份难比绿珠了。而这四人中，有谁是能像绿珠而与宝玉"同归"的呢？

这个疑问不易答。也因为宝玉并未如石崇之被害，谈不到有"坠楼"之人。

也许，宝玉是落难而系狱了，此时有一个甘愿同他入狱的，也有"同归"之义。假若如此，她又是谁？

这问题留给探佚高手，自愧无能为力。

"碧痕"是通行本之名字，古钞本或作"碧浪"。今必以为怪。她的情节不多，无可推测。

"秋纹"之名也怪，竟不知何所取义？宝玉秋日即事诗有"苔锁石敛留睡鹤"之句，"纹"在怡红院中此为仅见。难道秋纹能比绿珠——她本来不受王夫人青睐的，后因送荔枝而得赏了衣服，自谓荣光无上。

五美之中，有四可定，也就不算考论无功了——可是还有一个破绽：西施喻自沉于水的黛玉虽合，而西施乃吴、越之争的关键人物，黛玉早夭，与吴、越何涉？

只有一个可能：黛玉之死，虽然病、药、悲、谗……多种压力有以致之，而多种原因也竟同样包含了"双悬日月照乾坤"的政治搏斗而遭到了株连，未可知也。

诗曰：

五美寻踪四美明，绿珠何属触文惊。

西施本是工颦女，小字鞶鞶有异情。

27. "宝钗"的联想

薛姑娘取名"宝钗"，艺术联想何在？也很耐人寻味。雪芹在书中已然引了唐贤"宝钗无日不生尘"之句。今人又引"宝钗分，桃叶渡，烟柳暗南浦"（辛稼轩词）。在我看来，这"钗"还是与杨贵妃有文史关联，今亦试作一草略推考——

将薛宝钗多次多处比作"杨妃"，已是向来习知之文情，不劳多举。这个比喻，寓意甚丰，并不仅仅是"体胖""肌丰"的一点外相问题。她佩戴的金锁，镌字是"不离不弃，芳龄永继"，正是从反面暗示预伏了她的离弃和年寿不永。杨贵妃因玄宗在蜀道中"六军驻马"，逼她自缢，即是又"离"又"弃"。贵妃与玄宗定情在天宝四载七夕，在长生殿上密语，愿生生世世结为连理……而定情之信物，正是金钗钿合。依照陈鸿《长恨歌传》、白居易《长恨歌》，当邛都道士寻见贵妃时，她即托付道士，将钗、合"各拆一半"交与"上皇"（玄宗当时已由"明皇"转为"太上皇"）。这儿，"钗"是贵妃命中最要紧的标记，故薛姑娘取名曰"宝钗"，是微妙的关合。至于"钿合"，本是一种首饰，后世误解为"盒"，合与锁，本有"锁合"一义，则也十分显然。

正因此故，让人想起重读陈、白的《传》《歌》，便发现了不少新的妙谛奇思。试看：贵妃在道士眼中所见的衣饰，是"冠金莲，披紫绡，佩红玉，曳凤舄"——这就太有趣了！紫绡、红玉都见于《石头记》的正文：红玉是小红的本名"林红玉"（相对于黛玉）；紫绡则是讹误而"迷失"的另一丫环之名，也在怡红院。

更令人遐思远想的是等到道士寻见了贵妃时，她已不再用"贵妃"原称，而变成了"玉妃"了！这个"玉"又复出现于此名的含义，绝不偶然，而雪芹对此实有联想，而且加以运用的痕迹可证。

从文义而言，研究者早已指出：黛、湘好像是暗寓娥皇、女英，人所易知。未料宝钗竟也与"妃"暗有关联——可真是常人智力难测雪芹的高级灵慧匠意之心，玲珑四照，无所不通。

由此诗可悟：太真（即杨贵妃）本以喻宝钗，而入于海棠诗时，此"太真"又以喻指湘云了——因为海棠乃是湘云的化身幻影，以"海棠"名社，即是此社所作之诗都同样咏赞湘云者也。"西子"本以喻黛玉，在此又以喻指湘云：这也就是湘云兼有钗、黛二人之美也。

在写宝钗的琐细处总暗示着她与贵妃的关系里面必有文章。如今再看元妃归省时所点四出戏更有所悟：一、《一捧雪·豪宴》，脂批"伏贾家之败"。二、《长生殿·乞巧》，注"伏元妃之死"。三、《邯郸梦·仙缘》，注"伏甄玉送玉"。四、《牡丹亭·离魂》，注"伏黛玉之死"。然后又注明此乃全部书的四大关键。

在此，需先悟知这四出戏是交互关联的，不是各自孤立。因而看出"一捧雪"的故事与元春之死是相牵涉的大事故。

显然，在贾府来说，宫里有个"杨妃"，家里又出了一个"准杨妃"。此二妃，与贾家之败都紧紧贴连——这可即须尽先探究薛宝钗，除了名"钗"之外，为何又单单姓个"薛"字？原来，"薛"是"雪"之谐音取义，"好大雪""晶莹雪"等句，早已表明了。但问题仍然落在为何单谐音于"雪"？于是，很快领会了雪芹的笔法：在《一捧雪》这本戏文中，是"两雪"的悲剧情节，十分震动人心：一个是那纯白如雪的玉杯，一个是美貌无双的雪艳娘，人亦如雪。

雪芹的文心，是一面将宝钗比作宫中的杨贵妃，事涉"双悬日月"的政争大事，一面又比作家里的雪艳娘。由此而演出了"家败人亡""忽喇喇似大厦倾"的巨变。因此，宝钗不但"雪艳"，而又"冷香"之故，住"梨香"之院，然而她又"吟成豆蔻才犹艳"！在这儿特笔点出了这个"艳"。她有如莫家的雪艳娘。

这当然须简介《一捧雪》的剧情，剧情可以佐助我们悟知这些"伏笔"的重要意义——明朝嘉靖年间，太仆寺卿名叫莫怀古者，家藏奇珍玉杯"一捧雪"，为权相严嵩之子严世蕃所羡，谋夺取之，以致抄莫之家，"害"莫之命。坏人汤勤，绰号"汤裱褙"从中作恶，谋夺莫之美妾雪艳娘。莫有义子名莫诚者，代主死，以救莫怀古于死。而雪艳娘亦于"洞房"之夜刺杀汤勤，然后自尽。

这样，就发生了一个"探佚"的课题：荣府的"对头"向他们谋夺古玩珍宝，而又有坏人挑唆"王爷"向荣府索要美女。大约钗、黛等皆是都城闻名的闺秀，如南安太妃见了钗、黛、探、湘四女赞不绝口，即是"伏笔"。似乎宝钗初来即为"待选"，至此无计逃离，而袭人献策自愿乔装代钗去应付。这就是袭人后来含冤受诬，担了恶名，到"忠顺府"嫁了蒋玉菡（戏子，当时贱民最下层）的曲折情节的真缘由。

书中冷子兴是"古董行"，贾雨村与之交好——二人于贾府之败，是主要启端乱事之祸首。第五十一回薛宝琴的《怀古诗》，咏"马嵬坡"一首云："寂寞脂痕渍汗光，温柔一旦付东洋。只因遗得风流迹，此日衣衾尚有香。""温柔和顺"是对袭人的判词，是她代替"杨妃"到了"东洋"——"东洋"二字奇甚！这些线索，当有探佚专家留意。

28. 宝钗"待选"

《红楼梦》于黛玉入府之后，紧接即写薛蟠送妹晋京，是为了"待选"。很奇怪，这一笔露了端倪，以后再无任何照应，那句话成了孤笔、虚笔，甚至有人说是"败笔"。

薛蟠打死冯渊，不当一回事，竟自将命案"交给"家人，扬长而去——晋京去了。据书详叙：他之北赴京师，目的有二：一为送妹"待选"，二为店铺结算账目。后一条不必再表，单说"待选"一节，那文交代特别清楚详细——

> 近因今上崇诗尚礼，征采才能，降不世出之隆恩，
> 除聘选妃嫔外，凡世宦名家之女皆报名达部，以备选
> 择，为宫主、郡主之入学陪侍，充当才人、赞善之职。

宝钗乃重要女主角人物之一，晋京又是偌大名堂和职分，岂容随便下笔，下笔之后就忘得一干二净，在雪芹来说，断无此理。然则，这又当如何解释呢？

当然，宝钗刚入都时，不到应选之年龄，可留为"空白"，但据拙考她初来年当十七岁，至元妃省亲，已然十八岁了。贾母给她"过第一个生辰"，是为已到"及笄之年"的确证（详见拙著《红楼梦新证·红楼纪历》）。既达此年，则待选的前文，就该提到话下了——可是总也未见任何解释。

我觉得这内中定有事故，作者不言，留一"漏洞"以待读者识破，而读者至今终未留心措意，"放"过去了。我想这儿一个关键点是选嫔妃以外，还要选宫主（雪芹原笔。与"公主"不同）、郡主的侍女。郡主者，亲王、郡王的女儿是也，选上之后，不是入宫，而是进府当差服役。

要注意书中的王府甚多，内中可就有特大"文章"了！

29. 蘅芜苑

曹雪芹作书，喜欢运用谐音寓意，因此常常令我陷入沉思——许多人名、地名、物名，至今未必尽得其解；但若妄加揣测，遂又有"猜谜"之讥、"索隐"之诮等等"帽子"伺机便至。此事也不易处置得宜。今日忽萌一念：我试讲解一二轩名，可以借它表我之拙见，而并非就以拙解视为雪芹本意——如此，谅亦无甚大妨碍了吧？盖借径发挥，无非涉笔成趣之一法耳。

我想解解"蘅芜苑"。

蘅芜苑者，可以谐音为"恒无怨"。大观园在时，谁居此处？曰薛宝钗，曰史湘云。

何以单单是她二人居住在此"苑"？曰：独她两个平生无所怨——安贫乐道，随分守常，不怨天，不尤人，光明磊落，霁月光风，是众目可识的共同贤惠之特点。

无怨，故不酸。酸，是女儿常犯之病。园中女儿，虽贤如袭人、晴雯，也时有"酸"意"酸"词，书中斑斑可按。

那么，"酸"之最堪者为谁呢？有位"代表人物"，即林姑娘黛玉是也。

证明何在？君不见《戏本》之第八回回目，明文大书曰："比通灵金莺微露意，探宝钗黛玉半含酸"乎！

第八回写什么？就是写钗、黛二人"当面"客气、暗里"周旋"的微妙情势。

这是第一次正笔展示于读者心目中的一段紧要文字。如果你留心从头细检一遍，就会发现：林黛玉在各种姊妹场合中的开口发言，百分之九十九都是"酸词"——时髦话叫"主旋律"。

黛玉的言辞风格，似乎就在周瑞家的首次与她打交道时而略见一斑。当送宫花送到她手中，她说的是什么？她说：我就知道，别人不挑剩的，也不给我！

周瑞家的，一声不吭，不言语。她心里有个"感受"——她是送花的，必须由王夫人处起顺路"一条线"的办法，毫无先后之用意。那话，可"悦耳"吗？以后之例，不必在此一一开列。

对比之下，可以"检点"钗、湘二人，有无类似之例。她二人，都是别人"提防"、招人猜忌者，不是嫉人者。

一个好例，最是意味深长：回目中有一个"贤袭人娇嗔箴宝玉"。请你回答，袭人因何而"箴"那公子贾宝玉？

原来，是为了怕他和姊妹们"失了分寸"。而这次风波却是全由湘云而起。

那时，大观园还未出现。袭、湘、黛三个都是随在老太太屋里旁边一处居住的，湘、袭在黛来之先就常在一处，最是亲厚，从无嫌恶可言；可是这回湘云来后，事情可就多起来了。

——如果你细按全书，就会发现；一部《红楼》，真正的"情节"实由第二十回刚刚开始，以前的故事，皆属"序幕"性质，只不过大小轻重、层次首尾各各有所安排交代罢了。

自从湘云在第二十回首次出场之后，书文这才正式展开，步步引深，层层入胜。在此之前，就连钗、黛的文章，也只绝无仅有一半笔点染而已。

然而，湘云一到，钗、黛之间也"热闹"多了，而且袭人也大大"含酸"怄气了！

由此也可悟知：湘云在全书中的地位、作用是何等地重要、深切、巨大了。

黛玉的口角尖酸，就在诗里也要留下痕迹，你看海棠诗，别人呢都咏怀不尽，独她却写出"偷来梨蕊三分白，借得梅花一缕魂"。请公正评论，花与花，难道也像红尘中的"人际关系"？白海棠的风韵，竟是从别的花"偷"来"借"来的！

试问这种文笔心态是否值得一味赞美而不许批评？

太无一点仁厚之气了，所以她对谁也没表现出真诚的关怀、同情、怜悯、爱护——紫鹃对她那么忠心耿耿，全力维持，也未见她有几句知心契味的肺腑话说与紫鹃，相与慰藉，彼此交流。

黛玉掣得花名酒筹是"芙蓉生在秋江上，莫向东风怨未开"。虽云"莫向"，那"怨"却已隐约可闻了。

对比之下，湘云的仁厚待人，从未见她"怨"过什么，她没有营谋之心、盘算之计，她也不知道世上的那么多坏人坏事。她最真。她没有一分假气假态——比如旧时评者，多谓宝钗是"假"和厚，有些装作，可是你对湘云，无论如何也找不到"假"字的痕迹。

这是书中第一可贵的人格品质。曹雪芹崇真恶假，是一条著书的宗旨、笔墨的神魂。

所以，湘云方是蘅芜苑的真正主人，宝钗只是一时陪客罢了。

我曾说过：宝玉试才题对，给蘅芜苑的联文是"吟成豆蔻才犹艳，睡足荼蘼梦也香"，这一点儿也不合宝钗的事情，却扣紧了湘云，十分对景。有人未必相信拙见，但是道理何在？不同意应当另贡新解才是。

在我看来，这种对联全是鲁迅先生所说的"伏线"，是雪芹笔下独擅的一条艺术设计。这种设计透露了八十回后的佚稿中的重要情节——那应是：宝钗继黛玉也寿命不永，芳龄难继，因而苑中就只剩了湘云，方是她"睡足""梦香"之绣屋琼窗。

（肆）

谁是红楼梦里人

30.“史湘云”解

喜读《红楼》之人甚多，喜读而读不全懂的人更多，我自己就是这样，时以为“乐中有苦”。如今我拿雪芹给书中人物取名作一例，就是我总想做努力读懂的尝试。我以黛、钗、湘三位作“攻坚目标”，写了这三篇短文，次序也是按照她们在书中出场先后而执笔的，所以讲完黛、钗，方解湘云。

“湘云”一名，在我的有限的知识圈内，最早看见唐诗名家张籍就用过“湘水湘云”字句，后来又于宋朝人史达祖的一首小令中遇到此二字，就已经是个真实的女流芳名了。词人访她不见，很想念她。再后来，我悟到“湘云”之名应与东坡居士之忠诚不渝的随侍者“朝云”有其文心史迹的微妙关联。这都与宋玉赋巫山神女“朝为行云，暮为行雨”是一脉薪传的中华文学传统接承而又运化的美妙手法。如不能知，那么读《红楼》还有多少意趣可言呢？

当然我们今日要想把雪芹的文心匠意都解透了，实不可能，只成妄想。我所以说与朝云关联，也因为雪芹自己早已提名了——他借书中人讲论“正邪两赋”时所举女流，即是红拂、薛涛、崔莺、朝云，有迹可寻。但“朝”所以变为“湘”之根由，还不能忘掉《楚辞》的《九歌·湘夫人》。谁能背得出——

帝子降兮北渚，目眇眇兮愁予。

嫋嫋兮秋风，洞庭波兮木叶下。

白薠兮骋望，与佳期兮夕张。

鸟何萃兮蘋中？罾何为兮木上？

沅有芷兮澧有兰，思公子兮未敢言。

荒忽兮远望，观流水兮潺湲。

麋何食兮庭中？蛟何为兮水裔？

朝驰余马兮江皋，夕济兮西澨。

闻佳人兮召予，将腾驾兮偕逝。

筑室兮水中，葺之兮荷盖。

荪壁兮紫坛，播芳椒兮成堂。

桂栋兮兰橑，辛夷楣兮药房。

罔薜荔兮为帷，擗蕙櫋兮既张。

白玉兮为镇，疏石兰兮为芳。

芷葺兮荷屋，缭之兮杜衡。

合百草兮实庭，建芳馨兮庑门。

九嶷缤兮并迎，灵之来兮如云。

捐余袂兮江中，遗余褋兮澧浦。

搴汀洲兮杜若，将以遗兮远者。

时不可兮骤得，聊逍遥兮容与。

你看，这多么趣味盎然：一、湘云在全书时序上是"秋"的象征，她第一次出场已是秋季咏海棠了——春节归省，夏节"打醮"，全不与她"相干"，何等明白。所以，名句"嫋嫋兮秋风，洞庭波兮木叶下"就是她的季节。二、"思公子兮未敢言"，正是宝、湘遭变，被迫分离的好注脚。"灵之来兮如云"，多么清楚，湘云的"云"，出处就在此处，可以无疑。

至于湘云为什么姓"史"？一时尚难测度。我此刻只提三个线索，以供研讨：一、雪芹之意若曰，我写黛写钗，尚有艺术性的渲染、假借、增饰、点缀之笔；唯于湘云，则纯用"史"笔，不假虚词。二、"湘云"女流，见于词人史达祖词中，遂乘势借以为姓氏，亦"机上心来"也。三、李氏之祖李耳，为柱史，乃古史官，故以"史"代李（湘云之原型姓李）。孔子云："质胜文则野，文胜质则史。"史乃野，此谓文学素养气味与"史笔"一义——既以史实为据，又有文学的胜境——各居一面，非矛盾也。

总之，只以"林""薛"之取姓，皆属于"荒唐言"之列，独湘云取姓则"真事隐去"之真事在，即"史"也——"一把辛酸泪"，在此不在彼。此方是全书用笔之大旨，最为紧要。

又有一友解云："史"者，北音谐"室"，室即宝玉室人之义，谓湘云方是宝玉的真正配偶、夫人。"绛芸轩"者"红香室"也，又正是湘云之真居处也。

当然，讲《湘夫人》篇，应与《湘君》合看，君与夫人的互念，是悲欢离合的情意申述，双方一致强调的是桂舟的航行、江波的安全，筑室于水中（"水困乎堂下"亦同），屋室一切全是各种芳草构成——而又都说"时"之难得，要一同把握和享受这珍贵的时刻。

这是否也与雪芹书中后来宝、湘如何离别、如何重会有所关合？总之"湘云"之名取自《湘夫人》，而此篇写的也就是舜妃娥皇、女英的故事，与"潇湘妃子"都联在一起，耐人寻味。"红学"发生、建立了"探佚学",不是天上掉下和师心自用的附会之说。

因重读《湘夫人》,又悟及一点湘云的"云",未必属于她本身,却应解为暗指宝玉——"灵之来兮如云"者是指湘君,而非夫人自指。是故湘云的酒令中又有"日边红杏倚云栽"之句。此句湘云与探春并得,探春是"得贵婿",湘云是"配仙郎",湘云又号"枕霞"者,其实即是"倚云"的同义变换词。

为这个解释寻求佐证,或可参悟"芸"字,"绛芸轩"是一处点睛,贾芸认宝玉为"父",是再次"间色法"。"行云流水",云属宝玉,水属湘云,"云散""水流",太虚幻境先闻歌声取此二句,此又一义。

是耶非耶?

31. 人比黄花瘦

戚晓塘序《石头记》,说是雪芹之笔竟能一喉而二声,一手而两牍,实为天下之奇,赞叹惊绝。这奇,向何处寻一较便之小例,以昭示于大众呢? 我想最好就举菊花诗为证。

菊花诗是紧接自秋海棠起社而拓开、而畅写的一段奇文重彩。看他句句是菊,然而又句句是人,叹为观止。

这"人",谁耶? "东道主人"史大姑娘是也。

五个人,十二首诗,次第分明,章法严整,乃是湘云后来的一篇"诗传"——也是宝、湘重会的传神写照。

我愿稍稍加细逐次说解一下，看看拙解是否妥当。

第一首是"忆"菊，出于宝钗之手。

忆者，怀念也，牵挂也，相思也。

第一回"风尘怀闺秀"；第五回"怀金悼玉的红楼梦"，俱用"怀"字。此处则曰"怅望"，用"闷思"，其义一也。怅望乃联绵词，不可分讲——如同说怅恨、惆怅、怅惘，不是用眼去看的意思。

"怅望"二字领起，先得"忆"之神魂矣。

> 怅望西风抱闷思，蓼红苇白断肠时。
> 空篱旧圃秋无迹，瘦损清霜梦自知。
> 念念心随归雁远，寥寥坐听晚砧痴。
> 谁怜我为黄花病，慰语重阳会有期。

此时，全在"怀念"之际，相思最苦，断肠抱病，而雁不传书，砧无达响。

因为这十二首诗，除宝、湘是主；诗是自家声口，余者钗、黛、探三人则不同于"陪客"，而是代言人，如宝钗此首，乃代宝玉抒写其怀念之情、相思之苦也。"瘦损"说明已过中秋满月了。"梦自知"正是"梦中人"的注脚，可知宝玉常常入梦的并非钗、黛，总是湘云。宝玉之病，亦全为湘云，略无疑义。

第二首就是宝玉的"访"菊。诗云：

> 闲趁霜晴试一游，酒杯药盏莫淹留。
> 霜前月下谁家种，槛外篱边何处秋？

蜡屐远来情得得，冷吟不尽兴悠悠。

黄花若解怜诗客，休负今朝挂杖头。

这首紧承"忆"篇，并且紧紧以"药盏"与"忆"的"病"字相为呼应。"莫淹留"者，急欲寻访，虽困酒抱病，亦不顾恤也。"谁家种"，"何处秋"，是寻踪觅迹——上一首已言明"空离旧圃"之中已不见湘云之形影了。此似问，而非问，因已探知线索，方能去访，已非茫然漫无边际的摸索之前一时期也。

此为何处？

我意"槛外"是眼目关键，因全书中两见"槛外"字皆是妙玉的事情（一次妙玉为宝玉祝寿而自称，一次宝玉到庵去乞红梅，二诗特用此语）。这分明逗露湘云从另一势家脱难逃离后，暂寄于尼庵之内——我甚至疑心，搭救湘云的就是妙玉！妙玉是湘云（与黛玉）中秋诗的续完者，绝无偶然无谓之笔。

二诗尾联的"黄花"重现，"怜"字呼应，"诗客"乃宝玉，倍觉有趣——盖相思相念至于抱病者，正此作诗人也。

宝玉"访"之竟得，然后急忙亲手移栽，故为"种"菊：

携锄秋圃自移来，篱畔庭前处处栽。

昨夜不期经雨活，今朝犹喜带霜开。

冷吟秋色诗千首，醉酹寒香酒一杯。

泉溉泥封勤护惜，好知井径绝尘埃。

这篇"反映"了湘云脱难后，已经被折磨病弱得奄奄一息，性命未保；得宝玉精心救治调理，乃获复苏。而康复之后的护惜，不使丝毫的侵扰损害到得她的身边阶下——令人想起"侍者"救活"绛珠"的故事。颇觉神情仿佛。

然后，就是"对"菊，湘云自家的开篇了：

> 别圃移来贵比金，一丛浅淡一丛深。
>
> 萧疏篱畔科头坐，清冷香中抱膝吟。
>
> 数去更无君傲世，看来惟有我知音。
>
> 秋光荏苒休辜负，相对原宜惜寸阴。

这就归到了本事与主题，重要无比！

科头，谓披散头发——古人男亦留发，必须梳束整肃，若有披散，最为不敬之状态，故狂士（或疯癫）方敢如此。"抱膝"而吟，神态亦见其潇洒风流。

下接腹联，这就是十二首的精华之首唱了。这是湘云赞宝玉——其实也就是脂砚识雪芹，二人的投契，全在此处。一个"傲世"，一个"知音"，《红楼》的精神，也和盘托出，骊龙有珠，灵龟负宝，世间无价，纸上腾光！

再次，湘云又写出了第二首"供"菊——

> 弹琴酌酒喜堪俦，几案婷婷点缀幽。
>
> 隔座香分三径露，抛书人对一枝秋。
>
> 霜清纸帐来新梦，圃冷斜阳忆旧游。
>
> 傲世也因同气味，春风桃李未淹留。

这写的是宝、湘（芹、脂）二人重会之后的清苦而高雅的生活实况，字字真切动人。

重要的是：再一次把"傲世"的主题大笔凸出，"气味"之同，是一切的因缘纽带，邪恶势力，小人播乱，都是徒费机心，只堪笑骂而已。

桃李春华，风光一时，而不能久驻，便归凋落；唯有黄菊晚芳，清香不灭。

讲说了这几首，可以不必再多罗列了，因佳句虽多，已不烦解注而一切可以会通无碍了。值得注意的则是"菊梦""菊影""残菊"，应各略加数言，以资参会。

再看怎么写这个菊"梦"——

> 篱畔秋酣一觉清，和云伴月不分明。
> 登仙非慕庄生蝶，忆旧还寻陶令盟。
> 睡去依依随雁断，惊回故故恼蛩鸣。
> 醒时幽怨同谁诉，衰草寒烟无限情！

这显然不再是以上那种以"人""菊"为联系的梦寐怀思的含义了，而是转为以"菊"本身为主的代言体了。

"和云伴月"，重要！第一次表出"云"字，正同"云自飘飘月自明"一样，云指湘云，月喻麝月。

颈联一句也极关重要，切勿草草读过。盖此为菊言：我梦境一似仙境，然而与庄子的"化蝶"不同——他是豁达而"回归自然""物我一体"；我却情肠不改，一心思念和"陶令"缔结的旧盟！

这就要紧至极了！这方刚刚透露了一个"消息"："都道是金

玉姻缘，俺只念木石前盟！"

一部《红楼梦》，除此一句外，再也没有第二个可作注脚呼应的"旧"盟了。这是暗咏湘云，在重会之前的怀念宝玉——亦即脂砚之怀念雪芹。

在未会之前，满怀"幽怨"，无处可诉，向外一望，唯见西山一带衰草寒烟，寄情万万耳。

探春的"残"菊写得很有点奇怪——

露凝霜重渐倾欹，宴赏才过小雪时。
蒂有馀香金淡泊，枝无全叶翠离披。
半床落月蛩声病，万里寒云雁阵迟。
明岁秋风知有会，暂时分手莫相思。

"蒂有馀香"，金黄已然色减，枝无全叶，翠意离披，这无大奇；奇在"半床落月蛩声病，万里寒云雁阵迟"。雁可解为：相隔如万里之遥，而音信难传，较为易懂，但这些诗总以蛩与雁相为对仗，无一例外。蛩又何喻？而又总说"病"字。未见良注。

拙见以为，蛩似有多层复义：蛩声助愁思，一也。蛩音谐"穷"，二也。张宜泉和雪芹诗云"蛩唱空厨近自寻"，是喻贫甚而举火无烟，三也。

如这样解不致大谬，那么这枝"残菊"竟又远别而陷入苦境了——因为结联：

明岁秋风知有会，暂时分手莫相思。

真是奇上加奇，残菊再度别离，不知何故？既别之后，又定知此别为时不久，不必如昔别之牵念太甚，预卜再会，可以宽怀以待之。

你道奇与不奇？这些诗句昭示探佚学者：宝、湘的结局还有曲折，并非顺水行舟，一篙到底；其间情事，竟茫无可考，亦未见有人道及。

愿有高明，启我茅塞。

32. 不知谁是梦中人

宝玉入园后，曾有"四时即事"之咏，计为七律四篇。其《春日即事》有句云："枕上轻寒窗外雨，眼前春色梦中人。"信为少年佳作。

今日欲问：谁是这个"梦中人"？大约都笑话我了：这一问太多余——不就是林黛玉嘛，还有哪个？让我告诉你：不是这么一回事。你未必相信，我不妨贡愚。

要解"梦中人"，先讲一下"梦"，再讲那个"人"。梦是"红楼"之"梦"无疑了。这梦，大家以为无非是个泛义喻词，并无专指；古今以来，"红迷""红学家"大抵皆有自比"痴人说梦"的自解、自喻、自嘲之意。君不见早有《说梦录》之书乎，亦取斯义也。

梦，多喻人生，由来已久。李太白之"浮生若梦，为欢几何？"——他因而只求一个"及时行乐"的外相（心中也并非真快活）。至宋代苏学士，万人称他为"放达"，为"豪放派"词家，他的"人生如梦，一尊还酹江月"，"世事一场大梦，人生几度秋凉"，也是同理：他若真"放达"，何必总把个"人生"挂在心上口边——管他梦不梦，"人生一梦，万境归空"嘛，算了吧，写什么书，作什么词？都是"自扰"的"庸人"罢了，可笑可笑！

曹雪芹的书，也名之曰"梦"；题诗也是"浮生着甚苦奔忙……古今一梦尽荒唐"，这梦不就是人生一世的泛喻吗？

这都很对，只可惜看到了的是一个表层义，还有内涵义，是更重要的一层，却未悟知。

雪芹的"梦"与"人"，不同于一般泛词概义，是个别的、具体的、特定的、真实的——即非梦幻、非虚妄的，"人"亦如是。这其实也就是"自传说"的根本理据。

以上"空话"，暂止于此。且说那"梦中人"，果是黛玉吗？如若不是，又是何人？

我之愚见如下：

第一，通部书里，林黛玉与梦并无正面明文，交代"本事"与"艺术"的各种关联作用，笔法文心。

第二，"眼前春色"的梦中人更不属于她，因为与春无多关涉，也是葬春之人，只"芙蓉生在秋江上，莫向东风怨未开"。对不上口径。

第三，全部书屡屡明文点破"香梦沉酣"的只有湘云一个。

第四，湘云才是"一场春梦日西斜"，入梦醒梦、悲欢离合之人。警幻仙子警示宝玉，出场作歌，首先就是"春梦随云散，飞花逐水流"，上句专属湘云，下句包括以黛钗为代表的众多群芳、千红、万艳。这个"春梦"，专属于"云"，多经历坎坷漂泊分散。

第五，醉卧芍药裀一回，专为这人这梦而设而写，何等鲜亮而无可"挪移"——林黛玉的一切"形象""意象"，与此有相同乃至相似之处吗？

第六，脂砚的一条批，历来无人多加寻绎。我在《新证》中略加提引，但当下领悟的人不多，漠然茫然者如故。那条批怎么说的——

……故《红楼梦》也。余今批评，已在梦中，特为"梦"中之人，特作此一大梦也——脂砚斋。（第四十八回双行夹批）

此批是全书中第一重要的证据，证明批者即书中人物，即史湘云。她自称是"梦中人"，特与宝玉诗句遥遥呼应。雪芹的"梦"，是个最巧妙的双关奥语，含义多方，兴象纷现，他什么也不细讲多言，一任智者具眼，上士有心，各各自去参会。

"梦中人"何处相见？曰"枕上"也。《红楼》一书，"三爷"环儿作谜，"大哥有角只八个"是个枕头，众人大发一噱，笑谈不已。真正写枕，是群芳夜宴时，宝玉所倚的枕名曰"红香枕"。红香是芍药，皆特属湘云的象征丽色。而湘云者，有别号曰"枕霞旧友"。

偶然乎？巧合耶？文心细而意匠奇乎？梦中人，以泛而专属，双关而侧重。我讲湘云才是一部《红楼梦》的真正女主人公，有些人总以为是我的"成见"和"偏爱"。我有无理据？是否信口开河？自有明鉴，自有公论。自封自是，丝毫无济于学识之事耳。

诗曰：

> 眼前春色梦中人，聚散无端湘水云。
> 一片明霞来枕上，不知花下显金麟。

33. 菊谱——湘史（一）

《红楼梦》第三十八回，全为菊花诗而设，而这十二首七律，却实在是后半部书的"提纲""缩影"。当然，若从全部书来看那大章法、大格局也不愧称之为一幅"核心图画"。十二首诗的安排，精心密意，巧妙至极。从"分配"看，计宝钗二首，宝玉二首，湘云三首，黛玉三首，探春二首。湘、黛二人之重要，明显超过宝钗多了。只这一点，亦见寓意甚深。

从诗的质素文词来评量，钗、湘、黛、探，功夫悉敌，无分上下，篇篇精彩；而以宝玉的两首为最平庸，勉勉强强算个"及格"——无怪他是每次开社总落榜末，受到"批评"了。这也是雪芹的心意：不愿让"浊物"胜过女儿，压倒了闺阁。

十二首，"本事"是湘云日后的经历和归宿，所以我说《菊花诗》是"湘云谱"。这一要义，以往似尚少明确之揭橥与讲析。今故试为之引绪开端；未必句句得实，只可提供参考。

诗由宝钗开卷，题为"忆菊"。全篇引录于此：

> 怅望西风抱闷思，蓼红芦白断肠时。

空离旧圃秋无迹，瘦损清霜梦自知。

念念心随归雁远，寥寥坐听晚砧迟。

谁怜我为黄花病，慰语重阳会有期。

首句扣紧"忆"字，一个"怅望"，一个"闷思"，已无遗憾。老杜早有"怅望千秋一洒泪"之句，两字令人无限萦怀，不尽思慕。"西风"点出时序，而"蓼红芦白"之秋，尤为相思相念之时！古云"秋士悲"，即海棠是指"人为悲秋易断魂"同一难遣——此与黛玉俱无交涉，切莫淆混缠夹。

起联二句，出手不凡，引人入胜。紧接的颔联也跟得很警策，因为：所以者，名为菊而实以喻人，人去圃空，故此忆念；忆之深切，乃至瘦损。"梦自知"，他人不知相忆之苦也。

附带一言：旧抄本此处即有异文：或作"空篱旧圃秋无迹，瘦月清霜梦有知"。看上去，文字美，对仗工，是以校订者多从其文。但依拙见，关键是"空离"与"瘦损"；上句谓其人"离去"之无端而有故，下句则正见忆者与被忆者之情伤憔悴，此情唯梦者自晓，不能为人道也。若作"空篱"，是与"旧圃"重叠；若作"瘦月"，除景境之外，无复相忆苦情之。以此，我所引录不依彼文。

34. 菊谱——湘史（二）

咏菊
潇湘妃子

无赖诗魔昏晓侵，绕篱欹石自沉音。

毫端运秀临霜写，口齿噙香对月吟。

满纸自怜题素怨，片言谁解诉愁心。

一从陶令平章后，千古高风说到今。

画菊
蘅芜君

诗余戏笔不知狂，岂是丹青费较量。

聚叶泼成千点墨，攒花染出几痕霜。

淡淡神会风前影，跳脱秋生腕底香。

莫认东篱闲采掇，粘屏聊以慰重阳。

　　黛玉的《咏菊》之后紧跟着宝钗的《画菊》，妙甚妙甚。因为人都知道黛只懂诗，而钗则晓画，她为画题字，讲出了一大篇画理、画具、画法……

　　由《咏菊》黛玉给湘云题了"高风"二字，故宝钗此篇即不再正笔赞叹，而无意中却透露了宝玉之画菊怀人是以何画法去写照的。她说，这是纯用水墨法，不同着色画相比争艳。这种水墨法，只在浓淡上分出色墨，所谓"墨分五色"者是也。"浓墨"者，指"写意"技法，是"没骨"点染，而不勾勒——因此，方不是"较量"，也因此，方达到一个"跳脱"的生动笔态。

还要看到句中的那个"神会"的要诀，这又是中华画理的一大要义。

什么是"神会"？这就是"法"以上的更高层的画艺，之所以难及——也"难讲"了。

到此层次，便不再是什么尺寸、比例、远近、光暗、透视等等的事情了，超越了这些"五官"能感到的、智商能理解的逻辑、道理等问题，而是要捕捉传写那"对象"的神情意态的活生生的本领。

这，就是"神会"的要义——须得以我之神去契合那对象的"神"，二者交会，方生出画面上的生命精神，活脱脱地，那画要"站"起来，要"行动"，要和你"对面"对话！

这是中华画学（当然也是美学）的一大特点，民族艺术的最高造诣。

宝钗赞了画，也就赞了人：那风前之影，腕底之香，全都"活"起来了！

宝钗从这些诗，以此取胜，也不要忽视了末收尾一联。她说，画者如此高超的技艺，把菊花画得如此活脱生动，简直就如同那东篱下的真花一样，直想伸手去折采一枝！知道这是做不到，那么你只能把"她"（画幅）贴在屏风上，只能观赏。

那么，什么时节最需张贴屏壁呢？答曰：重阳。

这可是个大节目。就是说：日后宝、湘忽又重聚，也就是在重阳佳节这个美好时候。

这是作诗吗？这是伏笔——"预言"，是曹雪芹独创特擅的一种奇迹般的"叙事笔法"！

这还能沿用一个"叙事"的叙写吗？这能归入西方所倡立的"叙事学"吗？因我学识浅陋，只能想到而不能回答，记在此处，以待专家解说。

35. 菊谱——湘史（三）

咏了，画了，本已无可再有新目可题了，就在此际，却又出来一个"问"者，此人问者明写的是黛玉，自然还是暗里有个宝玉在。

问菊

潇湘妃子

欲讯秋情众莫知，喃喃负手叩东篱。

孤标傲世偕谁隐，一样开花为底迟。

圃露庭霜何寂寞，雁归蛩病可相思。

休言举世无谈者，解语何妨话片时。

所问何事？总括曰"秋情"，此秋情是情——亦即上一首中的"秋心"。此情此心，十分难诉难宣，故为"众莫知"，真解人极罕也。

以下连发五问——

"傲世"是诗之胆、书之魂，在湘云自咏中已然一见再见，不想如今林姑娘又一次大笔书写，真是无限深情，异常赏叹！但焦点又不单单如此——这儿重点转移到"偕谁隐"三字上来了！实在是到了"图穷匕首见"的地步了（此借用，莫生误会，是说这必须揭出而无可回避之余地了）。

答案已在"霜清纸帐来新梦"一句中。

试问：湘云日后是与谁相"偕"而"隐"居于京西郊甸呢？偕，正是"白首双星"，所谓"白头偕老"，而"隐"者不可能再指弃家为僧之义了，那是另一回事，在此之前。只要一想在实际中的雪芹与脂砚，同隐西山，山村幽僻，人踪罕到，与世无缘——不就恍然于书里书外的双层双关的诗意了吗？

以下易懂，不待烦词。

现在一个重要的问题又落到了末联两句上：这分明反映出，被宝钗讥为"话多"的湘云，当年大说大笑的人，落难后一下子变成了一个"不言不笑"者，这是一种"消极反抗"，让那坏人无法可想，徒唤奈何。

在讲海棠诗时，我曾说"不语婷婷日不昏"是十分令人注意的要紧之句，至此可以合看。

我们发现，黛玉在《咏菊》诗中重了一个"自"字；在《问菊》这儿又重了"世"字"何"字。在七律中这是太疏忽了，黛玉之才，岂无匡救之计？大概是情到至处，就不遑计较了吧？我曾想，"绕篱欹石自沉音"的"自"，也许还可以解为"日"的讹字（所谓"昏晓侵"也）；但这"傲世""举世"，不大好避复了，因为"傲世"三次出现，是眼目，不可改（如"傲俗"，不太通了）。"何寂寞"，也无另字可易——因为必须是"问句"方可。

098

同理，"何妨"若改"无妨"，也不成问句，就成了难题。

黛玉作了三首诗，以这篇为最可寻味——她以"相思"二字来"许"给湘云，尤为出人意表的坦率之句，不易得也。

36. 菊谱——湘史（四）

黛玉作《问菊》已奇；又有探春认上了《簪菊》一题，尤奇中出奇。黛问："一样开花为底迟？"可知湘云是末后"开花"，是在"春风桃李未淹留"之后，这已明确无疑——至于黛玉自己，根本就没有"开花"这一格局，她是"芙蓉生在秋江上，莫向东风怨未开"，这也最是清楚不过了。湘云之"开"迟，自然内情尚在后半部书方才透露根由，黛玉之问，虽非自叹，却也正合乎她的心情口吻。她根本也谈不到"偕谁隐"的问题，这就是湘黛有合有分的妙谛了。

簪菊

蕉下客

瓶供篱栽日日忙，折来休认镜中妆。

长安公子因花癖，彭泽先生是酒狂。

短鬓冷沾三径露，葛巾香染九秋霜。

高情不入时人眼，拍手凭他笑路旁。

探春一落笔，另是一番神情心绪：她点出"无事忙"的"日日忙"来，忙到此时，已有花可折。怎么叫"折来休认镜中妆"？这句有点儿奇。原来是说：宝玉折菊是自簪于头上，不要认为这是闺秀之对镜添妆！——说女儿对镜簪花，是自审己美，而这个人却是"长安公子""彭泽先生"。公子之簪花，岂为添"美"？是爱花惜花的一种"方式"——与"供"正可合看。至于一个"须眉浊物"头上戴满了花，其形可笑——正是狂形傲骨，全不"在乎"旁人的"批评"！

这是谁？除了"怡红公子"，还有哪个"彭泽先生"？假若不懂这么一点意思，那就怪了：一群女伴，如何能用上男人的典故？

——还怕不够，所以又用"短鬓"、用"葛巾"？扣定了男子之事，悉难移换。三径之露，九秋之霜，反复见于句中了，是词汇贫乏吗？须知总是写那清影贫穷的生涯状况，并非陈词滥调。

末联，还是"找补"那个"癖"与"狂"的意义：这是傲世抗俗的表现，是一种"高风亮节"——人品、花品，到此合而为一！

这种狂形傲气、高风亮节，俗人却最看不上的，有"议论"，有诬陷，有讥嘲，有诋毁。流言蜚语，难听的话，不一而足——那簪花的公子呢？旁若无人，"白眼"也"斜"不到他们——一群小人在路旁拍手笑骂——一个"凭"字，将他们的"重量"都"称"出来了。

这在书里是宝玉，然而映照在"书外"，不正是雪芹在西山与脂砚"偕隐"的生动实况吗！

37. 菊谱——湘史（五）

黛玉总是跟在湘云之后（正如《供》后即跟《咏》），不萌退让。她这《菊梦》，便又是"力敌"《菊影》之佳作。

菊影

枕霞旧友

秋光叠叠复重重，潜度偷移山径中。

窗隔疏灯描远近，篱筛破月锁玲珑。

寒芳留照魂应驻，霜印传神梦也空。

珍重暗香休踏碎，凭谁醉眼认朦胧。

菊梦

潇湘妃子

篱畔秋酣一觉清，和云伴月不分明。

登仙非慕庄生蝶，忆旧还寻陶令盟。

睡去依依随雁影，惊回故故恼蛩鸣。

醒时幽怨同谁诉，衰草寒烟无限情。

梦在湘云，是不易写的。首句下一"酣"字，暗对当年的"香梦沉酣"之意。次句明出"云""月"，所暗"云自飘飘月自明"，一个"自"字，表明宾主之际，果然后来独有麝月在旁，令她对景伤情（脂批）。

开端即佳，颈联又现精神。

菊之入梦，非同庄子之"化蝶"也——也有暗里对咏宝玉的一层妙义：他于妻亡之后，不是"庄子休，鼓盆成大道"，却是与湘云同寻旧盟。

这个"盟"，是"忆旧"之前盟，重要无比！

有人总以为"俺只念木石前盟"是指宝黛，就是不悟这个"忆旧还寻"的"陶令"之"盟"。陶令是谁？请读者细思。

腹联正面写"梦"：依依随雁，相隔之远与相念之切也。故故恼蛩，抱恨于"播乱"者也。惊回梦醒，更添一腔幽绪而无可共语者。入目者只有一片衰草寒烟，此非秦学士伤别之"山抹微云，天连衰草……多少蓬莱旧事，空回首、烟霭纷纷"乎！

此情无限——前盟尚待良践也。何等明白，何等真切。此或黛玉所以体贴湘云之真心耳。湘、黛所以方能中秋联句，而无复他人。

——都咏完了，似已无句可续，忽然三姑娘蓄势而发，岂是"强弩之末"，直同"饮羽之弓"，竟又贡出这《残菊》一篇压卷收功。

残菊

蕉下客

露凝霜重渐倾欹，宴赏才过小雪时。
蒂有余香金淡泊，枝无全叶翠离披。
半床落月蛩声病，万里寒云雁阵迟。
明岁秋风知有会，暂时分手莫相思。

这首诗并无难懂字句。可注目者:突出"金"字、"翠"字、"月"字、"云"字,总是双关隐寓,笔无虚下——如以陈词俗套视之,则失雪芹之才调千里预伏矣。

半床落月,相思弥切,万里寒云,暌隔之遥也。"雁阵惊寒",是用王勃《滕王阁序》,皆一代奇才而声动古今也。

奇!三姑娘此时又说:暂时分手,明秋再会!是回溯前情,逆笔追写,还是宝、湘二人的离而聚、合而分,不止一次?

这个大关目,专家们可曾言及?

总揽纵观,几个要点综述如下——

(一)"槛外",与宝玉乞梅之"为乞霜娥槛外梅"义同,则宝、湘重会,应在尼庵——或妙玉居地。

(二)屡言"归雁",是湘云落难,流落江南之证。

(三)"经雨活",宝玉访得湘云,已因折磨奄奄一息。

(四)"暗香"又借"梅"同喻——表明与"流影"相连。

(五)"休踏碎","认朦胧",是湘云于难中已形容毁瘁,几乎难以辨认。

(六)"不语","无谈者",上文已说过。

(七)宝、湘重会,贫甚而又狂甚,其傲世之态,群小皆于"路旁"笑骂之——"转眼乞丐人皆谤"也,字字呼应。

(八)桃李早期,旧盟不渝,百计万难,而后终践此"前盟",方是一部书之大旨总纲也。

此外,还应勿忘:《菊影》之"寒芳留照魂应驻,霜印传神梦也空",是中华文艺美学之魂。顾虎头之"传神写照"论,全在此联包尽。作画题诗,总在此中悟彻。"谨毛谨微"者所不能知也。

38. 菊谱——湘史（六）

将十二首"菊谱"大致讲毕，却还需在收束前补说一点颇为耐人寻味的新关目，这就是"雁"与菊的微妙之关系。

雁在十二首中出现了几次？《忆菊》中先就标出一个"念念心随归雁远"。以下宝、湘二人皆不涉及此禽。等到黛玉《问菊》，便又提出"雁归蛩病可相思"之问句。相接下去的《菊影》是湘云自咏，又不及雁一字。可是再下黛玉《菊梦》即又高吟"睡去依依随雁断"，而紧接的探春之《残菊》也写出了"万里寒云雁阵迟"。

这么一列举，事情就很有趣味了。按下这个，再看看湘云自设的酒令——难倒众人的"一句古文，一句旧诗，一句骨牌名，一句曲牌名，还要一句时宪书上的话"。"请君入瓮"之后，她即完了令。下该宝玉，宝玉说不出，却由黛玉代作，其全文云：

> 落霞与孤鹜齐飞，风急江天过雁哀。
> 却是一只折足雁，叫得人九回肠。
>
> ——这是鸿雁来宾。

这可就妙入纤毫了！这个"奇"令，实由宝、湘二人而设，黛玉是个"代言人"，一如《菊花诗》。湘云自己"入瓮"之词是以大江风浪为主题——她"醉卧"中又作了一首，则以"醉酒"为主题；而黛玉代宝玉所完之令的主题却偏偏是鸿雁。此为何故？懂了雪芹笔端"狡狯"、文无虚设的独特手法之后，便悟知其中满是一大篇奥秘文章了。

我先请读者答我一问：这雁，它与菊花何涉？它在宝玉生辰这一天，欢欣热烈之中吃酒，却行出了风波险恶、孤雁哀鸣的酒令，此又何也？答得出，那好极了。答不出，只得且听拙意讲解一番。

原来，在这个特定场合上说，菊和雁都是湘云的象征，都有菊实而雁虚之分：所谓"实"者，指的是菊在咏题"目前"；所谓"虚"者，乃是"意中"所想。如"对菊""供菊""簪菊"等诗中只有菊，而"忆菊""问菊""梦菊"等诗之中，出现了雁的意象。这一点至为清楚。菊是暗寓宝、湘二人当下重逢，而雁是二人尚在离散暌违的境地中——雁有往来的行止，又有传书寄信的寓意。如李易安的词云："云中谁寄锦书来（疑为求或述之误），雁字回时，月满西楼"是也。故此，菊为实像，"植物"也；雁乃虚像，"动物"也。配搭匀称，合而见意。

此为第三十八回，到了第六十二回，黛玉代宝玉的一个酒令，方将鸿雁这个大主题"托"向"台"前，让大家看清：这个"孤鹜"，这个"折足雁"，就是日后遭难流离的湘云！这个流离失群的"孤鹜"，最后终于"还原"，成为"鸿雁来宾"了！

所以说这十二首"菊谱"，实即暗咏一部"湘史"。

附注一笔：鹜，俗名野鸭，也能飞，亦雁类，故可借称。又有"鸿鹄"一词，表志趣高远者，是大雁与天鹅的合词——说到这里，我方郑重提请读者诸君注意：这"孤鹜"，这"只雁"，就是批书的"脂砚"的谐音双关妙词。

至于"畸笏"，畸即孤零之义，而"笏"是借音——据古书《集韵》，笏，"文拂切"即今之拼音法，音"勿"。常识皆知：北音勿、鹜是不分的。脂砚、畸笏，皆一人化名，原本一义而生。行文至此，不禁欣慨交并。早在上世纪四十年代，我提出了"脂砚"即"湘云"说，赞同者与异议者各有"营垒"。脂、畸是一是二，也纷纭不已。如今谨致下愚之区区，再贡新证——新的证据证明拙说的建立，是可以从多个方面、层次来悟知领会的。

如今再看第七十回众人放风筝，主角宝玉放的是美人——单单表明是"林大娘"送的，一个大鱼已让晴雯放走了；一个螃蟹给了贾环；而这个美人是给黛玉所放的那个美人做伴的！这暗示晴、黛二人夭亡。晴雯正是林之孝家买的小丫头送与老太太使唤的，一丝不差。那么宝钗放的又是什么呢？是"一连七个大雁"！好了，十二首《菊花诗》，开头的《忆菊》就是宝钗之作。可知她是宝玉的"代言人"（相对的是黛为湘之"代言"者）。她先已写出了"念念心随归雁远"了，所以这一列大雁，也正就是湘云的"幻影"了。

妙在到了这一回，宝钗又替宝玉作了另一个放风筝者，正如黛玉是替宝玉说大雁酒令的人！其文笔之变幻巧妙处却不失其艺术章法本意，实在令人叹为观止——所以得"奇书"之名，岂为虚冒哉。

在一部"湘史"中，湘云曾流落江南，成"风急江天过雁哀"之一个失群孤雁，至此大明大白了。

最后，有读者会问：菊花诗一个专回安在此处是何用意，要讲什么？

我们已一再交流过：菊花诗与海棠诗一样，都是为了喻写湘云的品貌、才情、命运而专题特写的——这就又牵动了全部《石头记》的总布局、大纲领。所以，对这十二首菊花专题，还需再加深细赏析，断乎不可像西方读者那样认为诗后又诗，没完没了，让人"倦厌"！

39. 还泪的史湘云

两个力证，一个楝亭诗咏樱桃的"瑛盘托出绛宫珠"，一个雪芹笔下牙牌令的九点满红的"樱桃为九熟"（"在苏本"有"为"字，方成句法），可见，第一层"绛宫珠"是指樱桃；第二层，谁可比樱桃呢？只有湘云的牙牌令才是九点满红、樱桃九熟。这就无可移易地证定了所谓"绛珠仙子"是史湘云，并非林黛玉。

史湘云处处与绛相关，林黛玉与红无涉。蕉棠两植，红香绿玉、怡红快绿、红香圃、绛芸轩、绛洞花王……我已举过多少遍了，莫嫌絮烦，因为这是书中眼目，时刻不能忘记或弄糊涂——而林黛玉是"绿"的"代表"，连茶烟都是绿的，"个个绿生凉"也。于是有质疑者说道：书里写得分明，还泪的绛珠是爱哭的黛玉，谁见湘云哭过？怎么解说这个大矛盾？

我谨答曰：君特未之思耳。君不见脂砚第一条批就说："能解者方有辛酸之泪，哭成此书……书未成，芹为泪尽而逝；余尝［常］哭芹，泪亦殆尽！"脂砚即湘云，她还的泪更多更痛，不过是无人体贴领会罢了。

有一次，湘云须回家，恋恋不舍，宝玉送至二门，湘云眼含着泪，回头向他叮嘱……我每读至此，辄为之泫然心动，觉得这比黛玉那天天流的泪要感人得多得多。

诗曰：

都说仙姝是绛珠，到头红袖伴批书。

哭芹泪尽真还泪，岂是文章与画图。

40. 立松轩 · 鹤 · 湘云

立松轩，此名见有正书局石印《戚序本》的下函首册第四十一回回前诗下，小字侧书。只此一见，再未复出。

这样就有了不同的解释。比如，有的认为这个八十回旧抄本是两半部拼成的，下函才是立松轩所藏或所评题之本。又有人以为从体例来看，此一署名应只属这首七绝，是此人所作，与他处他文无涉。到底谁之所见较为得实，尚难遽定。

是否还有第三解呢？理应允许试作不同解说，以俟深研细索。

今贡一说于此，也许不为多事。拙意以为：此轩名与鹤相关。因为常见的画幅画题，就有"松鹤延年"一目，画的总是鹤栖于松上，仙禽寿木，相伴不离。如是，"立松"者，应隐有一个"鹤"义在内。

试看宝玉"四时即事诗"之"冬夜"之句有云："松影一庭唯见鹤，梨花满地不闻莺。"盖怡红院有鹤，所以"秋夜"诗又有"苔锁石纹容睡鹤"之景，而宝玉之小厮又有挑云、伴鹤的雅名。凡此，岂虚文乎？

鹤是湘云的象征——在花为棠，在禽为鹤，是以"寒塘渡鹤影"，必出她口；而"鹤势螂形"，又即形容她女扮男装之体态也。推理至此，就又发生一义：立松轩若隐鹤于松，而鹤又象湘，那么所谓"立松轩"者，实乃湘云之别署也。

然而，拙说又早已著明：脂砚即湘云，书中内证甚多，如今同意此说者已日益增添。若如此，"立松轩"实为脂砚之又一署名耳。"立松轩本"即是"脂砚斋初评本"，不无这一可能。原因恐是后来定名为"脂砚斋重评石头记"，就不再题名立松轩了，只是在第四十一回前偶然尚存遗痕未扫而已。

姑妄言之。

诗曰：

> 松声鹤影一何清，扫却飞尘自剔翎。
> 也是前缘结三世，一方小砚契芳铭。

41. "散"与"云散"

《红楼》之"散"，是泛言，"云散"则为专指。"云散"其貌也似泛言，如"风流云散"之语，其实不然。盖第五回同时两见，互参合解，其义遂明——

宝玉入梦，到一"幻境"，未见其人，先闻其声，歌曰："春梦随云散，飞花逐水流……"一见也。后聆曲文："终久是云散高唐，水涸湘江……"二见也。这是咏叹湘云的，"云"乃双关之义，隐含专名——则可悟"春梦随云散"者，似泛而实专也。盖"香梦沉酣"的花名酒筹，只属湘云一人，别人无分。

懂了这层微义，即恍然而彻悟：原来"红楼"之"梦"的这个特大的梦字，奥义也在她一人身上。宋词人史达祖（邦卿，梅溪）怀人之句云："近时无觅湘云处，楼高望远，时开秦镜，多照施罋。"此例正以云比人，谓其漂泊易散也。"史"——"湘云"，莫非艺术联想在此乎？

"云散高唐"，又一确知此"云"者，巫山神女也——于是立刻又恍然大悟：这"湘云"者，又来自东坡之朝云女史也。

东坡犯了政治罪，一谪再迁，远至极边，望中原如"青山一发"，其时无人肯随他受苦，只一朝云至死不肯离去。雪芹其有触于怀乎？

有人必问：既是"云散"了，如何又有什么"宝湘重会"？岂不是全错了？"慰语重阳会有期"，"暂时分手莫相思"，皆菊花诗中十分重要之句也，难道可以视而不见，置而弗论？寒塘鹤影之际，湘云一个石子儿打散了水中月影，那月"粉碎"了，散了——然后散而复聚，几经变化方定。此象征也。

从菊花诗看，其散而聚、聚又散，亦非一次。雪芹所历的两次朝局家运的巨变，本来就不是一种"单一直线发展"的那种简单思路者所能理解，他的生活阅历太复杂了，笔下的故事，岂能是"看了上句，就知下句是什么"的那种笔墨可比，勿以俗常之见而论春秋，其可也。

诗曰：

云散花飞痛可知，暂时分手莫相思。
悲欢离合炎凉态，不是寻常"模式"词。

（伍）

红粉朱楼春色阑

42. 妙玉是"谜"

妙玉其人其事，尚未得到"解读"，姑借"新闻炒作"术语谓之"谜"，亦随俗之道也。

妙玉是为某一势家所逼，因而避难变装——带发修行。她并非看破红尘，了悟人生式地出了家，嫉世愤俗，倒是有的。她信不信佛？还不能武断，书里说她进京是为了寻访观音遗迹。这一特笔值得研究，是访古，还是虔诚供奉慈悲大士？总不敢妄言。

说起这，我还真的向熟悉老北京的专家请教，到底这处遗迹究在今日之何处？可惜尚未能答。

如若此语不是雪芹虚设，那就表明妙玉是面冷心热之有情人，异于所谓"槁木死灰"。然而她又大赞范石湖的"纵有千年铁门槛，终须一个土馒头"。这不又是"看破"与"了悟"了吗？

我的理解却不是那个样子，是她有特指的——指那迫害她的势家，意谓那伙坏人终有末日——这也就是《好了歌》中"古今将相在何方？荒冢一堆草没了"同一意义（只敢说"将相"，不能连上"帝王"也）。

她不与园中人来往，却尽知各位小姐的情况和禀性，似乎连老太太不吃六安茶，她也早明一切。而且，宝玉是哪天生日不用再问，早在心里。

她明言贾府使用的饮食餐具都是俗物，不堪入手。她没料到林黛玉竟口尝不出水质的优劣，实为"大俗人"，非与常流有异也。

林姑娘的精神境界到底如何？在妙玉的心目中，评估并不像人们想象的那么了不起。

妙玉能诗而不作，却忍不住代续湘、黛二人中秋夜之联句以讫完篇。她的续诗中一片新曙光的朝气与生机，钟鸣高唱，从头开始。

她的精彩之句——

有兴悲何继，无愁意岂烦？

芳情（芳情似出《离骚》："苟于予情之信芳"）只自遣，雅趣向谁言？

孤标傲世偕谁赏？

孤独至极，寂寞至极。悲夫！

然而，世上有人糟蹋她。

诗曰：

岂为好高人始妒？也非过洁世方嫌。

雪芹当日言犹失，后世常情更待参。

116

43. 妙玉续诗——新境

黛、湘二人于中秋月夜联句，不只诗句本身之重要，整个夜境亦极独特。由"热闹繁华"写到"凄凉寂寞"，境随句生，句因境变。由"三五中秋夕，清游拟上元。撒天箕斗灿，匝地管弦繁。几处狂飞盏？谁家不启轩？"一直叙到"渐闻语笑寂，空剩雪霜痕"。转入凄凉寂寞。再叙到"窗灯焰已昏。寒塘渡鹤影，冷月葬花魂"。这时妙玉于山石后转出，笑道："好诗，好诗！果然太悲凉了。不必再往下联，若底下只这样去，反不显这两句了，倒觉得堆砌牵强。"她将二人止住，警示过于悲感，非吉祥之兆——必须由她挽转，即无大妨了。这段话的意思，尤其出人意表。

妙玉自己却取了笔砚纸墨，将黛、湘二人之联句从头写出来，竟又要"续貂"：

　　香篆锁金鼎，脂冰腻玉盆。箫增嫠妇泣，衾倩侍儿温。

　　空帐悬文凤，闲屏掩彩鸳。露浓苔更滑，霜重竹难扪。

　　犹步萦纡沼，还登寂历原。石奇神鬼搏，木怪虎狼蹲。

　　赑屃朝光透，罘罳晓露屯。振林千树鸟，啼谷一

117

声猿。

　　歧熟焉忘径，泉知不问源。钟鸣栊翠寺，鸡唱稻
香村。

　　有兴悲何继，无愁意岂烦。苦情只自遣，雅趣向
谁言。

　　彻旦休云倦，烹茶更细论。

　　妙玉由"香篆锁金鼎，脂冰腻玉盆"一直续到篇尾，中间叙
了经历险境：石奇如神鬼之搏斗，木怪如虎狼之蹲伏——忽然熹
光微露，现于楼阁之高层；然后就是"歧熟"其"径"，"泉知"
其"源"，继之钟鸣鸡唱——特别引人瞩目的则是"振林千树鸟，
啼谷一声猿"（以上很像樱桃沟，因那里正有"水源头"的地名）。

　　奇怪！

　　振林千树之鸟，何等景象气势，这与"食尽鸟投林"，"落
了片白茫茫大地真干净"的"结局"完全相反——食尽鸟投林
的"林"，是说飞散而各投别地之林，义同"树倒猢狲散"而已；
而妙玉的新句却不是那种境界，是一片兴盛、生趣盎然的崭新的
朝气！

　　这该怎么解？

　　书文到此，已是第七十六回了，这联句只黛、湘二主角，连
宝钗都摒弃于局外了，堪称"后半部"的一大关纽点。

　　令人更不易参悟的，紧接下去的就是抄检大观园，群芳凋
落、各自寻门的开始，而又明显是与妙诗新境相反的，难道雪芹
就会如此自相矛盾吗？

　　有人以为这是他写作先后相隔甚久，所以设计构思历程中经

变化的痕迹。这个解释虽有一些可能，毕竟不能令人满意。

我的想法，较为合理的推断应该是：抄检以及随之而生的种种惨局，正是妙诗中的"石奇""木怪"之诸般险境，过此以下，这才又转出一番与前迥异的局面与气氛——这绝不是什么"佳人才子大团圆"，是"有兴悲何继，无愁意岂烦。芳情只自遣，雅趣向谁言——彻旦休云倦，烹茶更细论"，这隐隐遥遥指向了日后宝、湘重会，"霜清纸帐来新梦，圃冷斜阳忆旧游"；"傲世也因同气味"，"数去更无君傲世，看来惟有我知音"……即宝、湘二人结局的新境界。

所以，这是"悲欢离合、世态炎凉"的一段故事的曲折过程，"气数"的推迁，而并非写作人才思不谨、造成矛盾的问题。

诗曰：

> 妙玉难将比妙常，情尼异日事堪伤。
> 才华仙气知天变，气数阴阳示远方。

44. 过洁世同嫌

雪芹书中投入心血最浓的几位女子，都被伪续书糟蹋苦了。其中尤以妙玉、鸳鸯、湘云、凤姐最为蒙垢衔冤，天理灭尽。如今说说妙姑，发我一段感慨叹恨。

妙玉一名，似乎受到名剧《玉簪记》里尼姑"陈妙常"的"妙"字的影响，但妙常若比妙玉的人品气格，那差得太远了，她们不是一路人物。

在妙玉之前，没有类似相仿之人。另一名剧《思凡》也有年轻貌美的小尼"色空"，她和智能儿差不多，没有什么"性格"表现，不过是个少女，不甘空门的寂寞，一心去找寻爱情那样罢了。

妙玉之后，方才出现了一个斗姥（dǒu mǔ）宫说法的逸云，是"老残（刘铁云）"的伟大创造，然而显见是妙玉的另一种影子，或者不妨说是"注脚""发挥"。

但世人不大理会这些。

妙玉是"世同嫌"的不受欢迎者，在书中已有李纨是头一个不喜欢她的人。在今日，作家王蒙也说她"讨厌"，不理解。

多年来，我只知道另一名作家刘心武却对妙玉怀有与众不同的态度与感受心情，十分重视，而投入心力研究。

妙玉被人看成是个"怪物"，所谓"男不男，女不女，僧不僧，俗不俗"（俗，特指不修道的世俗常人，古语以"道—俗"相为对待，与"庸俗"无涉），就成了妙玉的"世同嫌"的理由。"怪"，也还罢了，还有人认为她是"矫情""虚伪""装作"。总之，既已不喜，当然"欲加之罪"，就"何患无词"了，夫复何云？

然而，如果你不认为雪芹是个"伪"者，那么请读他对妙玉的一切评论，不知又作何说解？

气质美如兰，才华阜比仙。天生成孤僻人皆罕。你道是啖肉食腥膻，视绮罗俗厌；却不知，太高人愈妒，过洁世同嫌。可叹这，青灯古殿人将老，辜负了，红粉朱楼春色阑！到头来，依旧是风尘肮脏违心愿。好一似，无瑕白玉遭泥陷；又何须，王孙公子叹无限！

一首《世难容》曲文，何等斤两？何等感叹！何等敬重而又沉痛！

"好高"，"过洁"，雪芹下笔选字，一丝不苟，俱含深意。

她憎恶"肉食者"——富贵官僚；她看不上俗艳的外表粉饰——全是伪装。她有如兰的"气质"，这是第一要素，才华就是次要义了。她是无瑕可指的洁白美玉。

——这不就与宝玉的思想高度相齐相并吗？

妙玉之脱略世俗"价值观"，似乎是她的灵慧上的高层超越感——她已超越了男女的"性别"畛域，也超越了"出家人"与"在家人"的界限。在这一点上，她高于宝玉一层。

但，当她之世，处她之境，她还只寻到（或"碰上"）了一个宝玉，痛斥"禄蠹"，抗议虚假——所以她对宝玉怀有超越男女僧俗的同道之感，引为知己。

她不避形迹，书红笺而叩芳辰，祝怡红以恒寿——人们就另以眼光看事而纷纷议论、窃窃私语了。

呜呼，此精神世界之隔级也！这就不再是什么"理论"的、"认识"的等等世俗分区判域了。

"文是庄子的好"，一位大诗人、大艺术家的赏文契意的"尺码"，岂区区风花雪月或巧言令色之流所能领会得。

诗曰：

红楼有四玉：宝、妙、黛、红名。

无人识此义，声声叫"爱情"。

45. 树倒与长棚

"家亡人散各奔腾"，一语点破全书总纲，早见于第五回"梦"中曲文。此后，到第十三回，方见秦可卿又在"梦"中说出"三春去后诸芳尽，各自须寻各自门"的补注语。再后，到了第二十六回，乃于小红口中再为提醒："……不过三年五载，各人干各人的去了。"

以上是主题正文，至于后文的点染尚多，最显著的如凤姐的"聋子放炮仗——散了"等，不遑细列。

可卿与小红的前呼后应，妙处还在各引了一句俗话，两句话都归到一个"散"字。树倒了，猢狲纷纷散去；长棚里的筵席告终，食客也纷纷离座而各自营生作业了。这种笔墨，又是多么地奇警而又精细。

可卿的话，主调是清醒而沉痛之音。小红则是愤懑牢骚为之声韵。可卿是与凤姐议全族大事，故重在"家亡"。小红只是与同伙小伴女孩儿说心事、发伤怀，故重在"人散"。

但，莫要忘记："家亡人散"的主要轴心，却仍然是凤姐一人。

由此，方知曲文的"机关算尽太聪明，反算了卿卿性命"的话，一向是被人错读了文义。

多数人以为，那是讽喻凤姐的"机诈""贪婪""精细"……总之是巧于自利而不惜损人的那种人心品质。殊不知，下句紧接

的并非这些误会之因由，却是"空费了意惹惹[断断]半世心"、
"生前心已碎"！这才是她所日夜焦劳甚至病重身亡的真缘故。

凤姐并非"完人"，她的短处、过失，雪芹不曾为之留情，
一一曝现于笔下；但她忧愁计虑地维持那将倾的大厦，只有这，
才是"心已碎"的正解——放放高利贷，私收几两银子，这能叫
"心碎"吗？日夜所思，断断意切，所为何事？所以一闻可卿
"托梦"之言，不禁"心胸大快"！"快"字下得怪，粗心人不
明其义，多被妄改，丢失了最要紧的真情，于是凤姐成了"贾氏
罪人""世上最坏的女人"……

悲夫！

诗曰：

　　　三春将尽早能知，梦里惊人语至奇。
　　　谁料小鬟也不浅，林家红玉解深思。

　　　机关算尽是何因，半世断断虑最勤。
　　　心已碎时犹戴罪，百年议论楚骚文。

46. 红楼百姓见三周

雪芹运用《百家姓》入书，各有寓义谐音，本非真实，但又
各有文心匠意，亦不千篇一律死规矩。我曾试作寻绎，如从"赵
钱孙李，周吴郑王"八家来寻找人物，那么前四姓很容易想起，

不消多说；后四姓就算我们周姓居首了，书里有周姓人物吗？

在我记忆中，有三位"周"家人，巧极了，都是女流（还有一位周姓太监，本文暂不涉及）。

第一位是周瑞家的。第二位是周姨娘。第三位是周妈妈。

周瑞家的，为人如何？印象不错。虽说是太太的陪房，未见她倚势欺人。刘姥姥来投奔于她，虽说也有显示自己"身份"的心态，毕竟是一片好心，诚意救助穷人——也许这就是"周济""周全"之寓意吧？她送宫花，是偶然差使，规规矩矩，此后也不见什么"张牙舞爪"的行迹——若与邢夫人的陪房相比而观，便更分明了。一句话，是个正派人，不作恶。

正好周姨娘可与赵姨娘比并而观，虽无明文详叙，其人品心田，就高人一等了。

剩下一个周妈妈。周妈妈该是史大姑娘的奶娘，应称"嬷嬷""嬷嬷"才是。她在八十回书中，仅仅露了一面，就是那回湘云在五月初荣府全家清虚观一番热闹之后，她又突然来了。

这回来，书中写明是周妈妈陪侍的。雪芹对她，也无多少笔墨，仍是一贯的流水行云、轻描淡写的笔致，只叙她在人们问及"你们姑娘还是那么淘气吗"，她才回答了两句话。

"情节"如此简单，内涵可不是那么轻松。

这一问一答之间，透露了湘云的姻缘大事。

结合又一个金麒麟的刚刚出现，以及四个绛纹石戒指的故事，笔笔俱有深意在内，岂能泛泛读过？

但稍后湘云长住园内之时，周妈妈是否同来？书文又无明示。在我体会雪芹笔法的特点和规律时，总觉得这位妈妈的作用还很重大，决非一个可有可无、一笔"带过"的人物。她应与湘云同灾共难，万苦不辞，直到宝湘重逢再会。她是一个比周瑞家的和周姨娘重要得多的"周济"之人。

雪芹笔下，对嫁了男人的仆妇称谓有分别："嬷嬷"，"妈妈"，"婆子"，并不等同。赵嬷嬷，赖妈妈，宋妈妈（怡红院中之人），都很不一样。"婆子"之名居最次，如"夏婆子"，恶（wù）之之甚者也。园中管事的婆子，如芳官的干娘，春燕的姨妈（又作"姑妈"），写来都不是令人喜欢的人物。称妈妈，就有敬意、亲切义了。

诗曰：

妈妈一语岂轻呼，自幼相随是共扶。
婆子已遭男臭染，两称未可乱糊涂。

真诚随侍护湘姑，寒热知疼惜幼孤。
打叠衣包来暂住，家中针线费功夫。

47. "分定""情悟"

"绣鸳鸯梦兆绛芸轩，识分定情悟梨香院"这回书最不易读懂——表面文章，内中含义，殊费参详。

先举一不好懂的"梦兆"。按字面，当然是做一梦而发生了"兆头"，预卜后来情节事迹。但是所谓"兆"者，只是宝玉梦中喊道："和尚道士的话，如何信得？什么金玉姻缘，我偏说是木石姻缘！"而且宝钗一旁听此梦言，"不觉怔了"。

这就大奇。

不以为奇的，是认为"金玉"即指宝玉宝钗之缘，"木石"即指宝、黛之"分（fèn）定"。然而，和尚道士何尝说过"金玉缘"属于宝玉宝钗？书无此文。只有到第八回，二人对看了锁、玉二物，只薛家人扬言是个和尚给的，云云。宝玉之梦若言有所指，只能指这一说法了。这已难以畅解。然后，就出来一个"木石"之说了，请问：这又从何而来？

如谓就指"神瑛"与"绛珠"，这也只有"一僧一道"知之；宝玉从未闻此——他何曾知道己身乃是石变？况且即便知之，不是刚说了"和尚道士的话如何信得"吗？若同是僧道所示，那又为何忽而不能信，忽而又深信起来？凭你怎么巧讲，也是讲不通的。所以，这儿另有奥秘，不是通常讲的"钗黛争婚"那一套。这神话故事背后另隐一段奇缘，方称"木石"之名——暂且慢表。

如今再说"分定"。

宝玉到梨香院，原想让龄官唱"袅晴丝"（《牡丹亭》杜丽娘的歌词），意外地、也是"破天荒"地遭到了拒绝和不待见。这一冷落使宝玉极度难堪羞愧——

及看完了她和贾蔷的那一番情景，方悟人生情缘，不是随便而能有的，是"分定"的。比如，龄官并不爱慕宝玉这个人人歆羡的佳公子，却只恋上一个贾蔷，难分难解，百般"缠陷"一起。

宝玉回院，说了一席话，袭人知道他又从某处"着了魔"，也不再问（一问就"翻"了……）。于此，便发生一个问题：此时此后，在宝玉心中，究竟和谁方是久已"分定"的，而只待一"悟"呢？钗乎？黛乎？他梦里从哪儿得来的"木石"这一"分定"信念的呢？

事情之复杂还不止此，"分定"并不等于洞房花烛，白头偕老。这是两回事，或可说是两层关系，有分有合。比如龄官与贾蔷，"分定"是明明白白了，但二人日后到底如何了？谁也不知，书中未曾（或尚未及）交代。这儿就又牵连到"假凤虚凰"又一层"分定"了——或者应该在"分定"之外再有一个名词表达了。

只因这样，宝玉在一个特定时期内"悟"到了他与黛玉的"分定"，其实这是个假凤虚凰的情缘。他与宝钗的"分定"，自己不知，还在反对。而"金玉"的真义是金麟重现，他也不"悟"，那方是真的"分定"，真的"金玉"姻缘。

所以，当事"局内"人有悟有不悟，有知有不知，有先后变化，有旁逸与回归——构成了他和她们的命运悲剧——不是近乎希腊的悲剧（tragedy），而不与莎士比亚相类。

从大章法看，从第二十八回起到第三十六回是一大段落，是一个层次、格局，在此格局内，写黛、写钗，是"明面"的，而"底面"总有一个湘云在，却不易察悟。

过此以后，从第三十七回海棠诗社起，将格局推向一个崭新的层次，将湘云逐步推向"前台"，她的节目与主角性质，才越来越明显——然而只因伪续书的影响牢笼了大多数读者，对此总是看它不清，总以为湘云是个配角，是个副角，可有可无，不关重要。若一讲湘云，反而以为是"喧宾"了。

真正的悲剧绝不是一个阴谋诡计破坏了"美满姻缘"；悲剧的深度在于：黛玉当事人尚在梦想、希望、缠绵、忧虑中，却早已有一个"分定"在"播弄"她了。宝钗也是被播弄者，因为她本人并不晓得金锁是家里人伪造的，她是无辜受枉者，遭到了轻薄者的猜忌与讥嘲。黛玉则自以为若与宝钗无争，即可心安。殊不知宝钗与她同属"分定"以外之人，而那不争不嫉、光风霁月、从不将儿女私情略萦心上的湘云，却是真正的"分定"者。

"分定"一脉，从海棠诗发展到菊花诗，再到咏雪——脂粉香娃割腥啖膻，这才一个巧笔泄露了"玄机"，由李婶娘之口中说出了挂玉的哥儿与戴麟的姐儿是一对——黛玉则只知讥笑，他（她）们是"一群花子"！仍然被"分定"播弄着。我们同情、悲悯黛玉，但绝对不是凤姐、袭人、宝钗"一党"坏人蒙蔽了她——更不是湘云后来"夺"了她的"宠"，这一大套俗念陋见，与雪芹的思想感情毫无干涉，寻索原著，是为了复芹本原；而为了复原，又必须彻底澄清伪续那些任意糟蹋雪芹原著的胡言乱语。

48. 三名一人·九谜一底

《红楼梦》中一人而多名者，不止一例，如英莲、香菱、秋菱；如蕙香、佳蕙、四儿；如芳官、金星玻璃、耶律雄奴，皆三名一人者也。至于一人二名者，例也不少，如茗烟、焙茗；如琪（棋）官、蒋玉菡；如多姑娘、灯姑娘皆其例也。但还有三名一人另一例，我以为即媚人、可人、可卿。这一想法，得自友人梁归智教授的《独上红楼》与《石头记探佚》中论"媚人、可人"，然后加上刘心武先生论"秦学"给我的启示。

梁先生指出：第五回当宝玉到秦氏房中去午歇时，外面伺候

128

的丫鬟有四人：袭人、媚人、晴雯、麝月；可是这个媚人经此一提之后，永远未见再现，而到第四十六回鸳鸯追忆昔年她们同辈丫鬟有袭人、琥珀、素云和紫鹃、彩霞、玉钏儿、麝月、翠墨，跟了史姑娘去的翠缕，死了的可人和金钏儿，去了的茜雪……当中有一个"死了的'可人'"，却并无"媚人"之名，所以梁先生认为"媚人""可人"本为一人两名，且影射秦可卿也。

所以，我认为梁先生的见解大有道理。可是直到我再看见刘先生对可卿的见解，我方才有了一个新的想法：原来，媚人、可人、可卿也是一人三名，是更为奇特的艺术手法。

关于秦可卿的问题，近年来大家评论、争议文章甚多，反对、质疑刘说者占了绝大比例，而我却从一开始就表示刘说有其重大的合理内质，不可掉以轻心，把正当的探佚学误指为"老式的索隐派"。第七回"送宫花"之标题诗后两句云："相逢若问名和氏，家住江南姓本秦。"我初读时，便很纳闷，十二枝宫花分送诸钗，为何"结穴"却落在秦可卿这个人物身上？我对刘心武先生的新见解——"秦学"特为注意，并认为是一个具有突破性的红学进程之信号。其原因正由于我早先所不能自解的疑难问题，他却给了我很大的启发。

以上是讲"一人三名"的这个方面，以下是讲"九谜一底"的问题。

第一谜：秦可卿是书中未经表明年龄的一个特例。她的辈分虽低，是贾母的重孙媳妇，但其年龄不会比平儿、袭人、鸳鸯等更小。而她却有两名丫鬟，名字都带"珠"字——宝珠、瑞珠。要知道在贾府那样的诗礼簪缨世族之家里，她的丫鬟是不可能用"珠"字起名字，因为宝玉的哥哥叫贾珠，应是秦可卿的大伯父的名讳。这怎么解？此第一谜。

第二谜：老太太共有几房重孙媳，书中未有明文。明文却写可卿是老太太所最为喜爱称赞的，然而书中又并未有特写可卿与老太太会面、礼数的任何场面。然则可卿必另有为老太太所重视的一层世所未知的情由。此理由为何？此第二谜也。

第三谜：世人皆知曹雪芹原稿有"秦可卿淫丧天香楼"一回回目，后却删去，因此论者皆言可卿与贾珍有暧昧关系，被丫鬟撞见，自缢于天香楼上。我早年对此一说也是相信的，但信中又有二疑：第一，如果可卿贾珍是那样的关系，则尤氏对可卿该是怎样一种态度，不问可知。奇怪的是，当璜大奶奶替金寡妇到宁府去质问尤氏时，尤氏对她诉说可卿病状而无良医可求的万分焦虑心情活现于纸上，略无半缕一丝的妒恶情绪。我每读至此，便十分感动。此又何解？此第三谜也。

第四谜：接上而言，如果可卿与贾珍真个是因"淫"而自尽于一处楼阁之上，那么，雪芹是写小说，可以给此楼取上一个另外的名字，而他偏偏用了"天香"二字。须知，"天香"二字品格最高，古诗云："桂子月中落，天香云外飘。"我们已然知道曹雪芹家就有一处"芷园"，园中有一个"悬香阁"。又，我曾考明康熙与大画家禹之鼎曾绘《天香满院图》，恰好如今恭王府里还有保留一处完好的慎郡王（即小说中的北静王原型）所书"天香庭院"和匾额珍贵文物。试问：曹雪芹却把秦可卿自尽之楼取此二字为名，此又何意？此第四谜也。

第五谜：小说回目有"秦可卿死封龙禁尉"八个大字，也是人人皆知。我倒想问一句：这话通吗？所谓封龙禁尉的是贾蓉，怎么说成是秦可卿？若说所封的是龙禁尉夫人，那根本不成一句官话。因为历史制度上绝不存在这样的怪话。再说，官职荣誉素来有"生封死赠"之语。秦可卿已死，如有职级可言，那也只能说是"死赠"，而不能说"死封"。曹雪芹大才、奇才，难道连这样一个大俗话也不记得吗？但他偏偏大书"死封龙禁尉"，此又何理？此第五谜也。

第六谜：其实，若是真想写一句通顺明白的回目，不是毫无办法，比如，完全可以写作："秦可卿死赠贾恭人。"那就是说，因为贾蓉充当了龙禁尉，秦可卿就可以成为贾氏门中这一位恭人品级。然而，放着比较通顺明白的回目不用，偏偏写出那样一句大为不通的怪话，我们能够相信这是毫无另外缘故的吗？此第六谜也。

第七谜：秦可卿既亡，大明宫掌宫内相戴权不但个人先来祭吊，随后又鸣锣打伞，乘轿而来亲自上祭。这是以官家身份特来"表态"。此点刘心武先生和另外专家学者都曾指明。当他询知贾珍之意要为贾蓉捐官时，他立即说明：三百名龙禁尉中还剩了一个缺，便命快写一个履历来，说是要去找"户部堂官"老赵，起一张五品龙禁尉的票，再给个执照。我不禁要问，所谓"龙禁尉"云云，乃是宫中武职，怎么补缺之事却跑到户部衙门里边去办，岂非奇闻！此又何故？此第七谜也。

第八谜：书至第六十三回后半，写贾敬突然去世，因他承袭宁府官位，故呈报之后，特许王公以下官员祭吊。我又立即大为惊讶震动：贾敬的官比他的孙子贾蓉要高多少倍，而许可吊祭的不能高到王公品级；可是他的孙媳秦可卿却有北静、南安、东宁、西平四家郡王以及各级高官特来送殡致礼。要问：大清三百年间，哪一朝能有这样的情理？难道曹雪芹的"荒唐言"竟能荒唐到这般地步吗?！假若是那样，《红楼梦》一书大可不写，此皆何故？此第八谜也。

第九谜：第五回，贾宝玉神游幻境，警幻仙姑对他说："适从宁府所过，偶遇宁、荣二公之灵，嘱吾云：'吾家自国朝定鼎已来，功名奕世，富贵传流，虽历百年，奈运终数尽不可挽回者。故近之子孙虽多，竟无一可以继业者。其中惟嫡孙宝玉一人，禀性乖张，生情诡谲，虽聪明灵慧，略可望成，无奈吾家运数合终，恐无人规引入正。正幸仙姑偶来，万望先以情欲声色等事警其痴顽，或能使彼跳出迷人圈子，然后入于正路，亦吾弟兄之幸矣。'……"这就更奇了！宁、荣二公把他家子孙造就、百年世族兴亡大事不去请托一位极为重要的后代英才，却来依靠一个辈分最低的秦氏少妇，这是何理？须知仙女"可卿"即警幻之妹，是则宁、荣二公嘱托警幻仙子实即嘱托可卿也。世间哪朝哪代、谁名谁姓曾有如此之奇事？然而这样的奇事就真真地分明出在曹雪芹笔下，难道也是一桩偶然之小事吗？此谜不解，则读《红楼》又有何用？此第九谜也。

——若有人问：你已举了九谜，九谜之外还有吗？答曰：确实还有。不过此时此刻不想列举，以免文章陷于琐碎。所以我觉得在九谜归一皆出自一个谜底也就足以成为一个崭新的讨论课题了。

原来《红楼梦》书中说"所隐去的真事"，那情况是异常复杂的，话必须从根本上说起。康熙大帝在他执政的前半期，致力于以武力平定全国各式各样反抗的战争，这一阶段过去后，政局一旦安定，他便立即把精力放在文治教化这一伟大战略上，于是他从康熙三十六年起，六次南巡。南巡之名义是巡视江淮一带水利工程，而实际目标却在统一民心政策这个更重要的点上。当然，同时也就附带着他要乘机亲自视察、观赏江南风物。这是历史上一大创举。这种空前未有的南巡典礼，不管康熙本人如何谨慎、英明，预防各种流弊发生，但是他所经之处地方官民为了预备接驾，那种种的前所未有的活动和花费就必然要超出康熙所能预想预料了。

康熙的南巡，文教方面分两大目标：第一是他本人要供奉皇太后，同时南巡，向天下官民表示以孝治国的精神政策；第二，他特别注意到南京这个地方作为南巡驻跸的核心地点，因为南京本是明代的首都，地势极关重要。那地方隐藏聚集着大量对清代统治怀有不满和反抗心理的老遗民，这一方面的潜在势力绝不轻微于明显的武装反抗力量。所以，曹、李二家所承担的几次接驾、盛典，实质上是一种内含百般重大而繁忙的政治文化任务。

尤其重要者，南巡跟随皇帝的大量官员、侍卫服役人员中，还有一位最为特殊的人物，就是皇太子胤礽。他一到江南，他的地位、势派种种需求又与康熙不尽相同。这位年轻的皇太子作威作福，对地方大官所做的预备接驾活动稍有不满，他就要严厉惩治，因此甚至要杀掉万民称颂的陈青天——陈鹏年（曹寅叩头流血以救陈鹏年本非是向康熙乞求的事情，而正是太子要杀陈鹏年）。这个太子到了江南寻求各种享乐之外，还要索取美女。太子手下一群专门奉承献媚的人，便偷偷地搜求民间上等美女，奉献于他，却不敢让康熙皇帝知道。在这种行为当中，太子在江南便留下了无法尽晓的私生子女。待到所生子女若能成活并稍稍长大之后，其父母感到无法处置这样的地位的孩童，又不敢私自留截，便有高明人士献计：把幼童送到南京织造衙门，请织造大人设法安置，以免罪累。而依我拙见，所能推考而悟知书中的秦可卿正是皇太子胤礽在某次南巡之时私生于彼地的一个女孩，而女家父母感到无可奈何，无法处置，暗地奉送与曹寅衙门之内处收养。

——这个后称秦可卿的女孩外貌内型，聪明伶俐，特为曹寅之妻李氏所喜爱，便和曹寅商议，暂且留在身边抚养长大，再向皇帝报告实情。因她生得"可人意"儿，便顺口取名叫作"可人"。这个"可人"，便正是第四十六回鸳鸯回忆早年共同在贾母跟前当差的那个"已然故去了"的"可人"。

话要简短。太子日后在江南的种种不法行为尽为康熙所知，愤怒异常，要将他废掉，情况复杂异常之致，我在此处不能啰唆枝蔓，曹寅便不敢提及此事。及曹寅籍没，李氏就更无法、也不敢不万分谨慎，便以假名义赏给东府贾珍之孙贾蓉为妻，暂时掩饰世人耳目。这就是书中秦可卿这一神秘人物的真正历史原型和特殊来历。

简单地说，雍正的皇位虽然是从皇子弟兄中谋得的，但他真正的政敌却仍然是废太子胤礽这一支系。雍正篡位以后做了十年皇帝，渐渐地听从了他第四子弘历的谏言，要开始缓和皇族内部的激烈斗争，要"和亲睦族"。早年迫害皇族骨肉的残酷行为由此逐步缓和以至停止。政局大势一旦发生了这样重大变化，书中的贾母、贾政、贾珍等人这才商议如何把这二十年来的绝密如实地报告弘历，请他从中妥善解决。

于是雍正此时因政局久定，年事已高，也后悔过去行为过于残忍，便听从了儿子弘历的婆心苦口，对废太子的隐藏在内务府人员家中这个私生少女不可再行残酷的对待，反而给以相当的礼数、礼仪——这就是我上面所举九谜而一时难解的根本谜底。

总结几句："可卿"是"可人"后来的尊敬一层的改称，也就是由丫鬟上升到主子的一个变词，原是一个人物。自从六公都太监公开以官家身份祭奠直到众多王爷级都来路祭，这都非偶然之小事，乃是皇帝内部默许而故意安置摆布的一连串特殊大殡丧礼仪。我这里以最简短的一句话揭出了我上举九谜的一个根本谜底。

还要画蛇添足：聪明的读者读拙文至此都会明白，为何像凤姐梦中嘱托贾氏后人生死大事的惊人预告，不是出于他人而单单出自可卿之口。

二〇〇六春初稿、十二月定稿于燕郊

[小记]

此文写来十分草率，然又不愿拉得太长过细，就这样把我主要的论点说明一下也就够了。至于我与刘心武先生对于秦可卿的来龙去脉的理解，貌似小异，实乃大同，异是次要的，同方是我们在红学研究上的真正因缘和交谊。

49. 水 · 女儿 · 红楼智慧

曹雪芹写了一部大书，人们能背诵得几句来？有位朋友幽默而言曰："我只背得一句：'女儿是水做的。'"引得在座之人皆哈哈大笑。友人之言是戏语，大家笑笑正好开怀解闷；但曹雪芹的这句"名言"为何脍炙人口？难道就是一个"登徒子"的"好色"的"审美感受"？若那样，《红楼梦》"风斯下矣"！

水，是宇宙的精华，世界的宝物，是生命之源头，是智慧之底蕴——当然也就是"美"的显相。没有水，这一切都不复存在，也根本不会发生。

《红楼梦》是中华文化的一座宝库，是民族哲思慧性的"档记"。读《红楼》，须得懂一点儿文字训诂学。比如，你看到第五回，幻境聆曲，那头一句就是"开辟鸿蒙，谁为情种"，这"鸿蒙"是什么？聪明人不待去查词典，立即悟到：在"开天辟地"之前，宇宙即是一片无涯无际、不可思议的"元气"，而这元气之中就包含着"水分"！

要"证明"吗？证明就是，中华最古先民已悟知：天地以前就得先有水，然后才有万品万物，万象万有。

有佐证吗？有，有，有。君不见我们汉语文早有"混沌"一词？大约中学生能懂吧？混沌，与鸿蒙相去几何？差不太多——妙啊！恰恰又是一个"三点水"偏旁的汉字联绵词！你说妙不妙？

光是赞妙不够，还须动思，还待领会。

就是说，曹雪芹（还有他的祖父楝亭诗人）早就参透了宇宙人生的根本大道理："茫茫鸿蒙开，排荡万古愁。"（楝亭诗句）——万古之前，先得有水这才滋生万物，而水的"内涵"已然有了"感情"的"细胞"或"分子"。

那么，为何雪芹又写出一个娲皇来呢？娲皇和水，又有甚干连？

这"干连"太大了！

据《淮南子》所载，女娲所做两大事：一是炼石补天和铺地，二是创造人类——她用的就是以水和泥来"捏小人儿"！古语叫作"抟黄土"，抟者正即以"水和"之文义也。

那么，由此可知女娲是烧制陶器的创始大师，她捏造小陶俑就象征着她是生育之神（我已写过小文专讲此义，今不复述）。既如此，男女两性也是由她创分的——所以曹雪芹的大智慧早已悟知：黄土和水，土是"须眉浊物"，而水是"清净女儿"。

"女儿是水做的"，是古史，是神话，是哲思，是慧眼！

贾宝玉看小丫头，"生得有几分水秀"，怎么叫"水秀"？

查"汉语词典"，有这"词条"吗？

"红学专家"有谁"注解"了？愧已不能查证实情。总之，如果把女儿与水的关系简单浅薄地理解为"色情"范围内的事，那可就太糟糕了。

大观园以水为命脉——沁芳溪"绕堤"柳翠，隔岸花香，全在写了一个"水"景！凤姐说，看着水眼也亮堂；老太太聆笛要隔水传音；湘、黛中秋联句，湘云说："要是在家里，我早就坐船了！"听听这些具有诗才诗性的女儿的喜水乐水、知水赏水，先明白曹雪芹的"灵性已通"，就在于"通"了水的灵秀之气性。

诗曰：

红楼文化水居先，秀色灵情气最鲜。

解得鸿蒙原蕴水，深情似水水如天。

写于乙酉三月初四，灯下，八十八岁生辰

（陆）

香词艳曲动芳心

50. 幻境曲文（上）

第五回，宝玉梦游聆曲，这种情节是小说中创体，词格悲壮苍凉，笔力沉心振响，向所未有。这是北曲大方家数，而又是自度曲，非沿旧词牌，一切自创。这并非雪芹有意展才，实是意到笔随，出口成章，自然流露。但尤其要者是内涵多少"隐去"的大惊大险，政治性事变所加于他家的灾难，这些女眷的遭遇经历，又不知是多么可骇可愕，可歌可泣。所以，这组曲文是全书的第一关目，更是"探佚"的源头，如江河之远溯于昆仑，亦所谓"伏线千里"之心胸气概也。

细分起来，这些曲子并非自导自演，单一声口，而是颇有区别。表面像是警幻"提供"给宝玉而"新填"的，实则与她无多交涉。试看，那《引子》是作者雪芹的自诉"独白"。以下两支，也相似，但变形为宝玉的心声了。这也证明，作者即怡红，宝玉即芹圃。然后，如元春、探春之曲，则又变为她们的自白，一如戏文中的代言体（代那角色而发声设语）。这种曲词的特点是语气格外亲切而沉痛，字字出自肺腑胸臆。

再看（听）下去，则又变为"局外人"的旁观、评议、感叹的文体了。如对湘云、妙玉是如此；对迎、惜、纨、凤等也大致类同：既非为"宝玉"自拟或代拟，也异于各角色的独白自诉——

这该是警幻之言了吧？当然，实在是作者笔到此时此处，不自禁地"忘"了这个仙境宾主和歌伎的"立足点"，而自己"出面说话"起来了！

在这连头带尾十四支曲中，有易读易解的，不烦多话。有几支是耐人寻索的，也就引发了不同的读法讲法；最重要的就是隐指钗、黛、湘、妙的四人之词，确是很多歧见，各行其"是"，虽说谈不上是什么争论，却也增添了疑难待决的程度。

《枉凝眉》怎么讲？只先说这三个字的曲牌名，就有点儿犹豫了。有人径直地把"凝眉"等同于"颦眉"，是愁眉紧"锁"，是黛玉的"颦颦"的特征——因此这支曲只能是咏叹宝黛"奇缘"，不得别解，云云。

是这么样的吗？

拙见以为，恐怕不然。"凝眉"与"颦眉"不可混为一谈。

"凝眉"是望远驰思之意态，即一心一意地盼望而"凝想"也，即深深怀念而难忘也。这与"愁眉泪眼"是有区别的，而黛玉只是"眉尖紧蹙"，时常"自泪自干"的，这不叫"凝眉"。

"问题"的关键是那么解释的人错把此一"凝眉"者当成了一个"女流之辈"，而不知领会此曲仍是代拟宝玉的心声——凝眉的人，是宝玉，是说他刻骨铭心、日夜怀思牵挂。"一个是枉自嗟呀，一个是空劳牵挂"，最是明白无误。他最忘不掉的是两个人。

有人又说：那结尾说的"想眼中能有多少泪珠儿，怎禁得秋流到冬尽，春流到夏"，这不是黛玉？还会有第二个？

我答：你忘了，宝玉对"眼前春色梦中人"是"盈盈烛泪因谁泣"——就是拐个"艺术小弯儿"，写他自己的泪。只不过，他的泪不愿当着人的面前而流（可以参看"平儿理妆"，他哭是独自的，是要乘着连袭人也不在屋的那一刻而"痛痛地"滴泪的！读《红楼》需要一点儿悟性）。

其实，脂砚不是也早就说知与我们了嘛："所谓此一书是哭成的！"难道这不是证明？难道只要"哭"就非得是林黛玉不成？

这支曲，易解的是"枉自嗟呀"，是黛，"空劳牵挂"，是湘——因她后来与宝玉远别落于难中，故而时时念之不能去怀。

又易解的是"水中月"，是黛，证明"冷月寒塘"，中秋月夜她投水而自尽，即"葬花魂"之谓。难解的是"镜中花"如何与湘云关联贴切？

自然，"镜花水月"，是早已有之的成语，雪芹可以巧借分用，求其自然现成；但若说"镜花"之喻毫不贴切所喻之人之事，终为不能惬心而服人。友人刘心武先生主张这曲子是暗指湘、妙二人，与黛无涉。若如此，"水月"应喻观音相，可切妙姑已入佛门；而"镜花"以喻湘之解，与我无异——这又增加了我的自信心。

也许，"机关"是在"窗明麝月开宫镜，室霭檀云品御香"这一联中？"和云伴月不分明"，镜、香可以联喻，而麝月确曾对镜（宝玉为之篦头），因得运用——盖书中写及镜中梳妆的，仅此一例。

总之，曲文中最不易解的首推这支《枉凝眉》，须得上智大慧来指点了。

51. 幻境曲文（下）

曲子《世难容》指的是妙玉，这一点并无难解，难解的是结尾——已经导致了极其不堪的误解，如今又该如何解释？

妙姑是"空谷幽芳"，气如兰蕙。她天生的"孤僻"已使人人称"罕"！好高招妒，过洁致嫌；又骂做官的"肉食者腥膻"，连穿"绫罗"的也贬为"俗艳"——富贵是她最鄙夷而远避不迭的。正因此故，她就"难容"于"俗世"，势必处境危机四伏了。

这一层刚刚说到此处，笔锋一转，却又点到她在青灯古佛前，年华渐老，"辜负了、红粉朱楼春色阑"。这是作曲填词的叹恨痛惜，很清楚，这是说她不该出家，应该作为一个少女还原为闺秀，不致虚度了似水流年。

这儿似有深意，不是泛泛之常言。

底下紧接就是"到头来"了：她在风尘不得意中仍然抗直不屈［即是骯髒 kāng zàng 的本义］——已是与心愿相背反了；这样白玉无瑕的高人，却好似落入泥淖，与"高洁"（即"心愿"）正相违逆！

这究竟是怎么一回事？何等情况？可就实难臆断而妄言了。

就我此刻的思路来说，却有一个艺术"伏线"在此，值得注意：这种手法乃是雪芹的独创，十分别致而又"有效"，因为他时常使用此法。这就是，她在贾府败落后，群芳散落，坠溷逐流，无有幸者。妙玉作为府中人，也被当作罪家之女分发到城外的一处尼庵去了。

这座庵，恐怕就是铁槛寺、馒头庵。

书中借邢岫烟之口，交代明白。妙玉为人怪僻，宣称古今好诗只两句，即"纵有千年铁门槛，终须一个土馒头"（按此南宋大家范石湖之作也）。她因此并自署为"槛外人"；宝玉乞梅诗也说"不求大士瓶中露，唯乞霜娥槛外梅"，均是重要"信息"。她大约是被遣到了铁槛寺。

——出家人进了另一个尼庵，又有何不好？怎么就是"泥陷"了？讲得通吗？

不要忘了，凤姐"弄权"，犯下罪过，就在此寺此庵。此庵庵主老尼，恐非善类——倘若如此，那就是她这好高而过洁之人，偏偏落入了这个不良的坏庙里。

十分可能的是，老尼逼她"应酬"香客，出卖色相，以骗钱财；她严词正色，不屈于庵主的种种恶毒手段！

我想，这样解那曲文，不敢自言即确，总比有的"红学专家"的污言秽语要强得多吧。

诗曰：

> 妙姑堪叹更堪伤，尘世难容尚自强。
> 槛外曾云自为地，岂知槛内恨茫茫。
>
> 莫将污秽辱兰芳，九畹仙葩有异香。
> 骯髒风尘谁顾惜，朱楼咫尺聚豺狼。

成窑杯小价惊人，随手嫌他村媪贫。

应是祸端从此起，犀奁玉斗堕风尘。

52. 曲、细、妙——文心匠意

我看《红楼》，不大留心"故事"，所以时常记错说错；而对雪芹的文心匠意，却特别喜欢探寻玩索，觉得他这支生花之笔确非常流所能"望其项背"。清代知音说他是"活虎生龙笔一支"，是有感受的。因为其笔毫无"板气"，更无"死句"。其灵妙之致，令我倾倒。

今举一例，说说小丫头四儿。

四儿在全书人物中也占有不一般的地位，例如只独她一人四名，绝无仅有。又如她的"出场"，独与"湘云"同步。这是我早就留心的。但近日有在学的小友传给我一项新意：有网友解四儿，竟有多层含义——则叹为慧悟，自愧弗如。

先理一理一人四名的异事：

小丫头四儿出场于第二十一回，宝玉问她名字，答云本叫芸香，花大姐姐给改了叫蕙香——宝玉又命改为四儿。这都清楚，可是还有一个"佳蕙"，也是怡红院的丫头。有人以为，这与四儿无关，是另一个人，我觉不然。因为，如佳蕙是另一丫头，本即同在一房，那袭人如何会偏偏将她改名"蕙香"，特意与"佳蕙"相犯，彼此纠混？情理上不会有这样的怪事。

真正的解释是蕙香之又叫佳蕙，正如焙茗之又叫茗烟，主字

146

不变，陪字小换而已。甚至就是，宝玉改了"四儿"之后，过些时又嫌不雅，遂将"蕙香"改为"佳蕙"，也是可能的——书中不作交代，一如也不交代"茗烟"起自何时、薛蟠为何表字"文龙"了，忽又作"文起"？此皆雪芹创稿时未及"统一"之痕迹也。

真正令人深觉可异的是什么？是本名"芸香"，有何不好？为什么非要改"芸"为"蕙"？多此一番曲折，若无深意，难道不嫌笔墨之啰唆？

丫鬟侍女，自古名"香"，说书唱戏，已成"通例"："梅香"一名尤其"通用"，如"梅香拜把子，都是奴几（幾）"一例，就出现于《红楼》书中。至于《牡丹亭》的《春香闹学》，更不待言。那么，这种例子已然变雅言为俗套了，而这是荣府所不用的（见第二回冷、贾二人对话）。再说，宝玉既自题书室为"绛芸"，莫非是他给取的"芸"字？但这又绝不可能，因为宝玉第一次注意到她，方问何名。可知，此名确是"四儿"入怡红院以前的本名，故带上了"香"字。

但袭人为之改名，却又不是为了避"香"，倒是舍"芸"而取"蕙"。显然，雪芹文心的奥秘，端的在此无疑了。

袭人何以要改？大约这实在是与史大姑娘湘云二字之名太犯"讳"，叫起来是不礼貌不方便的。我以为我这推断是有道理的。

至于袭人又怎么选上一个"蕙"字？这又大有文章——这"文章"，当然原是雪芹的慧性灵心，借袭人而安排巧妙罢了。

我曾探寻这一灵慧的蛛丝马迹——试看：

当贾政"验收"大观园工程，试宝玉题咏之才那一回，有一清客相公给那株海棠题了"崇光泛影"四字。这四字，博得了宝玉的"例外"的赞赏——他对那些人的陈词滥调都是批驳的，而独于此题给了"喝彩",这就不等闲了。这引起了我的思索。

我首先想到"崇光泛影"四字是从《楚辞》的"光风转蕙,泛崇兰些"运化而来的。然后,又立即想到:这个赏咏兰蕙的古名句,却被苏东坡"变化"而化成了海棠的典故,即那首七绝:

> 东风袅袅泛崇光,香雾空蒙月转廊。
> 只恐夜深花睡去,故烧高烛照红妆。

而这首诗则是雪芹多次运用以象征湘云的重要"文字信息"!

这样,海棠诗社、题怡红院五律"红妆夜未眠","寿怡红开夜宴"一回中湘云的花名签"只恐夜深花睡去"……——如珠贯线,联成一个美丽的"诗串"。然而,谁也没料到那个真根源却是"蕙"之香、蕙之光。

这样,我才开始注意原先"不值一顾"的清客之题蘅芜苑,就有——

> 三径香风飘玉蕙
> 一庭明月照金兰

又有"兰风蕙露"的匾词。我不禁恍然大悟:原来这都与湘云是紧紧关合,而并非宝钗的事由。

因此,我又追忆已然写了的一篇小文,提到了宝玉题蘅芜苑的对联:

> 吟成豆蔻才犹艳

其词义竟全与宝钗的一切"贴不上边儿",却和湘云十分关合得鲜亮亲切——尤其下句就是"香梦沉酣"的"注脚"了!

可以说:宝钗是这个苑的"过客",居住不久;以后则成为湘云与四儿的真正住所。

——这儿,有了质疑:四儿不是被王夫人撵出园外了吗?如何又会住在"苑"中?

这就是"红楼探佚学"的一段重要情由了。

如今且说,四儿是怡红院的五名被逐丫头中的最重要的一个,非同一般。后文定有新异文情。这五名是良儿、篆儿、茜雪、芳官、四儿。还有红玉,虽非被逐,却是被"挤"离去的,凑成六个人。良、篆属于偷窃行为,当另论。芳官出了家,也暂不表。剩下的就是茜雪与四儿,而茜雪的事由文字极为简略,唯有这个四儿格外不同,她有很多明写的情节,甚至超过了秋纹、碧痕之列。

读她的故事,先就令人奇怪——奇怪的是宝玉从来疼怜女孩儿,她却是在宝玉一肚子没好气、罕有地向袭人等赌气闹别扭之中而遭到无辜的"恶语"相待的一个特例。事情如下——

那时还未住进大观园,湘云不在省亲热闹之中,却于过后,即第二十一回中,才忽然"出场":丫鬟回报,"史大姑娘来了!"那时,宝、黛还跟随老太太,各住一间屋。湘云来了,当然就与黛玉同席。而宝玉又即在另屋,早晨起来,就可到她们屋中来——不想两位姑娘还未睡醒……话要简洁,这就接叙二人如何起床、如何梳洗,宝玉又如何烦湘云"就了她们的洗脸水而不再用香皂，又如何烦湘云为他打辫子……一派"好看煞人"的新样文情，为历来小说所绝未曾有！

可是这就引起了袭人的极大不快——她见宝玉在这屋已全部梳洗完毕，不再回屋理她，必然就是有了"醋意"吧，因此就与宝玉闹起"别扭"来。宝玉这回，也真的生了气。

这日，他一天不出屋，把袭、麝诸人统统赶出去（在外间），自己于屋内发闷——这才逼出"续《庄》"一段妙文。但是他到底还得要茶要水，须唤个小丫头来。

——这下子，如此曲曲折折的异样情文意致，才把"蕙香"引了出来！

宝玉先就看见她生得十分"水秀"，然后书文又特笔交代她聪明伶俐，殷勤承奉宝玉。

宝玉这时"气"未全平，却又忍不住要问这个"水秀"不凡的女儿，叫什么名字。答言：本叫芸香，花大姐姐给改了蕙香。

宝玉听说是袭人的主意，就机借巧，说出了挖苦的隽语：什么兰香蕙气的?！正经是"晦气"罢了！哪一个配这些香，没的辱没了好名好姓的！

此时，袭、麝等在外间听了，抿嘴暗笑——宝玉问：你姊妹几个？蕙答四个。又问：你行（háng）第几？蕙答第四。这才让宝玉赌气定出了一个"四儿"。

由此看来，第一就是她和湘云是"同步"出场之人。然后，再到第二十六、二十七两回，又有了她的重要文字。

小红也是第一次因为"巧遇"服侍了宝玉，而受到了大丫鬟晴雯等的猜忌排挤，正自满腔幽怨，怏怏若病，就来了佳蕙共话衷肠，发泄牢骚，鸣其不平，而小红"千里搭长棚"，不久就要离散的预言，打动了佳蕙，为之伤感。这佳蕙当即是宝玉赌气之下说了一个"四儿"的粗陋无趣的名字，以后又为之改换的"雅名"。看来，她与小红投契，另有一番识见志趣。及至从第二十六回过后，便是第二十七回的滴翠亭一回书文的公案了——所以宝钗听见亭内私语的也还就是小红与她无疑。

可见，这个生得"水秀"伶俐的佳蕙或四儿，是个"心里不老实"的多情之女，难怪后来说出了她与宝玉同生日，当有夫妻之分的惊人之语！

只因这句话，她便触怒了王夫人（小丫头等人当笑谈，却传入其耳），在"抄检"之威势下，逐出了园子。

依我"探佚"，她日后得到了小红、贾芸的照顾，及至荣府败落、宝玉遭难，她与小红、茜雪等被挤被逐之三四个不忘旧情的丫鬟，合力救助了宝玉。

尤其重要者：她与宝、湘的重会，更有特殊关系。

——以上的思路，最近由白斯木小友告诉我一段信息而得到了新的启示——

小友说，他的一位网友赞成"宝湘重会"才是芹书原本的真结局，而"芸香"即"湘云"的谐音倒读，"蕙香"又是"相会"的谐音倒读。加上同生日当为夫妻的话，正预示了宝、湘二人的真正结局。

这项意见很是新奇珍贵。可以追忆：当宝玉生日、群芳祝寿那一天，正是单单由湘云口中说出了平儿、宝琴、岫烟"四（当然包括宝玉）个人对拜一日才罢"的奇语——而这岂不又与"四"字相应？

在我看来，"四儿"之说并非真是她在姊妹四个中居末（行

151

四），这又是雪芹的"笔端狡狯"：是说她乃是怡红院中小丫头被逐的第四名了，而在她之后还有一个柳丫头，名字正叫"五儿"。

柳五儿虽未真进怡红院，但已被宝玉接受了，只等病好就进来——所以王夫人的逐令言辞中果然包括了她。

四儿日后始终与小红未断来往，在八十回后佚稿中还有十分重要的情节、动人的场面。

甲申二月初十写讫

53. 姥姥是作家

姥姥是一流作家。百般文艺，来自民间。

姥姥第一次进府，是为了过冬的艰难日子将要来临，满怀心事，求见了少奶奶熙凤，求告之际，心头面上都含惭带愧，"哪里还说得上话来"，不但开口表意大难，也不留神说了几句粗鄙欠雅的话，为周瑞家的"提出批评"。可是到她二进荣国府，情形可就不同了。

她此来不再是前时艰难的窘状了，收成不坏，日子好了些，是来答谢感戴之情的，"精神状态"全然各异了，偏偏又投了老太太的缘——极爱听她讲些乡村里的言辞故典，以为向来难得一聆，别饶情趣——于是姥姥满腔的才华，这回方得一展于高贵人家之前。

姥姥在此，虽还不能用笔墨和"电脑"，单凭一份锦心绣口，给府里人等讲出了许多"故事"。

这就是姥姥的创作，也就是一位民间作家的真正"体验生活"的佳作。

然而今日我们有幸得读的却只是她给宝玉讲的那一篇精彩文章。

流行本留下的回目是"村姥姥是信口开河，情哥哥偏寻根究底"。

如果你太"老实"，就会信了这话，以为姥姥确是为了讨好宝二爷，就在那里"编造"一气，讲了那位若玉小姐的故事。

若玉——不同版本或作"茗玉"，我想，乡庄里姑娘取名不会这么选字，姥姥本人也不会读它，还是"若"字为对。这个村姑娘，在姥姥口中那么一讲，可就美极了！宝玉只见过一个二丫头，那是为秦可卿送葬时的事了，风格与此迥异。姥姥口中的这位村姑，不是"乱头粗服"之美，而是梳妆考究了，是那地方的灵秀人物。她聪明美丽，却不幸夭折，让人痛惜伤情。

姥姥是为了讨老太太的欢心，如何却偏偏讲这不吉祥的故事？即此可知，并非出于"编造"，有过这样的人，这样的事——这就叫"素材"嘛。姥姥能"创作"，创作不等于一切"虚构"，在我们古国传统上，"故事"二字本就是"过去有过的实事"之义，至于要讲得精彩动听，令人"神往"，这才需要"演义"——如今有个"艺术加工"的名目，殊不知这层道理我们祖辈早就懂得很透，是"不在话下"的文学普通现象。

老太太听了这段故事，是一种心情反应。宝玉听了，则又另有不同的感受和思量。

说宝玉是情痴，由这段故事作了确证。但这痴情痴意又不同于"疯疯傻傻",他自有自己的哲理和"信仰"。他说:"这种人规矩是不死的!"

读雪芹的书,总要细心体会他内心的思维感悟,得出自己的理念,与世俗"常规"不同。

那句话,说明了什么问题?怎么与俗不同?第一,他指明特定的是"这种人"——就是聪明灵秀的好女儿,认为这乃是"老天生人"的精华所在。

第二,事情有"规矩"。这个词语,大约相当于今人所说的"定律"。

第三,他相信:在这种天地诞生之精华灵秀的生命问题来讲,那是不存在"死亡"消逝的。这种宇宙之"精气"所凝结,是永恒的——形迹没了,精灵长在。那位村姑还在"抽柴",还在"生活"!

这是宝玉的"迷信吗"?宝玉谤僧骂道,反对烧纸(祭亡),连他母亲也遭他讽刺,说被金刚菩萨支使糊涂了。雪芹把那受尼姑愚弄,正叫作"余信"——即"愚信",即今所谓"迷信"是也。然而,宝玉相信花有花神、树有灵性,如他对海棠预萎的一番理论,即是良证。

这种道理,不是"自相矛盾""违反科学"了吗?

此所谓痴人面前说不得"梦"也。

宝玉命茗烟去寻找那位若玉姑娘的小庙,失败了——读者到此,无不捧腹,嘲笑这个"情哥哥"的傻瓜气。但宝玉并未被茗烟"说服",仍让他明儿再去,信心是不改的。

这是因为,他有信仰:"这种人规矩是不死的。"

多么崇高、美好的信仰!

倘非如此，那他也就不会是曹雪芹意中笔下所选中的主人公了。

但是，姥姥毕竟也是一位特殊主角，没有姥姥这样的作家，也就激发不出他的痴情和信义了。

诗曰：

情哥面对老村妪，旗鼓相当黠与愚。

试把文心评哲理，人天感慨一长吁。

54. 姥姥的艺术审美

姥姥是个艺术家。她没有受教育培养的机会，比如进"美院"，做专家，她无此分。但她有"艺术眼"，有才华，有体会，有表现能力，又富有幽默感——"风流自赏"也自许，"无入而不自得"，以"随乡入乡""遇境安境"为至乐，满足而不妄想，探求而不邪诈。

姥姥两入荣府所得的"印象"与"观感"，与其说是惊羡富丽豪华，不如说是大开审美眼界——书有明文，斑斑可按；也从她眼里写出"势派"和"品级"，毕竟是审美角度的笔墨占了主题。

第一要文佳论便是她对年画上的园子与身临其境的大观园景境的议论。我已有专文讲说了一回，今不必重复了。且看其他——

姥姥第一次见了府里做的小面果子——即今之所谓"点心"。

那面果儿极小，是用极精致的木模子扣成的，再加上红色，活像花朵一般。姥姥并不是先想这东西入口是多么好吃，而是满口赞赏它的"艺术性"，说：就是我们村里的手巧的姑娘用剪子铰，也铰不出这么好看的花来！她甚至想到，要讨几个带回去给她们当"花样子"。

在这一方面，凤姐就比黛玉高明，凤姐绝不嘲骂姥姥，以致说出一个"母蝗虫"的刻薄挖苦"形象"的恶语来——无怪乎妙玉就批评黛玉是个"大俗人"。

姥姥到了探春房里，注目的不是什么样的陈设，却只赞叹那插得如"林"的笔筒和摆满大案的十数方宝砚。

姥姥还不能识辨书法，但能看画是没有问题的。她到了惜春屋，听了老太太的"介绍"，喜得说：这样小年纪，又这么能画画儿，别是个神仙托生的吧！姥姥的爱艺术，是打心里发出的喜爱语。

姥姥在审美课题上，并非一味慕富嫌贫，崇华弃朴。她评论那种乌木三镶（银镶的首、中、尾三段）筷子，就说那种考究的富贵用具远不如农家使的竹木筷，又轻便又"伏手"，方便合用。

书中还有一处特笔：开了缀锦阁拿东西，却特意让姥姥上去看看。入阁一望，只见桌、椅、花灯、屏风、楅扇……各式家具乌压压堆满了一地。姥姥不禁念了几声佛！

是叹富有？怕非如此简单。那些物事制作得精美考究，件件是高级艺术精品。姥姥的赞叹，只会用一个"佛"来表现，何其简洁而虔敬耶！

姥姥完成的牙牌令（详见《红楼夺目红》中《刘姥姥的牙牌令》一文），是一篇最饱满、最完整、最精彩的杰作。这四句话，字字切合牌面的形象想象，切合自己的身份地位，没人教她"音韵学"，她无师自通，合辙押韵，扣题严密。这四句，充分显示了姥姥的口齿铿锵，才华洋溢。

这儿再次展示了她的艺术审美天才，非同一般假文士，无丝毫酸腐做作气。

萝卜、蒜、倭瓜，是菜农出身的证明。最有气势气象的，端属"大火烧了毛毛虫"一句，抵得一篇《阿房宫赋》了。大笔如椽，不能及也。

她看花，不仅赏美，还在于爱它结果。春华秋实，天地之经，阴阳之理，岂有他哉。姥姥出来收拾全局，得其人矣。

看来，只说姥姥是作家，不对了，她更是诗人。

诗曰：

花儿落了结倭瓜，是大诗人是作家。
我爱其人与其识，风流坦荡蕴才华。

55. 谁来解这"叙事学"

我常自愧对文学理论知识太贫乏，近世的什么结构主义、解构主义、叙事学、意识流……统统茫然不晓。在《红楼梦》这部名著中，时常想到而无力解答的"叙事"笔法问题，一是为什么史湘云晚至二十回书文过后才突如其来地出现而前边略无半字"伏线"或暗示？二是从第六十三回下半起一直到第六十九回，共计长达六七回之多的书文，只集中在写尤二姐、尤三姐的情节，二人在全书中的地位、分量、重要性、关系性等等方面各如何？别的重要人物哪个占了这么多？而且笔法是"一线直下"，毫无曲折顿挫？写谁曾用此法此笔？

总想找位高明的专家，启我柴塞。

因为还未找到，暂且只能自问自答，于是就将一些想法记下来，以待斧正。

第一问：古今中外，可有一个十分重要人物角色前无"介绍"，后不"交代"，莫知谁何，来自谁家，是何亲戚，什么相貌，何等衣妆……忽然就听见："史大姑娘来了！"来了之后，也无"笔法"，只见一切如同"熟人""旧识"的一般，就"加入"了"书中"，变为"成员"，又说又笑、又吃又住、又诗又文，请问，你在哪本书里碰到过这样的"文法"呢？简直奇极了。

对于此疑，未遇明教，只得反求诸己。我思索的结果，只有一个：这是雪芹的一种心态的大自由、大真实的表现。湘云的原型是他最深印于心、刻不能忘的亲人，他太"熟悉"了，以至潜意识中竟以为读者也如此，早就太熟悉了，你只说一句她来了，就足够了——人人都明白是"她"来了！除此之外，没有合乎"文艺原理""文法百例"的解释。

这个"她"与书中后半部关系特别紧要，所以落后方才出场——重头戏都排在后面了。

至于尤氏姐妹的集中六七回书，与全书笔法太不协调，文气语言，又时露草率鄙野之迹，殊不类雪芹的本色，令人生疑。我意，从第六十四、六十七两回全缺来看，这几回恐非出雪芹之手。推其缘由，雪芹对这一大段将已写成的原稿因故失去，或欲弃而不用，而新稿并未补出；及至脂砚助其抄录编整之时，必须设法谋求联缀，始能成书外传，于是只得将这二姐、三姐草草填补空白。但事出仓卒，终未收拾妥妥，留下了这一美中不足的缺憾。

这一大段落，按照拙说，每九回为一“单元”，每单元之收尾一回皆落于重要关目，如“二九”省亲，“三九”葬花，“四九”梦兆，“五九”风雨夕，“六九”祭宗祠，“七九”寿怡红——到“八九”这儿就是上述的空、缺、乱、杂的现象出现的所在了，几乎成为全书的“败笔”。尤其是六回书文竟与全书中心人物宝玉全无关涉，其笔之败显矣！细看：第六十三回群芳夜宴，占花名已是预示此聚一罢即到散场了——“开到荼蘼花事了”。而贾琏与二姐调情之前，书文却是黛玉悲吟五美，暗喻散后五个不幸者。二姐、三姐故事冗冗琐琐，好容易交代完结，立刻就接上了桃花社、柳絮词——这方归入咏叹“散场”的大格局，线路甚清。那么，在此二者中间，那二姐、三姐的事，分明与前后全不衔接，是凭空从中硬行“揳”入的！

柳絮词是“散”的更进一层的逼近之笔，疑心它原应是“八九”的结尾一回，即第七十二回。“九九”之中，即中秋联句、抄检大观园、晴雯屈死——笔墨愈来愈紧张悲戚了。所以，读诔祭雯之后，再加一倍放笔痛写群芳散尽，一丝也容不得什么“揳入”或什么“良辰美景，赏心乐事”，如伪续的“四美钓游鱼”的忍心害理的胡说了。

第七十八回以后，稿又佚去。今之第七十九、八十两回，如同“八九”那回一样，也是另手草草补空，强凑“八十”回整数的临时求急之方——然而“九九”这一“单元”的原来布局章法是怎样的，因此也就很难推考而复其旧序。

要想研究雪芹的"叙事学"，务宜先辨真相，庶几可望得其实际而不致离题太远，反乱耳目。

诗曰：

廿回不见有湘云，忽报人来语若闻。

此法从来谁道过，古今中外叹奇文。

叙事如何揳补丁？五美桃花柳絮轻。

不信江郎才气尽，掩书还为玉伤情。

56. 三春何"事业"

《红楼》书到第七十回了，突然由湘云兴起，又创出柳絮填词一个新格局。是点缀时令、敷演篇幅的闲文雅趣吗？这时已不再是那种笔墨了，用意应该深刻重要了。

这回词社参作者计有湘、黛、钗、琴、探、宝六人，颇不冷落。其中探、宝妹兄二人合成了一首，在全书中尤为特例，耐人寻味。自愧读《红楼》也算经历了五六十年了，对这五首词，最感不易理会的就是薛宝琴的《西江月》，也曾反复思绎，终难说个清楚。

近来，承友人刘心武的启示，加上重新考索康熙太子胤礽这一史迹公案，参互钩稽，恍然有悟，解开了多年的困惑。

还得重录原词——

> 汉苑零星有限，隋堤点缀无穷。三春事业付东风，
> 明月梅花一梦。
>
> 几处落红庭院，谁家香雪帘栊。江南江北一般
> 同——偏是离人恨重。

此词，开头就揭出了一个"皇家级"的奥秘。而且，"汉"与
"隋"，是两方的事：一方"零星"衰落了，一方正在"点缀"
得热闹。此指谁耶？

"三春事业"，夫事业者，与"春"何涉？春光明媚、万紫千
红——如何叫"事业"？

只这一个"词语"，就大有文章了。

经营了"三春"（三年）的事业，终于化为乌有，付与东风
吹散了。一觉醒来，惘然只见自身卧于梅下，梦中美人，已渺然
无际（此用《龙城录》赵师雄典故。楝亭诗中亦曾用之）。

这番"事业"一旦失败，于是引生了又一场大悲剧：荣府群
芳，家亡人散。

这正所谓"几处落红庭院，谁家香雪帘栊"，她们都散落
于不可知之地，不可问之境。就中，柳絮词主倡人湘云抱恨最
重——她是书中的"离人"，与宝玉分离得最久、最惨、最牵挂、
最不舍——为了万分之一的可能的重会再逢，忍辱偷生，未忍
一死。

薛小妹，也是湘云的又一个"代言人"。

这"事业"，就是书中不能明写、只可暗表的乾隆四年举发

的胤礽长子弘晳谋策推翻乾隆的"大逆案"。弘晳已立了政府，"双悬日月照乾坤"了，而不幸失败。这失败，又将雪芹曹家陷入了灭顶的旋涡。

湘云似乎被征选入弘晳"宫"中的秀女，南安老太妃与她的一场谈话有线可循。湘云的牙牌令："日边红杏倚云栽"，"御园却被鸟衔出"，皆与曾入其"宫"相关。其后弘晳事败，又辗转得人救助，"衔"出了"汉苑"禁地。

诗曰：

> 索隐原来隐自存，蛛丝马迹有源根。
> 考文证史殊途径，名目迷人立户门。

> 索隐专家附会多，翻将己斧自伤柯。
> 不谙真史误旁罗，笑煞村中老姥呵。

57. 一诗两截

一首律诗，八句四联，大章法确有一个普通的"规律"，即起、承、转，合。"转"，总是落在第三联五六两句法上，正是后半的开头。如此，岂不就是都成"两截"了？又何必再视为新奇？

我意不然：因为"转"似分开了，其实只是一个从另一面说的手法而已，"转"后归"合"，合即虽曰尾部而还顾首端——是即"归一"，并非真"两截"之义也。

本篇所举之例，则与那不同，却是真正的"两截"之作。

我举的就是《甲戌本》卷首一首七律，其诗云：

> 浮生着甚苦奔忙？盛席华筵终散场。
>
> 悲喜千般同幻渺，古今一梦尽荒唐。
>
> 谩言红袖啼痕重，更有情痴抱恨长。
>
> 字字看来皆是血，十年辛苦不寻常。

这种诗风，已是"老妪都解"，岂烦絮絮。如今只说，前半四句是个"梦""幻"之话头；首出"浮生"，在第四句书方出"梦"字，即暗承李白的"浮生若梦"之意也。四句合一，只是个"梦幻心情""色空观念"而已，别无其他可言。

——忽然，下面却出来了"啼痕重""抱恨长"！

试问："啼"者何以泪重？痴者何以恨长？啼哭因悲深而泪多，痴者因恨长而难息。又悲又恨，正与"千般同幻渺"翻了一个过儿。

即此可见，上半截全是"反"话——也听惯了"到头一梦，万境归空"一类的"悟"言，无奈说是说，是"口头禅"；心里却挽转不过来，依然泪重恨长。

不仅如此，还要"勾勒"一笔：怎么一个悲法恨法？——字字是血！十年不悔！

这就明白了。后半才是"正身"，前半是个"反跌"罢了。

是以，似"两截"又实"一体"也。

这首七律，是给书中正文的楔子里的那首"偈"作出注脚——"满纸荒唐言"，即七律之"后半"也。

清清楚楚，<u>丝丝入扣</u>。

"都云作者痴"，可知"情痴"抱恨的人，即是作者。

"谁解其中味"，能解者即是脂砚，是女流。

——即此又确凿可证。

还有良证吗？

《甲戌本》正文刚出"还泪"之说，脂砚即批道："能解者方有辛酸之泪哭成此书。……余尝哭芹，泪亦殆尽……"这是什么话？不就是讲解"谁解其中味"吗？

"还泪"二字方出，她就批示："余亦知此意，但不能说得出。"

平儿之言"八下里水落石出了"，诚哉斯言。妙极之！

58. 三两诗对应

上一篇《一诗两截》，揭橥几层妙谛。如今再续此篇相与发明辉映，以见"一芹一脂"配合的灵心慧性，晓示后人。

这第二首七律见于《庚辰本》之第二十一回前——

> 自执金矛又执戈，自相戕伐自张罗。
> 茜纱公子情无限，脂砚先生恨几多。
> 是幻是真空历遍，闲风闲月枉吟哦。
> 情机转得情天破，情不情兮奈我何。

这诗也不难懂，但讲起来要多费话了。

先说当中两联，是与《甲戌本》那首的"两截"次序倒了前后。

> 浮生着甚苦奔忙？盛席华筵终散场。
>
> 悲喜千般同幻渺，古今一梦尽荒唐。
>
> 谩言红袖啼痕重，更有情痴抱恨长。
>
> 字字看来皆是血，十年辛苦不寻常。

这首诗的中间两联，说的就是《甲戌本》上那首七律的"两感"内容，可是次序正好颠倒了一下。"是幻是真空历遍"，就是"悲喜千般同幻渺，古今一梦尽荒唐"。茜纱公子即以贾宝玉喻指作者雪芹；而"脂砚先生"之又即那位泪重的"红袖"女子——此女爱着红裳，故《红楼》总写她是"凭栏垂绛袖"，"红袖楼头夜倚栏"：这无第二位，总是专喻湘云之"红香"是也。

顺便一说："红袖"对"情痴"，名为"借对"，因"情"内有"青"，故与"红"对。今此联又以"茜"与之为对，而此情痴（茜纱公子）又正喻指作者：君不见第二回即大书"情痴情种"之义，而第五回又大书"开辟鸿蒙，谁为情种"乎！

钩连回互，妙谛无穷，人犹不语，则奈他何哉？"情不情兮奈我何"，是脂砚仿项羽的话："虞兮虞兮奈若（你）何"之句法，"情不情"乃玉兄之评语也，故脂砚说："玉兄玉兄，你讲情讲得那么微妙，但不知你将如何为我下一个评语呢？——如何'处置'我的品格身份？"

此诗即出脂砚之手，借一个"先生"字眼，蒙蔽世俗也，与"叟"略同耳。

59. 重读海棠诗

第三十七回探春萌意、创建诗社，适逢贾芸送到海棠，遂以海棠名社。但此棠已非暮春的红妆绛袖，却是秋容缟袂。探、钗、宝、黛，各作了一首，然后湘云次日赶到，补作了二首。论者以为每人咏棠，皆寓自己的情境。这种见解对不对？窃谓还可重新讨究。

即以探春领头开篇的词意来看，借花写人，亦无自况之笔：

> 斜阳寒草带重门，苔翠盈铺雨后盆。
> 玉是精神难比洁，雪为肌骨易消魂。
> 芳心一点娇无力，倩影三更月有痕。
> 莫谓缟仙能羽化，多情伴我咏黄昏。

"芳心一点娇无力，倩影三更月有痕"，岂是探春的写照？结句"多情伴我咏黄昏"，是写他（她）而非写己甚明。再如黛玉的"偷来梨蕊三分白，借得梅花一缕魂"，明是讥嘲刻薄别人，岂有如此"自寓"之理？余可类推，不必备举。

那么，这六首七律，究应如何解读领会呢？

拙见以为：六首诗名以海棠为题，实皆咏叹湘云一人，湘云才是海棠社的"主题"。如此说，或有质疑，未必同意。何以解疑？关键只在宝玉那首诗，最是先要读懂。其诗云：

秋容浅淡映重门，七节攒成雪满盆。

出浴太真冰作影，捧心西子玉为魂。

晓风不散愁千点，宿雨还添泪一痕。

独倚画栏如有意，清砧远笛送黄昏。

这首诗，就是字面咏海棠，句里咏湘云。但欲证此义，还须与香菱的第三次咏月之句合看——

精华欲掩料应难，影自娟娟魄自寒。

一片砧敲千里白，半轮鸡唱五更残。

绿蓑江上秋闻笛，红袖楼头夜倚栏。

博得嫦娥应借问：何缘不使永团圆？

试看两诗，字字呼，句句应，一丝不走。影，冰之形也；魄，玉之魂。砧，两处相同；笛，双吟一致。晓风之愁何谓？即"鸡唱五更残"，宝湘二人先后遭难，被迫分离，时在"晓风残月"之境况中。宿雨，又即菊花诗中"昨夜不期经雨活"之关联语也，谓湘云在苦难中幸获绝处更生。"独倚画栏"，正即"红袖楼头夜倚栏"，尚有何疑？！至结篇一句，"清砧远笛送黄昏"，则是嗟叹千里之外，遥念离人，惊秋砧而怀故旧；无以排遣，长笛抒念——而此笛声远为水上渔者所闻，因而牵动了宝、湘船上重逢的传奇悲喜剧——无一句是泛词虚设也。

于此，又会有问者：既然是咏湘云，怎么颈联却先出来"太真""西子"二喻呢？岂非"文不对题"了？殊不知，这正是烘云托月、实宾虚主之手法。出浴杨妃，其影也；捧心西子，其神

167

也。此正以钗、黛二人旁衬湘云，亦即正是"兼美"一义的点睛之笔了。如果拘看了那两句，以为是写钗咏黛，那么下面的倚栏砳笛，就无一字贴切了。

这个关键若已明白，则"胭脂洗出"等句，唯有湘云足以当之，一通百通，无复滞碍。此外也只有黛玉的"偷来梨蕊""借得梅花"是取笑、讥诮湘云的语调，更无别解可言了。

读懂了宝玉的诗，则探、钗、黛三人的诗亦即可解。综合其要害之句意，计有以下令人震动的"隐"迹可寻——

第一，湘云落难之后，为保自己的节操，不为邪恶所辱，曾将衣服密缝，不可解卸，证据是"月窟仙人缝缟袂，秋闺怨女拭啼痕"（黛）。其次"莫谓缟仙能羽化"（探），也半露此情。

第二，她以节操的纯洁作为答报宝玉的真诚信誓，所以屡有"花因喜洁难寻偶"（湘）、"玉是精神难比洁"（探）、"欲偿白帝凭清洁"（钗）等句反复咏叹。而"缝缟袂"正是为保身的手段。

第三，她是死里逃生——死而复苏的幸存者。"胭脂洗出秋阶影，冰雪招来露砌魂"（钗），明写湘云在难中拒施脂粉，欲图自尽，而幸被救活："招魂"（钗）、"羽化"（探）二处语义最显。

第四，此可与菊花诗之"昨夜不期经雨活，今朝犹喜带霜开"（宝）合看，语义尤为显明。是以，此处又云"苔翠盈铺雨后盆"（探）、"宿雨还添泪一痕"（宝）。两社呼应，皆非泛设闲文。

第五，湘云在难中是被幽囚在一楼阁里，故有"独倚画栏如有意"（宝），"倦倚西风夜已昏"（黛）之句。

然后，再看湘云自咏的二首，那就更为意趣隐耀、处处照应的妙笔了。"自是霜娥偏爱冷，非关情女亦离魂"——曾一度死去，"离魂"与"招魂"相对应也。"爱冷"与"喜洁"词异而义通也。

此外仍有二义可言：诗中屡有"默默""娇羞""不语"等句意，应是湘云于灾难中不屈之表现，即拒绝交谈，不出一语。与自缝缟袂为相应，坚毅自全，可钦可重。

至"蘅芷阶通薜萝门"之所指，分明是自言聚首大观园时寄居蘅芜苑，而日后播迁，竟至于郊西重会——即敦氏诗"薜萝门巷足烟霞"之雪芹山村隐处也。

60. 红院无联却有联

宝玉展才，为大观园题联四副。令人感到有些奇异的是这四副联中只有三副是属于"四大处"的，即有凤来仪（潇湘馆）、浣葛山庄（稻香村）、蘅芷清芬（蘅芜苑），而怡红快绿名列"四大处"之内却独不曾题联。这是何故？雪芹处处有其笔法用意而常人不易窥破，亦不肯深思求解，遂成"疑案"。

也许有人认为：怡红院日后即成为宝玉的住处，自己不能给自己作联之故也。这话也有道理——因为当时题联是为了给元妃看，要"应制""颂圣"，这也无法双关自寓。

确乎这是一个难题，不易破解。但我又想，难解之点，还不止此。试一开列，请君细想——

（一）"四大处"第一处最重要，匾曰"有凤来仪"，明指妃嫔之临幸无疑，可是联语却偏偏与匾与妃无关，两句话专扣"竹"之绿与凉，借茶、棋而托衬——都是消闲的泛常词义（并不"应制")。

（二）后来这"凤"居却成了黛玉的"茶""棋"之地。然而黛玉并不着棋，茶事也不是她的特征（"茗烟"倒是宝玉的书童）。这都怎么讲？

（三）再看四联中唯一"颂圣"的，是"新涨绿添浣葛处，好云香护采芹人"。然此处却成了李纨之所居。那匾只是"杏帘在望"——是说酒店村肆。可谓"谁也不挨谁"。

（四）及至为"清芬"题联了，则又特标"香艳"二字，与"应制"尤为违隔。"吟成豆蔻才犹艳，睡足荼蘼梦也香"，这哪儿像"应制体"，简直太"离谱"——"大不敬"了！可是也未遭贾政的嗔斥。

这像是与宝钗暗暗关联吗？也不像！真是奇极了。说心里话，我至今还是不明白这些地方的笔意何在，深望高明大雅给我指点。

这样，只剩下宝玉面试的四联中的另一联："绕堤柳借三篙翠，隔岸花分一脉香。"这是题"沁芳"溪亭的，故以"水"为关合之点。然上下句本是分属花柳红绿的，而"红"隐不露，以意会之即显。这样，也许就可以"代"题"怡红快绿"了——即可作怡红院之联了，故不再另题。此解妥否？

沁芳，实即"悼红"之变换美化婉语也，而有"红"则怡，失"红"则悼，二义相辅相成也。我觉这样解是可以"通"得过的。

面试而题的四联，有后补的没有？不得而详。只黛玉自言她补了许多，且舅舅都用了——这也大奇！从未听说贾政和她有什么话说，又怎么会采用她的题句之理？所以藕香榭那一联到底是谁撰的？竟不可知。但此联特由湘云口念，史太君耳聆——而恰好史家早先也有此型水榭"枕霞阁"！这儿"文章"就奥妙无穷了。

"芙蓉影破归兰桨，菱藕香深写竹桥。"芙蓉是荷花。"菱""藕"在书中又都有人名可关合：香菱，藕官。芙蓉又有木、水之分，如黛玉、晴雯的象征都是木芙蓉，秋花也，与荷莲非一。是以影破桨归，是夏日荷塘之情事。"藕"不指那白色根茎，是指荷花，古时说的"藕花"即荷花，是成语，不是"代词"。李清照《一剪梅》："红藕香残玉簟秋，轻解罗衣，独上兰舟……"是联之上句所由来也。

诗曰：

> 四大题联却只三，沁芳花柳义须参。
> 藕香更待湘云诵，妙谛纷如五色蚕。

61. 沁芳亭对联

因贾政命宝玉题咏园景，宝玉方得大展文才。以对联论，雪芹给他安排了四副：沁芳桥亭、有凤来仪、浣葛山庄、蘅芷清芬四处——独遗怡红快绿，不言有联。其前，宝玉所见秦氏屋中一联；又有尤氏正房联，与题园无涉，却于藕香榭又单出一联，由湘云念与史太君听。综观这些联文，我以为还是独推沁芳亭那一副，首屈一指，无与敌者。

这副联，大方，自如，文采，境界，可称四全，无一点儿堆砌纤巧气味。笔力振爽，对仗工致，无复遗憾。

这副联，是进园后第一处重要景观处所题，宝玉站于亭上，"四顾一望，机上心来"，出口而成章，神完而气足：

　　绕堤柳借三篙翠，隔岸花分一脉香。

其他诸联，不及远甚。

这联十四字，胜义何在？怎么欣赏？因为这第一联有"名角出台，台口亮相"的风度，所以，那是"眼神""气概"先就笼罩了全戏场的，非同小可，没功夫的是万万不能到的。

我在另处已经讲过，"沁芳"是王实甫《西厢》名句"花落水流红"的艺术浓缩和重铸。此解至今以为得雪芹本意。然后，也经指出上联花、下联柳，"红""绿"正对——其实这太分明了，何待费言。如今想来，雪芹妙笔，总是双管复义，从无"单文孤证"，既然"红""绿"是专题"沁芳"之联，我却未把两者联接起来，这确是粗疏之过了。

如若将"沁芳"二字的"全词通义"来讲，是花落水流红之隐语暗度之笔，那么再将二字分讲，就可看出：沁字属绿，而芳字属红了。

何以为之理据？如"芳"是花的代词，花色在诗词中以"红"总为代表，所谓"红芳""绛英"，这又不待细说，无可质疑。至于"沁"之属绿，又有什么文学上的联系呢？

我想起晏小山，他的词集第一首《临江仙》，其上阕末联就是：

靓妆眉沁绿，羞艳粉生红。

这是一个随手可以拾取的好例，沁和碧的例句也正不乏。若如此，则似又可解为沁芳者，又兼红绿并列之义了。

顺便一提小山此词的下阕写道是：

流水便随春远，行云终与谁同。酒醒（平）常恨锦屏空。相寻梦里路，飞雨落花中。

这儿，流水、落花，飞雨、行云都呈现于词面了，隐隐约约，也仿佛暗与雪芹之心绪相通。至"行云"一词，来自"云散高唐"同一典故，也十分耐人寻味。雪芹的"湘云"实际就是从"朝云"（东坡之侍者）而来，其间千丝万缕的文学艺术联系，都在交织而酿化，而现出新的意境。

再说一层。"绕堤柳借三篙翠"，铸语甚妙。是柳借给了溪水以绿色，还是水借给了柳以翠姿？在汉文诗词上讲什么"文法"（句子"词性"组构即 grammer），都是可以的——"主语"——"及物动词"——"受事宾语"等等一套，是无法"固定"于死格的（西方读者却很难理解）。

但若缩合上句而观照，则应同以"水"为真"主"位，花之所以香，所以芬芳两岸，同为"一脉"之水，所以灌溉而发散芳馥——因此上句也应解为：绕堤之柳所以能翠，还是碧溪滋养膏润之功。所以花与柳，红共绿，皆"沁芳"一溪之双重"表现"也。

拙见觉得，如此解方不平浅。

173

诗曰：

> 花明柳暗共芳溪，绿沁红漂步绕堤。
> 一脉三篙人四顾，桥亭高处画船低。

[附记]

我重新解读沁芳亭联，实由儿子建临之语有所启发。他又以为，"三篙"指水深抑或咏溪阔，还可细究。记之以待方家教正。

62. 还说大观园对联

"试才题对额"时，宝玉只题了四副联，即沁芳亭、有凤来仪、浣葛山庄、蘅芷清芬。后有藕香榭一副，由史湘云口诵与太君听，未言谁撰。此外无联，连"四大处"的怡红院也无联可记。这已奇了。但奇处还在有联的也不大好懂，令人感到"文不对题"。

例如，有凤来仪的联，只言茶、棋，一"闲"一"罢"，与凤无涉。也非"应制"体。浣葛山庄之匾额"杏帘在望"的联则与"杏"与"酒"（甚至稻畦、菜圃）都无交涉——这联唯一"应制"了，但又出来一个"好云香护"，护的是"采芹人"（喻科名举业），也奇极！——这儿没有"云"的事，也离《诗经》"泮水"甚远，沾不上边儿。

可是更有一奇，就是蘅芷清芬的联。这联大书云：

吟成豆蔻才犹艳

睡足荼蘼梦也香

这儿有几层奇。一层是这比"茶闲""棋罢"离"应制"更十万八千里。二奇是贾政听了一个字也不斥为"艳诗"（如他批"花气袭人知昼暖"），岂不"唐突"了贵妃？三奇是这与后来住在此处的薛姑娘宝钗也全不（暗中）贴切。

此联上句何义？我对"豆蔻"的诗典自愧所知只有杜牧那首名篇《赠别二首》；怕太谫陋，看看专家的注解，亦别无新获。那么，且看小杜原诗全文：

娉娉袅袅十三余，豆蔻梢头二月初。

春风十里扬州路，卷上珠帘总不如。

多情却似总无情，唯觉樽前笑不成。

蜡烛有心还惜别，替人垂泪到天明。

这两首小绝句的题目却是《赠别》——这就重要极了。

试想：此联如是"应制"，那可大大冒犯了贵妃。没有一个字是用得上的。若谓是暗切宝钗，那谁也不会同意说她"豆蔻年华"或她作过这种"艳诗"，全不合体。而且，她也不是一位"睡美人"，这下句又如何绾合在她身上？

——于是，我忽然悟到："香梦沉酣"是湘云的事情，而"开到荼蘼花事了"是麝月之预兆谶词。

这就引出一个新解来：此联实际是指与宝钗同寓的史大姑娘！

175

小杜的《赠别》诗，原是写给某少女歌伎的。为何用在这里？难道只为了一个"十三岁"？我疑心这句也没离开湘云的遭遇，她似曾一度因家难而被"官卖"（李煦家眷确曾如此），因落入"贱籍"，这变故使得她与宝玉别离两地，无法通问，互相怀念，难以言宣。及至元春省亲之后，书中才写史大姑娘忽然来到，那可能是乾隆改元大赦宽免，而李家也蒙赦典的艺术投影。不然的话，何以在二十回书文之前，一字不及湘云这个重要女主角耶？此中有大原因，非"章法疏忽"也。

若然，则下句信乎更是湘云的事迹情节，理顺而章成，一切"通"了。

这也表明：宝钗居蘅芜，只是个"过渡性"人物。真"苑主"乃属于湘云。麝月也是最后陪伴她的"旧人"。

63. 中秋联句

黛、湘中秋月夜联吟，书中一大关目，需要一讲再讲，不为烦絮。

总揽全篇，笔势开合起伏，约略可分几个段落，大笔以"三五中秋夕，清游拟上元"展开，以下稍稍泛咏，随即归入本回即事各种情景，写出了绮园琼宴，直到掷骰传花、节日家庭乐事。忽然以"晴光摇院宇，素彩接乾坤"一联总上启下，而诗之要紧处是由此方才正写那个皓月清辉，极为阔大高华。

下面不直"泻"，却又接上姊妹"仲昆"联句的"本事"。可是，经此数笔宕开之后，便又"回归"到"月"本身上来了，你看：

> 药经灵兔捣，人向广寒奔。
>
> 犯斗邀牛女，乘槎访帝孙。

笔笔是"月"，却又句句是"人"的事情——绝非在这儿堆垛一些月亮的典故！而"盈虚轮莫定，晦朔魄空存"二句，点破"机关"——这咏叹，正暗伤弘晳的政治命运，在与乾隆较量中，真是吉凶难料，大事不佳。

点睛既毕，复又回到园中即景——此时已与开篇那种热闹繁华大大不同了，成为强烈的变化对比对照——这才引向了两位女诗人的日后命运：一个是"寒塘渡鹤影"，一个是"冷月葬花魂"。到此，已临绝境了，孰知柳暗花明，又由妙姑出现大力扭转了这个悲险的局面。笔力千钧，笔致如云龙舒卷隐现，灵动异常。

妙玉大致说的是经历了一番寂寞、崎岖、惊险之后，忽又朝光透碑碣，晓露屯檐牙，钟鸣梵宇，鸡唱农村。

好极了。崭新的境界，令人如梦回于清夜，满怀芳情雅趣，战胜了愁烦悲恨。烹茶细论，茶香、炉香、人香、梦香、境香——天花纷落，墨彩分流。真不辨这是诗？是文？——是小说？是"编造"？是"想象"？——是以诗寓史，是以虚掩实，内中一片辛酸之泪而化为无涯无际之绚丽琳琅，真天地古今之一大奇，不知何以名之也。

64. 宝玉题联

宝玉在建园题咏之时，初逞才华，所重者"四大处"，各作匾、联，回目中谓之"对、额"者——却只写明三处，于怡红院则有"额"而无"对"，已觉有些奇怪。那三处，多年来再三玩索所题，虽直觉感到内中各含奥秘，却总不能读懂，深愧愚蒙。我至今总是引为憾事，因为心里明白：雪芹那支笔，绝不会在这种地方写下的文词，是毫无所谓的，如不懂这些，对"后半部"恐怕就无法"探佚"了。

三处联匾，难解之谜重重。

先说潇湘馆。那匾是"有凤来仪"，而联是"宝鼎茶闲烟尚绿，幽窗棋罢指犹凉"。表面看来，匾是以"凤"切妃，应制甚为工巧得体；然而联是茶是棋，却全无皇家气象。再加上贾政说这儿应"月下读书"，眼望着宝玉"示意"……更令人十分不解，这与匾联何涉？

当然，注释家一定会说，匾联都是由竹而生发出来的，"凤"以"竹实"为食，而"烟绿""指凉"皆咏竹之气、色也。这都不错。但"应制"应在哪里呢？况且，住于此处之人，并不喜"月下读书"，也总没见写到她喜欢讲究烹茶，如何时常请来哪位棋友对弈。全无照应交代可言——此皆何故耶？

《三国演义》里却先有个"凤仪亭"，是吕布、貂蝉的故事。难道有隐喻吗？

我近来方才感觉到:茶闲、烟绿、棋罢、指凉,实乃"预示"此馆主人日后是个薄命夭逝之女,那联一片"人去楼空"、凄清萧寂之景象,非吉兆也——此大事而以"闲闲之笔"出之。

这样解,不知对否?

次看稻香村。这就更奇。

第一,匾是"杏帘在望"。这和"应制"有关吗?难道贵妃会"清明时节雨纷纷,路上行人欲断魂",而向"牧童"问途寻酒不成?讲不通。

第二,那儿一片杏林,开得如喷火蒸霞般。须知,"日边红杏倚云栽",倒贴切"应制",却无法用在青年孀妇身上。红杏的"日边""云际",是先于湘云的牙牌令,后于探春的花名酒筹中出现的,俱难与李纨发生"联系"。此大不解也。

第三,那联"新涨绿添浣葛处"用《诗经》之典切后妃,确实"应制"了——可是下句"好云香护采芹人"是科名中举的典故了,难道后妃生了皇子,不去做太子,还需要去应"乡试"考"举人"吗?岂非笑谈。这都是怎么回事?皆久困惑而无以为答者也。

近日,只好"横生硬解":李纨,表字"宫裁",证明她与宫廷有连,并非偶然。她的儿子贾兰,日后却会"中举"。那她后来是同少女一样而被征选入宫,也做了"才人赞善"?

除非如是,别无可通之解。

倘若如是,这后半部的事故,可就大了!那就是我们读者所难想象的朝廷政局所引发的怪现状了,超越了一般情理。李纨自云:她身在局外,"不管你们的废兴"。这"废兴"二字极堪注目!

因为，家庭之间，姑嫂度日，一派"日常生活"之中，怎么会出来一个"废兴"可言呢？其间大有文章，可以断言。（蘅芜苑的联，已另有文，今不重述。）

（柒）

怡红唱曲为何人

65. 梦云

记得东坡词有句："冉冉梦云惊断。"梦与云的关系很微妙，有点儿"神秘"。近日觉得有一新意:《红楼梦》可称为"云之梦"。

"云梦"也是古大泽之名，其来尚矣。云梦之泽，位居楚境，亦所谓"楚云飞"了。哥儿宝玉一入"太虚幻境"，即闻歌声，有仙子唱道是："春梦随云散，飞花逐水流。……"然则，一部书开宗明义，就是"云之梦"与"花之飞"相对相依，若分若合。两大主题或"主线"，昭然耀然，岂能错会。

"云"，一个符号，一个"密码"。

读《红》者，对"花"及其变词代称，如"芳"如"艳"等等都能领会，而独不知"云"之重要，与之相埒，甚且过之。

"云"，也有变词代称，即"霞""雯"——也许还可以包括"烟霞""烟云"的烟字。

书中有哪些"云"？

有棹云，有挑云，有割云，有扇云，有倚云。又有彩云，好云。有落霞、有枕霞;有烟霞、有彩霞。有晴雯、有檀云。

书中随口一举，就可见这比"花"的分量重得多多了。这岂容视而不睹，置而弗论？

《菊花诗》里有"和云和月不分明";《戚本》题诗又有"云

自飘飘月自明"之句。

近年出现的署名雪芹所书联（制为瓷字嵌木匾联），又有"八千里路云和月"之遗迹。

黛、湘中秋夜联句云："秋湍泻石髓，风叶聚云根。"云，常与"香"字伴随。如"好云香护采芹人"；如"离尘香割紫云来"。

香云，谐音湘云。

最重要而又最不受人注意的是：宝玉的小厮中有挑云、伴鹤二名。鹤是湘云的另一象征，即"苔锁石纹留睡鹤"，"松影一庭唯见鹤"的那只仙禽，兹不多及。至于挑云，那就必须联系宝玉乞红梅诗的一联，道是："入世冷挑红雪去，离尘香割紫云来"这一"伏笔"。这儿也用了那个十分特别的"挑"字。也就是说：一个扁担挑两头的，实际是一头为红雪，一头是紫云。

红"雪"是谁？这"雪"不是薛姑娘宝钗，而是前部书只出场一次的茜雪——她因宝玉醉摔茶盅而被撵，未入大观园。茜雪和湘（香）云，应是后来在历劫之后重遇于妙玉的某处尼庵里，由此绾合了三人的情缘。

至于"棹云"尤妙——早见于探春的创意开诗社的那封短札里。但因研者不懂是暗用李贺诗"不知今夜月，谁棹满溪云"，而误以为是"雪夜访戴"之典，擅改为"棹雪"了。殊不知海棠开社，湘云是"题主"，坐"船"而来的，正是她之后至也。

但是这些妙笔，有人始终思议不及，明明白白的迹象，硬不"承认"，也就"各随尊便"了吧。

——不肯承认的，请讲解一下：什么叫作"挑云"？看能说服天下爱《红》者否？

所以说，"云"在红楼，内涵丰富，意味深长，远胜于"花"。只有懂了"云"，方能解"梦"——梦之云，云之梦，是谓"梦云"。

66. 天上人间

通观太虚幻境十二钗"曲文"，或者言辞简约，或者咏叹悲凉……俱少实迹细节，如钗黛，如妙玉，如可卿……为例最显。独有湘云的那一支《乐中悲》，最为特殊，详而实，细而备，几乎像一篇生平小传，内容、层次，般般俱在：

> 褓襁中、父母叹双亡。纵居那绮罗丛、谁知娇养？幸生来，英雄（或作豪）阔大宽宏量，从未将儿女私情略萦心上。好一似，霁月光风耀玉堂。厮配得才貌仙郎，博得个地久天长。准折得幼年时坎坷形状。终久是云散高唐，水涸湘江——这是尘寰中消长数应当，何必枉悲伤。

你看，这支曲文何等细致，而文情层次又如彼其不同凡响，迥迈同俦。这儿，有两处要害，不妨叫作"关键词"，一是才貌"仙郎"，一是"尘寰"消长。就是说，湘云所配，是位天上仙才，并非人间男子。

正因如此，她才获得了一个"地久天长"的永恒姻缘，总不分离。但是，她与那位仙郎的永恒之缘是天上的福分，而在人间的风尘中却又是时消时长，有乐有悲。因为人世的生命和经历是有限的、有终的。他们只能"春梦随云散，飞花逐水流"，告一段落。在这里，是要心伤悲痛的。

这是"乐中悲"的本义。但是与此同时，还伴有一个"悲中乐"。那就是"地久天长"！

这不明显矛盾了吗？

不是矛盾。是人间、天上的两个不同层级，不同境界。如有质疑拙解者，请君一思："因麒麟伏白首双星"，双星是天上抑或人间？人间哪有什么双星？所以宋词人早已说了：牛、女只每秋七夕一会，却永无止期，"胜却人间无数"，正此义也。

谁配称"仙郎"？

除却宝玉，全书中须眉男子也没有半个配称"仙"字的。不少人相信湘云后嫁卫若兰之说，我却不明白：哪儿有一段书文足以表示卫若兰带有什么"仙"的来历和气质呢？也是青埂峰下又一块娲炼所遗吗？恐怕说不通。

要重温薛姨妈的牙牌令，四句云：

左边一个大长五，梅花朵朵风前舞。
右边一个大长五，十月梅花岭上香。
当中二五是杂七，织女牛郎会七夕。
凑成二郎游五岳，世人不及神仙乐。

两相对看，种种韵句的暗示，可谓明白，所谓牛郎、二郎，皆神仙界中人物，俱是双关"宝二爷"这位"二郎"与牛郎，"二郎"离家游岳，伏宝玉弃钗为僧；而牛郎守义，终期与织女再会——

前者是"金玉姻缘"的假格局，后者才是真格局，金指金麒麟，并非金锁也。

所以"世人不及神仙乐"，不是一般修仙得道的俗义，是说尘寰界的情缘总不如天上的一层境界的永永无绝。

在这儿，要善会其文，不可以词害义，"天上"是精神世界的高层次的一个喻词，与"迷信思想"无涉。《红楼梦》是写"人"，而非写"神"的，但"尘寰"就有俗世红尘的贬义，与本来可爱的人间是意味不同的词语了。

诗曰：

> 天上人间本不分，尘寰污秽已失真。
> 双星也是人间事，牛郎何必也称神。

67. 试才·展才·吐气

曹雪芹让宝玉在严父面前得到了一个意外的展才的机会，大大地吐了一口闷气——令我读者拊掌称快！

贾政早从塾里老师那儿探知宝玉虽"不喜读书（按指八股文章）"却才情过人；贾政自己早先也是个"诗酒放纵"之人，只是如今是要在众人（清客，家里人等）面前显一显心中十分得意的儿子，但在八旗世家，最讲"教子"，其严无比，做父亲的怒上来，把训子当"审贼"那么干！今日之人如何理解这种历史实际，却把贾政"屈打成招"为一个"封建势力压迫叛逆"的"反面角色"。其实他心里太喜欢这个儿子了。

闲话休提，且说那天，真是良辰美景、赏心乐事，园子修造得是太美了，贾政一看，首先就指明这种中华文化上的独特表现，必待是个诗情画意的天人合一、才艺济美的大创作才行，他的话，极是内行而中肯——

> 这匾联对联倒是一件难事……偌大景致，若干亭榭，无一字标题，也觉寥落无趣，纵有花柳山水，也断不能生色。

这寥寥数语，要言不烦，却是中华艺术的一篇大理论、大题目。

由此，这才引出了"试才题对额"一回妙文。那文情语味，正侧潆衬，千姿百态——将景、人，物、我，才、俗，心、仪……诸般表里、复杂倚伏，一支笔写尽了森罗万象。

看看贾二老爷、宝玉公子、清客相公，身份地位各异，诗文造诣全殊，心理语味也全不相同，然而这些人毕竟都够个"文化人"，他们都既有"理论"，又有"实践"——必须先拿出品鉴、评议来，讲出一个可以自圆其说、有理入情的说法来，然后再在"理论的基础上"献出自己的文词——也要等待众议公评。

应该老实承认：尽管存在高下、雅俗、主宾、虚实、真伪（伪指应酬俗套）等高低层次之分，只要真实、有"表现"，都是一种极值得继承的"文艺民主"的中华好传统。轻易"批判"，是缺乏自己民族文化知识的错乱言行。

其次，且看看宝玉的"理论"，他属于哪个"流派"、什么主义？这回的"试"，让他"展"出了许多惊人的"孩子话"。

第一个"总论"是什么？是"编新不如述旧，刻古终胜雕今"！——还没听完下文，勇于"纠正"的道貌岸然者就着急了：你瞧，真糟！原来是个守旧派，复古主义者！甘愿为时代而抛弃的历史渣滓，没有任何价值！但宝玉说明了"理论"之后，以实践"印证"自己的主张了，这时他为翠嶂后第一处桥亭题名时，却拈出了一个"沁芳"之奇制。

此名正是他在"否定"了清客的"翼然"和父亲的"泻玉"而公然自举不谦的新词。请问一下："翼然""泻玉"，俱从欧公《醉翁亭记》而来，岂不正是"述旧""刻古"？而他的"沁芳"来自何文何句？又岂不正是"编新""雕今"？一言未尽，先就自反己议，这又如何理解？雪芹在此，难道无意"疏失"，还是有意"卖个破绽"？

难题就在白纸黑字那里摆着。回避吗？装看不见——还是架子大，这种"小节"不值一论？其实，答案不在"书外"，其接下去的文章，已然揭示明白，原无遗斑和私密。宝玉说的是，所谓"旧""古"，是中华民族文艺审美的大原则、大传统，不可违逆——异文化的"新"是损害乃至破坏此大原则大传统的假"今"伪"新"。而同时，这种大审美精魂又是依赖华文汉字这个"奇物"寄托、体现而相得益彰。如果没有这种高级修养造诣，那"古"虽好，却无奈粗、陋、腐、迂，似古而败古，"古"得令人"难受"了。不是那么样的"古"和"旧"。

至于从"泻玉"一下子翻出"沁芳"，众人哄然叫妙！何也？试问这到底算新算旧，是古是今？只具"高智"还不是这里头的事；需要情、灵、才三者焕发出一种"全新的刻古""述旧"来。

在这一方面，雪芹同样是荒唐言里的辛酸泪。这位"邺下才人"一生遭俗人贬抑排挤，把真才实学的他诬为不肖之子孙、"不学"之纨绔。所以潘德舆独能领受他的"奇郁至苦"，终生抱恨。他不是"学而优则仕"，禄蠹假清高，所以他的"士不遇"不同于什么穷通的牢骚，而深悲于无可"对话"之人——只有敏、诚和脂砚等"知我者，二三子"而已。

悲夫！

诗曰：

刻古终然胜似今，荒唐言是大悲音。
时人只道真不肖，顽固江河何处寻？

"士不遇"者想做官，要他媚俗最为难。
试才笔墨原游戏，谁作中华美学看？

68. 脂粉香娃义可思

雪芹著书，脂砚评文，二人均不多将湘云名字写入回目，这是有意而存谦乎？隐避乎？抑或兼而有之？

例如，菊花诗一回，明明是湘云的东道主人，诗也是独占鳌头，重要之至，却偏将"魁夺菊花诗"让与了林黛玉，即可证我言非虚。黛玉在这回书中，仅一配角而已，何尝具有要义与惊人之句。通观回目，只有"柳絮词"一回，方不能不明点湘云之名。也就观其稀罕而珍重了。

另一回以湘云为主角的是吃鹿肉。可是回目中也不再出湘云的正名，却出来一个——"脂粉香娃割腥啖膻"，这是全部书目中的第一处奇文特笔！此八个字出于雪芹手定。

谁配称为脂粉香娃？从正钗十二，直到众副钗排次多至九十六名，当得起"脂粉"二字尚不难选，而能膺"香娃"二字者，则只有一个湘云，绝无第二。

我说过多次了，在《红楼》中，"香"字是"湘"的谐音双关字，大观园中女儿，人人都用脂粉，而湘云却独擅此名，何也？

"粉光脂艳"，这种会使脂粉而达于高级境界的化妆艺术，荣府中内眷有皇家规格的传统承受，而尤以怡红院中更为超迈群芳。连跟随凤姐、天天打发她梳头的平儿，难说她不善于敷粉施脂了吧？可是她因受屈而到怡红院中去"理妆"那一回，方服了宝玉房中所使的脂粉之考究异乎寻常了！

宝玉目中心中，却又单许湘云是个脂粉英豪！是则湘云之容光艳彩，可想而知矣。

"娃"呢？下此字于此处，也奇。

原来，"娃"是吴地美女之专用词。比如古代美女，各地用字称呼各不相同：燕姬、秦娥、越女、吴娃，不得混用。所以，吴王的"馆（专名词）娃宫"，即是一证。而词家以"箫声咽（yè），秦娥梦断秦楼月"为绝唱。再有，老杜的名句："越女红裙湿，燕（yān）姬翠黛愁"，又是良证。

由"香娃"可以确知：湘云是生于苏州的女儿。

读《红楼》，不可忽略的现象：凡回目中一出现有涉湘云的事证，定然就是引领起一个新局面、新阶段的关目标志。例如，

第三十一回金麒麟，第三十七回海棠诗，第七十回柳絮词，以至第四十九回的脂粉香娃，莫不如是。然则，只有湘云才是后半部的主角，与宝玉为对者，这个布局大章法，还不清楚吗？

诗曰：

> 脂粉英豪忆馆娃，香云冉冉海棠花。
> 崇光泛彩堪称艳，名士风流敢自夸。

69. 怡红唱曲为何人

第二十八回宴会上，宝玉唱曲，书中罕见奇文。因为，吟诗作赋，题匾制联，倒不足为奇，唱曲的事，却比那些罕逢了。

且听宝玉所唱何词——

> 滴不尽相思血泪抛红豆，开不完春柳春花满画楼，睡不稳纱窗风雨黄昏后，咽不下玉粒金莼噎满喉，照不见菱花镜里形容瘦。展不开的眉头，捱不明的更漏。呀！恰便是遮不住的青山隐隐、流不住的绿水悠悠。

词曲异常，优美风流，缠绵旖旎——这说的是谁？再不然，他为之"代言"的那个谜是书中哪一个？

料想十有八九，立刻断言：这是唱黛玉，或是黛玉的代言。当然，理由是不乏的，如：滴泪不尽，不就是"还泪"之说吗？

眉头不展，不就是"颦颦"吗？睡不稳纱窗风雨，不就是《秋窗风雨夕》吗？捱不明的更漏，不就是书中写明黛玉每夜只睡一刻吗？……

说得都有理。

但是，也有"对不上口径"的。黛玉爱哭是实，并非"血泪"之说。血泪是作者"字字看来皆是血"，以及"滴泪为墨，研血成字……"，还有《芙蓉诔》中"枫露"与"鲛绡"皆用血泪为喻。

纱窗不指黛玉。宝玉才是茜纱公子，秋夜即事诗又曰"浸绛纱"。春夜诗又曰"枕上轻寒窗外雨，眼中春色梦中人；盈盈烛泪因谁泣，默默花愁为我嗔……"可见，这都不限在黛玉身上。双眉不展，对镜常颦，也不一定即黛玉一人。如南宋史达祖作词思念其离别之人，巧极了，此女亦名湘云，词人说："高楼念远，料应秦镜，常照眉颦。"即是一个极好的例证。安知雪芹不是暗用此典？

其实，真正的问题不在这些，更在"相思"这个曲子的主题。相思，远别而怀念不已，所谓"一种相思，两地闲愁"是也（李易安词）。若是黛玉，她在沁芳桥东，宝玉即在桥西，一溪之隔，每日随时见面——怎么叫"相思血泪"？全不对景也。

春柳春花，与黛玉无关——她是"芙蓉生在秋江上，莫向东风怨秋凉"，与柳相关的，只有湘云——又是海棠，又是柳絮。新愁旧愁，正是敦诚的雪芹"新愁旧恨知多少"。黛玉哪儿又有"旧愁"可指？

青山绿水，相思不尽，而又喻相隔之远也。书中所写，宝玉与湘云是日后失散，各自流离，牵肠挂肚之两方也，并无第二个。更须注意：那重会之地名为"锦香院"，那为宝玉琵琶伴唱的则名叫"云儿"。

香、湘北音不分,大观园中"香"皆与"湘"相联,我已举过多次。至于"云"之明见,更饶有妙义了。我以为宝玉唱的不是别人,就是湘云——预"演"将来的情景往事。盖上一回(第二十七回)方写了饯花、葬花、扑蝶,以及小红之惹相思,故此回即紧接湘云,而又全用暗笔幻文,令人不觉耳。

诗曰:

锦香院内事离奇,名曰云儿事可思。

红豆相思曾远别,金尊消息落江涯(yī)。

70. 回目也值得研赏

拙著《石头记鉴真》中已将诸本回目的异同都列示明白。这里边也有很多耐人寻味的问题,不容置之于不论之列。今略举二三,以窥豹彩。

先说一个《在苏本》——潘重规先生称之为《列藏本》者是也。我觉《列藏》之名不太好懂,改称为《在苏本》,因为李一氓先生让我访察此本时还是苏联所藏的中国文物,故用"苏"字(如今我们的《石头记会真》仍沿用了这个名称)。记得那是受李老一氓之委命,于1984年的严冬远赴苏联,于冰天雪地中为芹书而不计一切得失之虑、世态之奇,完成了这个光荣的使命。

《在苏本》的价值甚高。有人将它贬为晚出的次要本,我看

194

是失眼了。这个本子乍看是与《戚序本》等列的本子，实则不然。第一，它保存了世上独一无二的可补《甲戌本》之缺而未备的重要文字。第二，它的分回显较《戚序》等本为早，如第十九回虽然分出，但尚无回目；第七十九、八十回尚为相连的原始形态。第三，它的回目既有独与《甲戌本》一致处，又有微微润色、胜于《甲戌》之特点。这些都表示：它的时代早于《戚序》一系，比《甲戌》稍稍晚了些许。世无第二本可与伦比。

先举一个"一字之差"的例子。只差了一个字，也值得说上一篇话吗？不错，正是如此。我举第十五回。这回目人人熟悉，就是"王熙凤弄权铁槛寺，秦鲸卿得趣馒头庵"。这有什么可讲的？可讲的就是考究的本子上句却作"王凤姐弄权铁槛寺"。

这有什么不同？不同就在这"凤"字从第三字位上移到第二字位。这样，"凤"和"鲸"两个生物名称就对仗工整得多了——而且"姐"和"卿"也都是称谓之词，真可说是铢锱相敌，在"天平"上不分轩轾了。

我们中华汉字，就专门考究这种"细节"，是文学艺术上审美的几千年高智慧大传统。粗心人对此没有感受，领会不到其间的差别何在，又有何必要，甚至嘲讽为"咬文嚼字"的习气。"凤姐"入回目，唯此一例。可知这几个本子是经过润色的精本。《在苏本》正是如此。

再举一个"麻烦"例，即第八回回目最为多变。这回，人们熟知的回目大约都是"贾宝玉奇缘识金锁，薛宝钗巧合认通灵"。这真是高等诗人所斥的"死句"。只有笨人拙笔，才会这么"死"，这么乏味（此乃程高本之文词也，《梦觉本》同之，盖出一源）。

当我们看看众多钞本时，立即发现为这回拟写回目却是大费了周折——其情况大致如下：

第一种是两句皆以宝玉为"本位"而标目，但文词不雅，缺乏韵味，即《戚序本》一系的本子作"拦酒兴李奶母讨厌，掷茶杯贾公子生嗔"。

另一类则与此相反，文词雅致，而将薛、林作为上下句的"本位"，作："比通灵金莺微露意，探宝钗黛玉半含酸"。此为《己卯》《庚辰》《杨藏》诸本之所同者也。

不想还有一类，与此又大不同。如《甲戌》《在苏》《舒序》等本则基本同而略有小异者，其文云："薛宝钗小恙梨香院，贾宝玉大醉绛芸轩。"此《甲》文也。《苏》《舒》"小恙"作"小宴"，"大醉"作"逞醉"，只二字之差异，而神理即不尽同。细细玩索，深觉有味。

家兄祜昌作《石头记会真》，取《甲戌》，而列《苏》《舒》于次要排序。今觉《苏》《舒》如此接近《甲戌》，尤堪瞩目。因为，《在苏本》独与《甲戌本》同（合）的例子不止一处，但此例却值得多说几句。

《戚序本》那种回目，并不在文词俚俗，是在对内容体会不够，乏韵少味。《甲戌》《在苏》这样改拟了，上下句的内在关联涵蕴就丰富而微妙得多了，也不只是"典雅"的表面问题。比如："小宴"比"小恙"又胜一筹，因为"小恙"只以宝钗为"本位"，而"小宴"却绾合了被招待的是宝玉。其次，"小宴"明用《长生殿》中剧目名，而"逞醉"捧杯则暗喻《虎囊弹》的《山门》——正即宝钗后来口念《寄生草》给宝玉听的那"醉打"的故事，双关巧谐，奇妙不可言！然后，还有一个"梨"白与"芸"绛的工致对仗，"梨"又谐"离"，仍与《山门》暗相关合——请看这是多少层的文心匠意!

粗讲既毕,问题又出来了:哪种回目是早先的,哪种是后改的?从情理讲,显然是先俚后雅,无倒置之理。但《戚序》一系之本整齐完全,《在苏》则尚存"合回"(如第十七、十八)与"残尾"(如灯谜等)在早的显证,这又彼此矛盾抵触,不好解释。

也许,《戚序》所据底本较早,而后经多次润色修整,本身是个"早"与"晚"的复合体,所以才有那些现象?

这问题难以一言武断,留待高明从容细究吧。

71. 一大疑题

多年来每读《红楼梦》,总有一个难题不解。不解也有不止一层的意思:不能解,不好解,不敢解——解了怕遭"围剿",至少也怕犯了错解的罪过,良心上过不去。

但明明有疑、久秘于怀,也非诚于学术的态度。如今拿定主意:讲上一讲,未尝不可;讲错了,认错、更正,就是了。

这个疑题共包括六点——

一、警幻接待宝玉,受了众仙姑的抱怨——原说今日今时"绛珠妹妹的生魂"要到,怎么却引来一个小厮?

二、警幻对此不答,不予解说,却转说起"宁荣二公的英灵"来诉家运与子孙的事了!这都是怎么了?堪称奇怪。

三、警幻款宝玉以酒食歌舞之后,乃授以"云雨"之事,而所"授"的女子乳名"兼美"——兼钗、黛之双绝合而为一。

四、宝玉入"梦"前，先见的是室内的一幅《海棠春睡图》，按此题向指杨贵妃的故事，而海棠又与湘云形影不分。又是奇极怪极。

五、还有"秦太虚"的联："嫩寒锁梦因春冷，芳气笼人是酒香"，此又何义？深愧不晓。

六、还有一大串贵妃、红娘、寿昌公主等等人、物的异样文字，久为人猜测，尚不在我今日此文所提诸点之内，暂置，以免打搅。

只说上列之六点，其文情之迷离扑朔，恍惚神奇，可以说是全书中第一"诡秘"之比，实无第二处可以并笔。据我所闻，猜测者有两说：一云"兼美"即指可卿自己；一云是指"海棠"湘云。

我觉得："绛珠生魂"一般解为黛玉，那么"兼美"中已包含了她，不应偏重偏复。同理海棠若指杨妃——又借指宝钗，也成了偏重偏复。然则，真正兼美的只应以湘云为最合。

这样一来，不是太唐突湘云了吗？我原不忍如此冒昧，但左思右想，除此一解外，怎么也再难寻索谜底了。我于另文说过："绛珠"原指樱桃，是湘云所得的牙牌副"樱桃九熟"的象征，与黛玉无涉。那么，"绛珠生魂"云云应指湘云，也与"海棠"合符。难道说，"从未将儿女私情略萦心上"，那"私情"是指这场春梦不成？

但仍有难题，比如：联之下句十分符合湘云醉卧一段情事，但那是四月孟夏，时近端阳了，哪儿又来的"嫩寒""春冷"？又说不通了。

不必讳言，神游幻境一回书，原是暗写宝玉的早慧早熟，早有了对异性的神秘感觉感受。那时所见到和接近的女孩子，丫鬟不算，最居先的还是钗、黛、湘，而湘才是在钗、黛入府之前自幼就与宝玉在一起长大的童伴。在比较参互之下，宝玉心目中评定的，大约是湘云能兼二人之美，这一点对得上。然而我却又无法找寻那个"锁梦"的"寒"与"冷"。也就是说，我的猜想寻索，仍然不能自圆其说。

宝玉四时即事诗，写春，有二联云："枕上轻寒窗外雨，眼前春色梦中人""盈盈烛泪因谁泣，默默花愁为我嗔"。我早先也只泛泛读过。今日想来，那却是一种嫩寒春冷之境——而那"梦中人"，分明是诗的主题主眼，可此"人"又是实指哪个呢？

大约十个有九个人，又认定非指黛玉不可了。烛之泪，花之嗔，是宝玉自己此际夜境，与黛玉牵不上。宝玉春夜不眠，为此人而伤心落泪——"红烛自怜无好计，替人垂泪到天明。"正合古句，何其巧也。宝玉平生为谁洒泪最多？书无明文，但不像是为了黛玉——此时此境，花在一旁，也未入眠，默默（一本作"点点"，非）无言，而"嗔"宝玉——怪他何必如此多愁善感，泪眼婆娑，应当"光风霁月"起来，"英豪阔大"起来……

我忽然心上闷闷：这不还是最像湘云吗？

——我这么一讲，恐怕就把很多人"吓坏"了！说这种见解真是太胡闹了。请少安毋躁。我并没有说湘云真的跑到了秦氏绣房中去与宝玉"相会"了——这叫糟蹋《红楼梦》。我是说，宝玉这个异常早慧早熟的孩子，此时初次进入一个旧时富家少妇的卧室，室中一切陈设和所用妆奁等等物事，都散发出一种他处未有的异样香而艳的气氛味力，这会使一个青春期开始萌动的男孩突然诱发出对异性的特殊感觉，及至入梦，遂又诱发出他平时对某个或一个以上的女孩的喜爱和羡慕之情，由意识深底层生发成为迷离的梦境，与那女孩有所接近接触。而当此时，他私下最爱的女孩就"神仙化"地成为梦中形象。而又在同时，男孩经常受到的教训是"男女有别"，是"三岁不同席，五岁不同食"，而假如略微涉及"女"字之事，仿佛就是一种过错，一种歉然和惶惑的心境，又诱发出父祖的"成才上进"的督教和箴规训诫……这一潜意识化为梦境，就是写成了宁荣二公之"灵"嘱托警幻"引导"宝玉的一段奇谈异景——这本来是不会有的，就是雪芹这个绝特的奇才所创造的"满纸荒唐言"了。

在今日用"性心理"学的"科学"言辞来讲，这"梦"原不过是雪芹大胆而又奇妙地忆写他幼时对心中最喜爱的几个女孩的向往、憧憬、牵挂——即诗词戏文中的所谓"相思"之意，是暗示他与"绛珠"同日同时"降临"幻境相会的深切情感之发生与日益浓化强烈起来。

所以，"绛珠"并非什么黛玉林妹妹，是史大表妹。只有她堪当"兼美"之才貌超绝。此之谓"神游"，此之谓"幻境"；是小孩子的精神活动的"小说表现"或"演义"。我没有什么"糟蹋"的意思，也不承认这是我的胡思乱想。

诗曰：

　　难解疑题几度春，如今依旧半含浑。
　　海棠兼美终谁似，想象春寒梦里人。

72. "绛珠"之谜

"绛珠"指谁? 万人皆言是黛玉, 早不成"谜", 如何又写出这个标题? 莫非仿效报纸, 不时可见这"谜"那"谜"来吸引读者? 如何也落此俗套?

答曰: 报端的那些, 很多本不够个谜, 无非故意用之罢了。所以我写文从不喜落此俗套。这回却实在觉得够得上一个谜字。

所谓什么"苦绛珠魂归离恨天"……那一套, 只是高鹗之辈的鬼把戏, 害得人们入了牢笼, 再不生疑。其实在雪芹笔下, 从来也没这么说过, 不可乱道。雪芹在开卷写的那株草名, 只在第五回幻境中, 众仙子口中复现过一次:说警幻原说今日今时有"绛珠妹子的生魂"来临, 却来了个宝玉……哪儿也没有"即指黛玉"的文词为证。再到后文, 方又出现"兼美"一名, 而写明白所"兼"者乃钗、黛二人——这儿也不会"夹入"一个"绛珠生魂"。人们的"先入为主"的错觉, 全是由于上了高鹗的大当。

那么, 从根本看看"绛珠"是怎么回事吧。多年前我就指出: 此二字的来历出自雪芹祖父曹楝亭的一句诗:"瑛盘托出绛宫珠。"这是咏樱桃的名字。原来, 此典出自《酉阳杂俎》, 说汉武帝宫中, 五月进樱桃荐新之时, 是用瑛盘盛着, 瑛乃红色之玉, 故果与盘一时成为同色之美谈。

然则, 大观园中群芳各有所喻, 是谁曾有樱桃之比呢? 请注意: 只有湘云一人, 别无二个。

证据凿凿，不同穿凿附会——她在牙牌令中的牌副儿是"樱桃九熟"，三张牌共九点，全副满红！（详见《红楼夺目红》第112页）这可就妙极了——谜底也就出来了。

重温一下开卷原文，则写的是在"西方灵河岸上"，又在"三生石畔"，有此名之"仙草"一株，云云。因将枯萎，幸得"神瑛侍者"以甘露灌溉，方延其命，云云。这儿，"瑛"字证实了"绛珠"实隐樱桃之形色也。

可是又有奇文：生在"灵河"之岸，那土不湿润，还会枯萎，而"神瑛"来救，也不理睬"灵河"之水，却非用"甘露"不可！这都是什么道理？难道真像有人"批"雪芹，说他"不通"？

还有众"谜"："西方"是哪儿？是真指佛国"极乐世界"吗？那儿怎么生不得一株草？似乎大为可疑。如按中华"五行"之说而察之，这"西方"应指"秋"季，可是，樱盛于春夏，故至秋将萎——是这个意思吗？不敢硬定。

由于绛珠草本指樱桃这点一经确立，这就使人绝无"办法"让它"转归"在黛玉身上——连"茶烟"（潇湘馆对联上句："宝鼎茶闲烟尚绿。"）都"绿透"了的地方，哪儿又有个"绛"的影子呢？不错，老太太也嫌那馆太绿了，特意将"霞影纱"找出来给她换上，可是"霞影"只是"枕霞旧友"的倩影，终不合。而且后来"茜纱"公子是怡红院的事情，再也没有文字痕迹照应说明林姑娘的窗子是红纱了，"红香绿玉""怡红快绿"到底无法改变红属湘、绿属黛（"蕉棠两植"是谁也无权删改那四字原文的）。这个"公式"是铁定的。

——既然如此，我方开始大生疑心，以为：绛珠草本指湘云，与黛玉无关。再说"三生"。如照有些研者所说，三生正指前生为草、转世为女之"此身虽异性常存",但我以为更重要的并不是这一层,而是"夫妻之分"的喻词。

如若不信,请看开卷贾雨村一诗:"未卜三生愿,频添一段愁"——是指与娇杏的意外之缘,与什么前生、今世无涉。再如《戚序本》中那首七律"为剪荷包绾两意,屈从优女结三生"之句,分明也是结为姻缘之意。而黛玉恰恰并没有这个"三生"之幸,有幸的还是湘云——"因麒麟"是也。

有人会问,那"还泪"之说又如何交代?书中不是尽写黛玉每日每夜"自泪自干"的吗:湘云何尝哭来?

问得真好。我只能答说:脂砚的批不是清清楚楚写了吗?"余亦知还泪之意,但不能说得出。"又云:"……书未成,芹为泪尽而逝。余尝[常]哭芹,泪亦殆尽。"这种痛语,不是正好说明:脂砚即湘云,她说"此书是哭成的",雪芹也是"秋流到冬尽,春流到夏",到底谁"还泪"?还的又是"谁"的泪呢?

73. 并未彻悟

宝玉有一回忽对"禅机"发生了兴趣。他作了一首偈,说到末后,道是"……无可为证,是立足境",自己很得意。及黛玉见了,却提笔续道:"——无立足境,方是干净!"宝玉方知自己"差得远",如她比自己早已"彻悟"得多了,从此不敢谈禅。

读者到此,也都佩服黛玉,才情灵慧,人所难比,得"崇拜"了。

真是这样吗？

其实，对禅家来说，黛玉也远未彻悟。因为，她还是局限在一个"干净"的念头上，而不知那还是"拖泥带水"，并未"了"得佛意。

这样说，有道理吗？

请你温习一下《心经》吧，那儿说的是"不增不减，不垢不净，不生不灭"。这是因为，世俗的对事物的"分别"之见，对立的两"方"，在佛义看来，都是"边见"，是不成立的。而黛玉还在那里颂扬一个"干净"，以此为无上之境，仍然落于世俗眼光和心理之圈内，何尝有"悟"在？

还有一个宝姑娘，人赞学识过人，她也引出了一段禅家故事：当日五祖要寻可传的弟子，让他们作偈，看谁彻悟。一个说："心是菩提树，身为明镜台。时时勤拂拭，莫使惹尘埃。"另一个却说："菩提本无树，明镜亦非台。本来无一物，何处惹尘埃。"五祖大赞，便将衣钵传给了这个弟子——即是禅家礼拜的六祖。宝玉听了，也深叹宝钗所知的，自己尚且不知，又何必再学佛参禅。

那么，六祖真悟了吗？照我看来，也是还欠一层：既言"本来无一物"了，却只认定了"心""身"的不成立，而忘了还有一个"尘埃"，它本来也在"无一物"之中，那又有什么"惹"不"惹"的问题。但他却还是"承认"有尘可惹，只不过无"处"可"惹"而已。

承认了有尘可惹，也同样是犯了寻求一个"立足境"的浅见。

六祖应该说的是"……本来无一物，无惹亦无埃。"这样方合《心经》的"不垢不净"之义。

诗曰：

> 一钗一黛警痴人，不晓林薛识未真。
> 只把俗言驳宝玉，看官盲目拜钗颦。

74. 话说水月庵

水月庵，在老北京可以寻到多个，记得平郡王府附近就有一个。《红楼梦》写的则是"北门外"的一座。

水月庵所供何神？顾名思义，本是观音菩萨的专门香火地，因为观音有多种变相，如"柳枝观音""鱼篮观音""童子观音"……而"水月观音"是其一相——昆曲《思凡》中小尼就唱"学不得南海水月观音座"是也。

那么，为何雪芹笔下的水月庵，进门却见的是洛神呢？

一场大风波，一段奇文章，都"焦聚"在这小小的庵庙上，不可不讲，不可不赏。

雪芹文笔才思之奇变，水月庵一章可称一绝——堪与"平儿理妆""紫鹃试玉""鸳鸯剪发"并列而居首。

这段文章的源头在盛夏午间，宝玉来到王夫人屋中，与金钏两句戏语，恼怒了假寐的夫人，打了金钏，金钏含羞带愤，"情烈"而死——宝玉还在"闷葫芦"里，他的小小之异母弟已在诬陷他，告他"强奸母婢"了！

因此，宝玉的"不肖""不孝"，使贾政（刚刚听见此子已在王爷府一级惹出了事故，弄不好会家破人亡）又急又气，又怕又慌，恨自己生此"逆子"，为家族招惹大祸，对不起父祖。故此才怒不择言，说出了骇倒众人的"弑父弑君"的不可出口的忌讳之言！

此时，贾政的五内如焚，心情可谓复杂已达极点——可是，多年来不为评论家给予一丝体谅同情，却被说成是"封建势力"迫害"叛逆者"的殊死"斗争"——奇怪，人们感觉的是贾政之"狠"，而丝毫也不觉得贾政之坏之毒！

宝玉此后方知金钏自尽，投井溺死。他怎么一个心情？书里一字也不提。

宝玉早已忘了吧？——读者在"莲叶羹"一回过去，把事情也就"丢在脑后"了。

——可是，雪芹并没"忘"掉。

那日，给凤姐祝寿，府中开宴，热闹非常，人人也都看在她的面上，前来尽礼围凑。谁也不会缺席失礼——给她"面子上不好看的"——却只有和她素来感情最好的宝兄弟，破了格，犯了过，谁也想不到。

那日一清早，宝玉浑身素服，一言不发，独自来到后角门，已然预嘱的茗烟，牵马伺候。

宝玉跨上马，一弯腰（两脚踩镫略向马腹加力，马便放足而驰。此姿势极得神态），那马转了两个弯子，便出了北门。

这北门，老北京之德胜门也，在北面城墙的西门。出此门，是西北郊，昔时皆是村野之地。

主仆二人，飞马奔到了一处，正好是"水月"之庵。入庵先见者，即是"洛神"。

宝玉见塑像好极了——却又不赞其美，眼中不觉落下泪来。

何也？何也？这儿还夹上宝玉"批"曹子建的"谎话"，奇极，妙极。

——这就是"不了情"（回目），也是"无恨情"（回尾联）。

偷偷出城，偷偷赶回。女眷们正看戏——偏偏演的是"王十朋《祭江》"。大家伙儿看得落泪，独黛玉讽刺：这王十朋不通得很！……哪儿祭不得，非得跑到江边？

宝玉装听不见，仍旧一语不发。

……

多大的曲折，多大的笔力！

这才是"小说"，这才是艺术。

"水月"一庵透出了多么奇异的真情与真艺。

从第三十二回"情烈"起，算到第四十三回"不了情"，已是相隔十一回了。读者忘了，作者没忘，把作者看得太"一般"了，行吗？

（捌）

活虎生龙旖旎文

75. 人情世事学问文章

宝玉"神游"幻境，是在东府，因午困而要小憩，遂到尤氏上房。一进门，见正面高悬一联，文曰"世事洞明皆学问，人情练达即文章"。宝玉一见此等言辞，立即叫道："出去，出去！"（流行本多增字作"快出去"，反不如两个字更有力量）——因此这才又到了秦可卿卧室之中。

读者看书，大抵以为宝玉这人对"世事人情"是厌恶至极——更不喜欢什么文章学问了。所以这孩子实在不成才，曹雪芹赏识他传写他，也是"不肖子孙"的大榜样无疑。

——是这么回事吗？

读古人书，需识其笔法文情，对雪芹这位文曲巨星，更需如此。我在中学时，同学骂笨者常是叫他"死脑筋"——连一个小弯儿也不会拐。而欲解雪芹这种品级的文笔心路，却必须打破"死"字而解其"灵"字。

灵即活——生即动。文艺评论家把"生动"用得已失掉了"生"命，成了套语——那更谈不到"灵"方能"活"了。

雪芹的这支笔，擅长的却正是"灵活"二字。

他真不懂人情世事吗？《红楼梦》的奥秘与魅力，正在于他真正地"洞明"了世事，"练达"了人情。否则的话，他是一句也写不出那样的书文来的。雪芹借写宝玉而自评，两首"不堪设想"的《西江月》，中云："潦倒不通世务，愚顽怕读文章。"与东府联文正相呼应。这真是雪芹"小时候的营生"吧？他长大了，一入世途，方知离开人情世事，就什么也没有了！他是个上智、夙慧、至灵之人，于是逢源于左右，触类而旁通——这就"洞明"了一切，也方才"练达"出一部异笔奇文来。然在"死脑筋"看来，他只不过是个真正可笑的愚昧纨绔不肖子弟罢了，有甚值得大谈特赞的？嗟嗟。事情莫与"死脑筋"争辩，可惜了唇舌精神。

看《红楼》，还是把自己估量得"实事求是"些才好，不宜总是自觉了不起，有资格"占山为王"，那太不妥当。

76. 活虎生龙旖旎文

看这题目，是说什么？是清代人咏叹雪芹的诗句。说的是那生花妙笔，灵活至极，生动之至——正像古人赞称王右军的书法用笔是"龙跳虎卧"，有些相似相通之处。

"活"是中华艺术的最大特色，最根本的原则。"勿参死句""诗有活法"……这类教示，由来远矣，但真能使那支笔"活"起来的文人墨客，包括盛名震耳的大作家，却并不是很多——比方说，写"死"文章的人，却被视为"规范"的"典型"，连一丝生气也无了。

讲《红楼》的艺术，在上世纪七十年代还是个大禁区，那时的"批评逻辑"是一讲文笔艺术方面的事，就是"不突出政治"，就是"白专道路"，"资产阶级"的严重"问题"。自 1981 年济南开会，我斗胆提议讲讲艺术特点，获得与会者的赞同。那回，我讲的重点是"多角度"和"多笔一用"——连带"一笔多用"。聆者颇为动容，以为"新鲜"。

"多"之义，我以如何"介绍"荣国府这一巨大目标为例：冷子兴之口"演说"，黛玉目中之初见，刘姥姥之来到大门、后门是何景象，看见凤姐其人其室是何等境界；周瑞家的送宫花所走的"路线"是怎么样穿行这座大宅的各院落和长幼分居之布置的……然后，这荣国府的里里外外，跃然纸上矣——而通体是"故事"，是"情节"，无一"描写"的死笔混入。

这已然是一大创造。鲁迅先生说雪芹打破了历来小说的写法，在这一点上也完全可得印证。

但揭明此义之后，还应看看有否沿袭旧体的痕迹残存？我以为还是有的，尤其开头几回，大约以头九回为主，那时雪芹还想循照一般小说的体制来"适应"读者。最明显的就是：标题诗，叙述时插一小韵文，如写凤姐在宁府看到的秋景，一段小四六句（模仿《西游记》的作法），又如宝玉初见警幻的那段"小赋"，形容她如何之美（有些模仿曹子建的《洛神赋》）。这些，全是有意识地在"作"文章，最是明显不过。可是一过这个阶段，可就大大不同了！

从可卿丧殡、元春省亲两桩大事写起，直到以下各篇，再也不见那些残痕了，完完全全地进入"写"的境界——以神运笔了，迥异于"作"——以意堆句的"死"模式。

这是一大关纽，重要无比。

从那以后，"生龙活虎"，不要说"死"笔，连一丝"滞相"亦无，中华的文境，堪称一新耳目，而那用笔之活，也是冠古绝今，"活生生地"。《红楼》的"神髓"在此。

在艺术风格方面，又当如何品评呢？想起鲁迅，他于1924年到西安去讲中国小说史的变迁，讲到《红楼》时，点出了"那文笔的旖旎"！好一个文笔旖旎，"旖旎"这两个字，占尽了风流，说到了肯綮。

什么叫旖旎？

如查古籍，汉人司马迁、扬雄等几家名作中都用过"旖旎"一词，观其注解，则曰"旌旗从风貌""云貌""盛貌"。用今言言之，本义是旌旗、飘带、枝叶、云魂等物，被柔和之风吹得委宛、摇动、飘拂、舒卷……变幻不定的形容，因而是一种光色、纷纶、形态多方的审美境界，富有多彩而活变的特色。后世则常见"风光旖旎"之语，大抵是指阳春美景的光彩婀娜——这种中华汉语特有的联绵、双字形容词，西方语文绝无相应的"对"词，只能意会而无法言传者也。

那么，文笔的美，就也有了"旖旎"这一境界。

鲁迅先生把这两个字给予了《红楼梦》，真非等闲之事，吾辈后生，宜深思而细品。先生那话是总括，总括是无法"举例"的。碰巧，我忽想起书文写到省亲既毕，宝玉随众姊妹一起搬入大观园，"登时园内花招绣带，柳拂香风——不似前番那等寂寥了"——这几句话，正好就是"旖旎"的注脚了。

鲁迅大师的感受如是，善哉，善哉。

诗曰：

> 旖旎如何译外文，光风转蕙美纷纷。
> 云旗舒卷花摇影，巨眼惊才服雪芹。

77."解"的什么"味"

甲申岁之中和节（二月初一）应河北电视台之约，在京西"五棵松"（地名）拍一个读书节目（主题是拙著《红楼夺目红》）。主持的女士周晓丽问的第一个"考题"就是：您自号"解味道人"，您认为《红楼梦》到底是什么"味"？

拍节目，有些经验了，但能这样提问的还真是头一遭遇见。我觉此问意味深长，当时匆匆"即兴"口讲，总难周备，不免丢三落四，措语荒疏；如今想用笔记一记，就会较为齐全一些。

我的回答是："解味"之说，当然来自人人皆已熟读的"满纸荒唐言，一把辛酸泪。都云作者痴，谁解其中味？"这首开卷的小诗偈。如若"简化"地对待，那就可以作如是答语——

那味，第二句已然点醒了，就是辛酸和悲感。

这样答，实在不能算错——只是却没有答出一个质疑：倘是如此简单明了，那又何以还慨叹"谁解"呢？可知，仅仅那么看事，并未说到要害上。

在此，就必须提醒诸公：莫忘了上句的"荒唐"二字，方能再进一层领会。

"荒唐"？难道它比"辛酸"还重要不成？

是的，一点不差。

如若不信，请再倒回来重读这几句：

列位看官，你道此书从何而来？说起根由虽近荒唐，细谙［或作按］则深有趣味。

请看："荒唐"是最先出现于全书正文的第一个"形容词"，其重要性不言而喻了。

——真的吗？

若真正就是字面意义，实在荒唐，那又有多大的"味"？又何须什么还待"细谙"呢？

莫忽略了那上面的"虽近"二字，方是慧心读书人。

"近"者何？白话就是"好像是""有些类似"的表意，而同时即含有"实则不然"的语义也。

懂了"似荒唐而实不荒唐"的这个重要的作者自注，便可望往深里"细"谙、玩索——这便得出"味"来，也就是可谓"解味"了。

雪芹下字、措语，前后呼应，于是小小开篇处，即可尝"味"一脔了。

至此，可以说一句：必须懂得满纸荒唐，是貌似，是外相；其内涵却是痛泪盈把！——这种滋味太不一般，太复杂，太难讲——也太难"解"：荒唐是开玩笑，说谎话，而辛酸痛泪却是沉痛悲感无比的、难以自制的血泪交流：这两者怎么又会是"矛盾统一"的呢？

——对了，说了半日，这才刚刚抓住了核心：以荒唐文字，写辛酸悲痛，这样不寻常、无以为喻的作书心境，方是实际上的此书之味。

友人曾打比方：雪芹作书，好似眼含痛泪而向你表示"微笑""有趣""开心""好玩"……

你说，这苦也不苦?!

恰好，嘉、道间诗家潘德舆，在叙及读《石头记》后的感受是"其人盖有奇苦至郁"，难以宣纾，故作此书也。对极了！那苦并非一般的苦，是奇苦！

这奇苦，才是《红楼》一书的真味道。

这不太易解，故此雪芹又补二句云:世人不能解此奇苦之味，转而以我为"痴"！然则，是我痴乎？还是"都云"的那些人"痴"呢?!

这就答完"试卷"的一半。

为何又说是一半？因为那个"痴"，又另有双关妙义，说来话长，姑且暂告小歇，容后再续。

诗曰:

> 荒唐是盾泪为矛，笑脸悲怀竟互交。
> 道是痴人常说梦，谁知此味最难调。

78. 谁解"痴"中"味"

芹书开卷后，略作绪引，即题一偈云:"满纸荒唐言，一把辛酸泪。都云作者痴，谁解其中味！"多本俱同，唯现存俄罗斯圣彼得堡古抄本（我于1984年隆冬，奉命去访此本，其时还是"苏联"时代，故拙著称之为《在苏本》）末句独作"谁解痴中味"。友人研红家梁归智教授注意我拈举此点，特存赏会，意为"痴中味"意蕴更加深厚，别无第二人理睬，作出评议。

今按：《甲戌本》此偈一出，脂砚即于眉上批云：

> 能解者方有辛酸之泪哭成此书。壬午［实系"癸未"，误书］除夕，书未成，芹为泪尽而逝。余尝［常］哭芹，泪亦殆尽。……甲午［乾隆三十九年］八日［似为"月"字抄误，或解为重阳节之前夕］。

从这段重要批语中体味，窃以为《在苏本》之"谁解痴中味"符合芹笔本旨。何以言此？盖，如果是"其中味"，那是指书中一切人物事迹、百般情景经历，而偈语应是说："我作此，独知内幕真情，而他人难解。"如此，这是"理所当然"，愚者亦不必再费词说了，如何脂砚却偏偏又说"能解者"方能流泪成书？岂非"不通"？岂非"废话"？所以，我每读至此，恍悟脂砚实是说明：只有雪芹一个，方是真懂得这"痴"（真情至极）的况味——而怎么"解"也不会是再指他懂不懂书中的情节故事、人物内幕、背景等等。

因为，晓悉种种"素材""本事"而作书，不难，也不必非雪芹不可；而能解"痴"味而为之"滴泪为墨，研血成字"的，却只有芹之一人而已。如此读脂砚文字，方不辜负其苦怀悲绪。所以，此批的行文，以"泪"为之"文气"贯串首尾，书中有泪，作者有泪，批者有泪……是故，"石头"一"记"，乃痴书，亦泪书也。

这也就是"漫言红袖啼痕重，更有情痴抱恨长。字字看来皆是血，十年辛苦不寻常"的最好最切的注脚，可谓"一丝不走"，何等精恰！然而有人却将此批割裂开，说"壬午除夕是纪年"，此批只有那"一句话"！又有人说，雪芹早就写不下去了，他生活的晚期并没有续写，云云。那么，"书未成，芹为泪尽而逝"的话，岂不又是"不通"之至？芹至癸未除夕，泪尽而逝之际，书尚恨未成——此敦诚挽诗"邺下才人应有恨"之恨事也。"此恨绵绵无绝期"，如何说他后来停笔不动了呢？

的的确确："谁解痴中味"。难解的还不是书中的人物故事、本事内幕及背景，而是作书的"痴"意"痴"况，才是最难领会、最难神契而心通的。乾隆时新睿亲王淳颖题《石头记》，诗云：

满纸喁喁语未休，英雄血泪几难收！

恐怕这是自有此书以来最早的一位读者能够解得了"痴中味"的高人了。可念哉！

79. 紫雪·茜雪·红雪·艳雪·脂雪

曹雪芹受祖父楝亭先生之影响甚深，我已举过多例，如娲炼遗石，如开辟鸿蒙，这样的大节目也是来自楝亭诗的。又如"瑛盘托出绛宫珠"（咏樱桃），又是"神瑛""绛珠"的艺术联想之源，等等，今不复述。如今则想指出，还未有怡红院时，早早被撵的一个小丫鬟名叫茜雪的，这"茜雪"二字奇丽无比，未见他人诗词中有，寻其根源，应亦受其祖父诗之所启发。

曹寅别号甚多。如"西堂埽花行者"，就是"沁芳""葬花"的来源。又一号，则曰"紫雪庵主"。这是用了宋代名诗人杨诚斋（万里）的咏楝诗，"只道春归飘紫雪，不知屋角楝花飞"，而暗指"楝亭"的。

此号当然也是纪念性的，与别的无关，可是到了雪芹这里，他就记在心头，并生发出新意来。

也许，他因"紫雪"而想到了"胭脂雪"和"半色雪"。这就讲来妙极了！

原来，这胭脂雪和艳雪都指海棠花。前者出东坡，后者又是楝亭之句中所用。

东坡的《寒食诗》，说在黄州三年了，每年花开，惜春不留驻；今年又苦雨……"卧闻海棠花，泥污胭脂雪"！写得令人为之感叹、酸鼻——那是他被谪黄州，处境苦极，连点火做饭都难以办到了。

"艳雪"之语，存于天津一诗人佟氏为姬妾才女所筑"艳雪楼"，而楼名即艳雪，海棠最盛也，此乃采自楝亭诗，成为一代佳话。

——这就可悟：雪芹是将东坡与祖父之海棠诗典，运化而又铸成出了"茜雪"一词。

茜雪被逐，早早离去了。可是佚稿后文还有她的重要情节。

茜雪即脂雪，亦即红雪。所以，宝玉作"乞梅诗"，又有"入世冷挑红雪去，离尘香割紫云来"之句。此联下句"香""云"即谐音湘云。湘云在春以海棠为象征，喻其美也；在冬又以梅花为象征，喻其处冰雪之境而仍不改其节也。宝、湘重会，是妙玉的绾合之功德，故特写红梅是由妙玉庵中乞来，而"梅"又兼"媒"义，双关复义，是曹雪芹独擅笔法——到那时，丫鬟茜雪的重现也起了重要的作用，皆佚稿中大关目也。

80. 月何以气吞吐

黛湘中秋夜大联句，书中一大关目，按12×9的章法布局来观察，正是"九九"这一大段落，这似乎已有结前而展后的作用。因此细参句意，是理解全局的一个重要环节——异样的文笔格局与情调，也是大手笔的又一次波澜起伏。

五言排律是作诗最见功力、气魄的体裁，常人庸手难以为役。当年杜少陵以五排大篇擅场，而元微之识之——岂料元遗山却讥讽微之是不识"连城璧"而反赞"斌砄"！此论人多为所惑。直到清代姚惜抱（鼐）选新诗，这才反驳了遗山妄语，纠正了从元代以来的错误观感——若联系到《红楼梦》，也会有个"元遗山"出而唱反调吗？即使不至于此，那也仍难断言会有几个真能在这一回书文中"得味"而心折？确实又成一个问题。

在过去，我寻绎此篇奇作，重在探佚这个角度。赏句则最喜者是"素彩接乾坤"；最惊奇而不解者是"银蟾气吐吞"。月亮还有"气"，还为那气在不停地吐吞？怪！古今咏月，未见此奇。

我喜"素彩接乾坤"之句，尤在一个"彩"字和"接"字。素日的月光月色，也有彩吗？常人谓无，艺术家诗人则能从素中见彩——比如画家说"墨分五色"，这都是一般人以为奇怪的道理。但"接"字下得更好更奇，乾坤一"接"，月之大美至矣尽矣。所谓彻天彻地，彻宇彻宙也。

还有一个奇字，就是"晴光摇院宇"的摇。乾坤从大处着笔，院宇从小处落墨，由小而想大，大小一也；但月照院宇，如何使"摇"？难懂。难道月也有震动力不成？雪芹何以凝想及此，实费思量。

说到这句，又让人想起开卷贾雨村便有的"满把晴光护玉栏"。晴光月色，也能"护"物，那也许是"照"义的引申，照即有覆庇、关切之义。

也许自古咏月即比为"金波""如流"，宝玉也写过"桂魄流光浸茜纱"——鲁迅不也说"月光如水照缁衣"吗？是否如水似流，便生动摇的感觉？

贾雨村先用了一个"蟾光如有意，先上玉人楼"，也有动态之感。如有"动态"可言，则"气吐吞"便可"意会"而不像是民俗传统中的蟾吞月为晦、吐月为魄了。

先讲讲蟾的"气"，然后另说说雪夜写月，又有一层寓意——是象征太子。试问这该怎么讲？——那些批评我"不研究文本本身"的"文本专家"们，请教这句何义？定有高论——可惜尚未惠然示下。

说到"气吐吞"，固然也听说民间传说中有蟾吞月，吞则月晦，吐则月望——是将月与蟾分为二者的观念，那夸赞了蟾的气魄，却把月弄成了它的食物。而雪芹笔下的"银蟾气吐吞"，句法与艺术的效应均无扬蟾抑月之意，而是一力写出蟾即月的气势，有吞吐山河、呼吸乾坤之大神力。不是二物分裂之意念。

如此，谁足以当之？我就回到"金""银"两规格了：金乌喻皇帝，银蟾指太子。我原先没有把"蟾"看得多么关系重大。如今一细检，雪芹几次用"蟾"的场合，皆有深意，不只是诗句典故吧。

雪芹著书，开卷就用了"蟾光如有意，先上玉人楼"句意借写贾雨村。第二次是宝玉因欲会秦钟而入家塾，向黛玉辞行，黛玉戏之曰：此去就可以"蟾宫折桂"了。其言似反激，却耐人寻味——第三次即此中秋联句了。蟾宫者，月宫之别称也。联句上文故有"香新荣玉桂"之句，似相呼应。那么黛玉之戏言，也许竟是预言宝玉后来是到"太子系"去应考任职了不成？

虽尚"查无实据"，却觉"事出有因"。

81. 用字之精与奇

讥嘲雪芹"不学"者，不去读读《芙蓉女儿诔》，看看篇中所用经典和新奇（常人不知用）的字、词、曲，共有多少？算不算"学"？再看他下字下得精、下得稳，而又时有新意新趣。"不学"之论，何其轻率哉。

例如，第二回，贾雨村论及"致知格物之功，悟道参玄之力"时，在说到"格物致知"，下了一个"功"字；说到"悟道参玄"，又下了一个"力"字。何等精审！盖"功"者，功夫积累，亦即修养是也。而"力"，则是修持修炼而得的精神能量。所谓"道力"者是也。可见字字有内容，处处见肯綮。例如，"试才"那回书，给"泻"字的意味身份都讲出来了，说：在欧公当日作亭记，则可；在此时为省亲建园再用它，则不可——不可者，文各有体，字各有宜，为园亭用上一个"泻"，就太粗陋欠雅致了。

真是一点儿也不错。

其实，在这个字上，雪芹也很"自觉"地留了神，用了意，因为他在叙园景时已然先用过了——说是仰望则"石磴穿云"，俯视则"清溪泻雪"了。再者，后来湘云读与老太太听的藕香榭对联句，又已出现"菱藕香深写竹桥"了——"写"义同于"泻"，却为避粗陋而去了"三点儿水"旁。

雪芹用字奇处，如爱将"罕"作动词用，将"情"作动词用。他用"命"字，绝非尊上的旨、谕之必须服从者，只是"让""使""嘱"等一类平辈通常口语而已。有人抓住一个"命芹溪删去"一语，便硬断是长辈教雪芹删的，而不去看姊妹们联句时，湘、黛皆可互相"命他快联"等实例。

雪芹曾两次用"荼毒"一语，一次是说"富贵"竟遭他（自己）荼毒了。另一次是梦入甄公子园，被丫鬟们嘲笑、冷落、责斥，说他是"臭小厮"，怕被他熏臭了……弄得他无地自容，因愧思从未遭人如此荼毒过。语皆奇甚。盖他用此语是特定义——几乎与"作践""糟蹋"同意，不再同于《书经·汤诰》《诗经·柔桑》中的"荼毒"了。

这些，让人深感新鲜别致，另有一番味道值得咀嚼。

诗曰：

汉文训诂古来精，怎奈如今全不行。
有宝如无甘唾弃，一腔洋调念西经。

82. 惜墨如金

看雪芹的文字，加上脂砚的点拨，感触最多，写之难尽——表之亦不易也。脂砚说，雪芹是惜墨如金，一字不肯浪下。

这话应当怎么解？

遇上抬杠的人就会说，既然如此惜墨，最省墨的办法就是不写——写了又惜什么墨，岂不是忸怩作态，文人酸气？和这种人不必"对话"，那是自找闲气生，莫怨别人。行文的事情，该详的详，可略的略，有话便长，无话便短。可略不略，无话强长——废话赘字连篇累牍，那叫凑字数，骗稿酬，无聊的"不惜墨"——那"墨"还不如废水，能想到"金"的贵重吗？

雪芹之惜墨处，今不暇多举，比如一个端午佳节，他只用了八个字，"蒲艾簪门，虎符系臂（或作背）"，后文又只补了一句"争粽子"，再无俗笔费词，已是神完气足，境界全出——什么"描写"呀，"刻画"呀，"塑造"呀，等等之类，俱不见其踪影。两种态度，两种功夫。

那么，雪芹的"不惜"之例有吗？举一个看看。对，就举一个。这例就是璜大奶奶来找尤氏，替金寡妇争理吐气。谁知，尤氏的一席话竟把她来时的怒气都吓到爪哇国去了！

尤氏的这一番言辞、倾诉，如果不打动了璜大奶奶，只凭"声势"，就能发生如彼的效果吗？可知，那段话十分重要，非同小事一段——我这儿不能作"文抄公"，请翻开原书重读一遍，

225

你看那支笔得费多少墨？在这儿为何就不"惜墨如金"了？

尤氏的满怀焦愁烦虑，在言辞上全部表现出来了——不是用什么"形容词""叙事学"等等来"说明"的。尤氏与可卿，什么关系？说是婆媳，真像母女之情。这份感情，全从字句中流出。

评者都说，《红楼》的一大特色是人物对话的生动，如闻其人——闻声即知其人。这都很是。但这似乎让人觉得"对话"所占字数最多，各人的"发言"也很词繁而话多，方能取得这样的艺术感受。我却要说："对话"占的分量并不像所想的那么多，每个人的话也绝不啰啰唆唆、长篇大论。

事实上，话语较多的只有"良宵花解语"那一回书。就连以"话多"出名的史湘云，她说的话也照样是十分简练而干脆利落的——如此，方是"话"的神气和精彩。凤姐是口齿最厉害的了，然而她与李纨"斗口"，也不过只那么一二"回合"便止，都很简净——而有力有味。

我以为，惜墨如金不只是叙事、写景、状人的要点，在对话上尤其重要。不明此理者，作小说写对话就要"开讲""宣教"似的洋洋万言起来，无怪乎看书的打瞌睡了。还有"伏线"，也十分惜墨，所谓"一语度下"，便转笔接上别的，那"度"之中寓有"伏"义在。

为文者不知惜墨，不是反对"吝啬"、主张"大方"的事情，是不懂艺术，尤其不懂中国艺术审美——绘画极重传神，反对"谨毛"（刻画细微外貌），就是反对艺术的"烦琐主义"。

非"墨"之如金，字、句、意、理……莫不如金也。禅家教示弟子，常常只一句话。是惜"话"如"金"了？甚者连话也无，只一个手势，甚至大喝一声，或当头便棒。为何如此？他们大师以为"话"（文字语言）都是"障"——让你把追求的真实目标给"隔"断开了，永难得之，遂以假相为真。写小说的不是禅家教徒弟，又何苦如此"吝啬"？

曹雪芹的书，已达七八十回了，还没完呢，这是不是又忘了惜墨如金了？谁来断此疑案？

诗曰：

短长多寡费斟量，孰劣谁优异眼光。

当惜不惜真下等，挥金似土亦堪伤。

83. 一字之差

《红楼梦》第三回写黛玉入府，到东大院去拜见贾赦大舅，而赦不见，传语说暂不忍相见，见了彼此伤心……这几句话脂砚读后有所感触，就在书眉上作一短批，写道："余久不聆此语矣，见此语未免一醒。"

没想到，"聆"字的原笔迹略略草了一些，便被抄手误认作了"作"。因为，"聆"字左边"耳"，工行书体是上一小短横，下为两竖并排；右半"令"上边的行书正像"作"字的"人"，而下边又正好只两点就代表了"令"——于是，这个行书书法极似"作"，加上抄手不大常写"聆"字，就把这句话抄成了"余久不作此语矣"。

这下子可不打紧，却误导了不少"红学家"，说：你看，可证脂砚岂不正是一个上年纪的长辈？不然的话，如何自比贾赦？云云。

我闻这类高论，实在生疑，贾赦这位"大老爷"，雪芹写得他极为不堪，极不光彩，而脂砚其人，竟然自愿与他那样的人的口调儿相比——甚至有人说，这条批语"就是"贾赦写的！

世上什么怪事都有，只怪不过这么怪的奇闻。我总纳闷：有些人的"思维逻辑"确实特别，超出常理之外！

这一字之差，可就麻烦大了：脂砚是个老头子，是个长辈，一说也。脂砚是一个人，畸笏"叟"是另个人——"叟"不正是老头子吗？二说也……

其实，哪个"老头子"也不会在"贾赦"身上寻求"共鸣""共识"和"共同语言"。况且，若上句说的是"余久不作此语"，那么为何一见书中贾赦此言即要"一醒"？这能讲得通吗？他"久不作"也就罢了，"醒"个什么？又况且，那"老头子"一生有几个"外甥女"来拜见他，而又来的必然要以"此语"拒而不见——直到看了书上这一句，他却又"久不作此语"？这一切，乱透了，怎么成话呢？若脂砚本是女儿，少时也时有来拜长辈而长辈以婉词拒而不见，以图省事的情形，那她批书批到此处，自然就如梦"一醒"了。一切都迎刃而解了。

总之，我不认为批书人中的什么真"叟"在内。

84. 老大一个误会

神游幻境，看簿册，聆曲文，伏下全书重要关目。册子"判词"较简，曲文加详。参互而寻绎，可得大旨。但也有易晓解者，有难解者，向来论者都从其文意领会"伏笔"，用以评议宝玉对钗、黛等人的"态度"。这本来不错。可是，"钗黛争婚论"这一俗说，也就由此而生，倚此为名，借此而兴。

若论宝玉对钗、黛的态度，其实那已写得再明白不过——

> 可叹停机德，堪怜咏絮才！玉带林中挂，金簪雪里埋。

清清楚楚，二人"平起平坐"，不分轩轾，一无扬张抑李，二不贬瘦褒肥——俗话就是"半斤八两，平分秋色"。

那么，有什么理由硬说是薛夺了林的"宝二奶奶"的席位呢？

——其理由如下：

> 都道是金玉良姻，俺只念木石前盟。空对着，山中高士晶莹雪；终不忘，世外仙姝寂寞林。叹人间，美中不足今方信，纵然是齐眉举案，到底意难平。

——你瞧，这不明明白白是说争婚胜败，心里气不忿吗？

误会正在这里。

原来，"金玉"云云，"木石"云云，都另有字面以外的曲折含义需要破译，破译之后，误会方消；而那曲文的真意旨方能洞晓。

"金玉"之缘有两局：指宝钗为"金"的，是假局；指湘云为金的（金麒麟），方是真局。而宝玉初亦不明其故，所以反对"金玉良姻"（如"梦兆绛芸轩"）。

"木石前盟"，只因读者久为程高伪本所骗，总以为就是指"绛珠"与"神瑛"，其实大错（另有专文剖辩）。盖"木"指合欢树——即楷，又名合昏，马缨花者是也。

要看中秋联句所写的"庭烟敛夕楷"和"风叶聚云根"，就"木石"之"前盟"是指宝、湘曾以合欢花酿酒——即象征"盟"义也。

合欢、合昏，很自然地流变为人们口中喜言的"合婚"（婚，本由"昏"字衍生）；何况还有夜交藤、夜合欢等名称，通呼无大分别。所以元人《女红（gōng）余志》（注）记载：唐代有妻见夫有忧之时，即进以合欢酒，夫便欢然——于是妇人多喜效之。可证此花此名，早有"夫妻合美"一层喻义了。

这么一考究，便知才高学富的雪芹，特用此花此木，即是为了点醒日后宝、湘重会，即是"风叶聚云根"：木与石的"合欢"与"前盟"之来由。

若问："前盟"的这个重要的"盟"字，在书中不会是单文孤证，定有呼应关合——又在哪里呢？

答案就在《菊梦》一诗的颈联——

登仙非慕庄生蝶，忆旧还寻陶令盟。

忆旧而寻之盟，正是"前盟"了。君不见第三十八回，黛玉因说心口（胃）疼，即索合欢花酿的酒以为治疗——正在此处，脂砚即批道：

伤哉！作者尚记矮𬃮舫前以合欢花酿酒乎？屈指二十年矣！

这就是脂砚（湘云是她的投影化身）追忆"前盟"的确凿证据。

"山中高士"，岂但略无贬义，推崇高品无以复加矣。空对者高士，难忘者仙姝——怜其"寂寞"也，又与"争婚"何涉？"怀金悼玉的红楼梦"，怜其寂寞而悼其夭亡，怀思者唯剩一"金"，此即金麒麟的真"金玉"一局。

到底意难平，并非"气不忿"，是说：虽与相对的高士有如梁鸿孟光的相敬如宾的良好关系，但夭者不能疗治，怀者又无力搭救（尔时湘云方在落难未脱之时）——如此无能，即对此贤者为伴，而我心中焉能安然而无憾无痛哉！

这方是幻境中第三支曲文的正解。

诗曰：

怀金悼玉痛难安，高士当前礼最端。
毕竟一心牵挂处，前盟犹在梦魂间。

《女红余志》一则，张一民先生先予摘出。他又引高士奇、陈廷敬两家
与曹楝亭同时唱和者，均有合欢酒之记载或题咏，陈诗表明：此酒是端午节
的时令佳品，盖合欢开花正此时也。雪芹写金麒麟与合欢花酿酒的节序相
同，岂偶然乎。

85. 石髓云根

中秋夜，黛、湘两诗人避开热闹，来到僻处联句抒怀。这篇
巨制中，最为人赏识论及的，向推"寒塘渡鹤影，冷月葬花魂"
一联。论者已多，今暂从略。素来不受人注意的佳句还多得很，
今试举一二为例，也足资赏会。

其一例是"秋湍泻石髓，风叶聚云根"。

我于另文曾讨论雪芹如何对待这个"泻"字——建园既成，
贾政验工一回书，两见"泻"字；今之中秋一例，乃三见矣。足
证雪芹并不厌弃此字。区分只在什么场合可用，又什么场合不
可用。盖"湍"乃急流，《兰亭》不是早就说"清流、激湍"嘛。
既是"激"，就不再是"流"，而是哗哗地宣泻了——此种"泻"
总在园囿的泉水出入闸口处特显。

这句诗，令我立刻想起那一回众人制谜，李纹说了一个"水
向石边流出冷"，而探春猜中了，是打一古人名：山涛。仿佛近
似，有所呼应。

然而，下句尚在相连——因为"云根"即是"石"的别称，

上句说的是石边之水，下句则说秋日的落叶为风所旋积，聚于石旁。这，一方面是说"花落水流红"，更进而是说只余落叶，群芳凋谢殆尽了，而这一切都以"石"为中心，"石"即"玉兄"是也。

还有一联也甚为重要："阶露团朝菌，庭烟敛夕楷。"

这里，一个"团"，一个"敛"，下字甚精，不可或移。敛是指楷，乃马缨花之正名，其叶一到晚夕，就像白日平展的"绿羽"，都合闭起来。

大观园有马缨，又联想楝亭诗早有"庭柯忆马缨"之句，可证雪芹家旧园即有此树。

脂批又云，她与作者（雪芹）小时候曾在"矮顿舫"前以合欢花酿酒，问他不记得吗？——合欢花又即楷之异名。这一句，又暗示了日后的宝、湘重会，方是真有夫妻之分的奇缘佳话。

诗曰：

> 石髓云根是何人？通灵宝玉忆前因。
>
> 秋来叶落群芳尽，湍激风飘聚坠尘。

86."三悟论"

什么是"三悟论"？这种怪话，没听说过——有不少读者必然如此质疑。"三悟论"并非谁造出的，是书里写的，脂砚批的，十分明确，没有附会。一是"禅悟"，即从《山门》一出戏，鲁智深唱的《寄生草》引起，直到作偈语，"你证我证……"是为禅悟。后来读《庄》续《庄》，作出一大段奇文，是为"道悟"。在梨香院目见龄官与贾蔷的情景，方知情有"分定"，各得各情，非可勉强，是为"情悟"——此正是"三悟论"也，何尝有错。

既如此，那宝玉总该大彻大悟了吧——也就是作书的雪芹，既能写出那么透辟的"三悟"来，他本人若不已然大彻大悟，怎么会写得出一句来呢？这推理，该当不差。

谁知，事情并非如此。

书中的宝玉虽历"三悟"，依然是一个大痴特痴之多情种子。书"外"的雪芹，能写出那么好的"三悟"来了，可也还是"字字看来皆是血，十年辛苦不寻常"——就连分毫也并未真"悟"，执着地以生命来写作。

你看："人"这种生灵，他的"思想"这种灵性活动，是多么奇特！如果"死脑筋"，硬是以物理学、数学等等常用的形式逻辑来对待，来推理判案，定会是要闹出书呆式笑话的。

由此，我又想起，外国朋友听我讲《红楼》，时常发问的是曹雪芹信不信教？信什么教？或者改问：他的思想是佛家的，还是道家的？等等。

这表明，他们很关切这个非物质的问题，因为这确实证明了这部名为"小说"的书，内涵却是中国的文化的体现。我在回答时，感到这不太容易拿得准、说得透，如临时即席作个简答，我只能说以下的看法——

第一，他的思想，基本立足点还是中国文化的所谓"儒家"的，而不是释、道两家的；但他又是受过二家影响而深深思考过的，他懂得，也"悟"了，但这都不等于解决了他的"人生大事"，终究寻不到一个真的"立足境"和"安身立命"之地。

中外朋友都问我：依你看，到底佛、道哪家对他影响比较大些呢？我说：对雪芹来说，道比佛亲；入得深，持得久，我感觉如是。若问理由，则书中有据——

所谓"禅悟"，偈语结句"是立足境"，被黛玉一个"无立足境，方是干净"就给击败了，他自认连她的"悟"还不如，又讲什么"彻"？就丢开了。这确证所谓之"悟"，一知半解耳，不复再谈。而续《庄》一回，恰好也是由黛玉"阅卷"——此中亦有深意。但这回她只是小绝句讽刺了两句，未涉问题的本质——她续不出"进"一层或"反"一面的辩词来了，等于"虚晃一刀，跳出圈外"。这回实是宝玉胜利了！这很重要。

再从另一角度看，雪芹笔下之僧皆是为了"小说"而虚设的幻影神话而已，他八十回书不曾写一个真实的和尚。对比之下，却写出了一个活生生的个性分明、音容可亲感受的张爷爷——清虚观（guàn）张道士。

何也？值得一思。

张道士还关系着金麒麟的一件最重大的因缘事故！偶然吗？（甄士隐"出家"，不是为僧，却是随了一个疯道士去了，也可思。）

所以我说，对宝玉，对《红楼》，"道"是关键的一环。妙玉入的是佛门，而她最赏者为"文是庄子的好"。你看，妙乎不妙？

"云空未必空"，不信这"空"。

惜春呢？更奇——

说她是"将那三春勘破……觅那清淡天和"。天和，自然的太和之境，此道家所尚，与佛何涉？又说是：闻说道，西方宝树唤娑婆［桫椤之笔误］……上结着长生果！"西方"似佛土了，然而又是"长生"之果，佛曰"无生"，道才是"长生""久视"之道。

那么，惜春为尼，并非崇"空"，却是修"道"了。所谓"可怜绣户侯门女，独卧青灯古佛旁"，是深怜浩叹，哪里有向往之情在？

如拙意理解不致太差，则可以窥知雪芹的真思想是蒙庄给了他智慧——但庄子不痴，反痴笑痴，一意豁达，这却又非雪芹之所同，不宜强作比附。庄太冷，芹终热。热在于情，情又何悟可言？

诗曰：

> 三悟徒劳玉费思，大灵大慧万皆知。
> 休将教义牵来比，他是中华罕见奇。

87. 曲文多"类"

南京师范大学高飏小友来函说，幻境的十二钗曲文分为两类：一是与宝玉自己切近、关系重要者，如元、钗、黛、探、湘、妙是也。二是"家亡人散"那条线上的，如纨、凤、迎、惜、巧等是也。但剩下一个可卿居末，何以处之？问我的看法。

我答云：可卿是"两线兼挂"的特例人物：既与宝玉的经历有关，又是家亡人散的局内、预警人，故以她殿尾，双承并结。

高君同意了此解。

这个解说有它的合理性——她的曲文殿后与她身亡的先后并无交涉。并非像有人说的：原稿本是可卿最后死，而为了早日结束她的故事，遂改成了最先丧身，云云。那种"理由"，没有什么可以成立的内容依据，是假想，不能充作研究考论。

可卿一死，凤姐哭之最恸！惺惺识惺惺。二人相知，其心胸胆识别人不晓，误以寻常女流视之。而凤姐既失可卿，连一个共语者亦无——只可说与平儿，也不能深细。是知脂粉英雄，知音罕遇，连一个比平儿身份高一层的人也寻不见，其大厦力支，孤独寂寞，其谁知之、念之、恤之——却都恨上了她。

或谓，不是有平儿嘛，好膀臂，怎说孤立无援？平儿只是个"收房"大丫鬟，是奴籍，只能助理日常家务，传达奶奶的语言旨意，却无任何"主"权。她如何能像可卿那样，与凤姐深思远虑，为家国、为子孙、为宗族大计而专心致力？

然则，凤姐日日为让老人遣愁解闷，时时献智承欢，强作谐谑，博大家一乐——而其内心之苦，御众之难，虑大之悲，身心之瘁，并无一人体贴之、怜恤之。好人难做，唯宝玉却尽明形势：只有此嫂一人，知与赵姨力斗，为兄弟（宝玉自谓）护法，不然殆矣！再看抄检园子一回丑剧，凤嫂站在正义一边，还是站在谗妇坏人一边？难道还不一清二楚乎？

然而，她被伪续书诬为"掉包"献计人，天下不察者群起而怒恨之为"最坏的女人"！

此雪芹之所以血泪成书，亦必遭荼毒，其理一也。宁不悲夫！

88. "不学纨绔"

好像从清代起，有些自命为"饱学"诸公就把曹雪芹看成一个不成才的愈赖旗家子弟，名之为"不学纨绔"。

我每每自忖自疑：这"不学"二字，下得对口径吗？人家雪芹早就自承了："我虽未学无文"，这是谦执之言，而"未学"和"不学"的语气心态之间，差距却比"一字之差"差得太远了！

"不学"者，骂人也。"未学"者，自审在学识上太欠自我勤奋努力了，或者因家势败落、生路艰辛，已没多少继续攻学的条件了……乃抱憾负惭也。曹雪芹的几代家世门风，"诗礼簪缨之族"，敢说人家是"不学"？何其妄也。

但在今日，我们要问的是：在雪芹的时代士风儒习，那通常所谓的"学"，毕竟何似？有人总以为，曹雪芹应当与王夫之、黄宗羲、顾炎武等相比而论"学"，再不，就是"乾嘉朴学"之学了。是这么回事吗？

曹雪芹是楝亭先生之文孙哲裔，其"学"大致出不了这个"格局"。他们是以"文"为主，诸子百家，小说杂记，无书不览——故谓之"杂学旁搜"（搜，也作收）。他们的"腹笥"最富，但绝不去写"论文"式土、洋八股调。他们是——正如晋贤陆士衡所说的是"漱六艺之芳润"。他们"谢朝华""启夕秀"，新而不怪，"旧"而不腐，光彩夺目，焜耀神州——怎么会是个"不学"的轻薄见识所能范围的？

其实，雪芹之学，在书中表得十分鲜、明、醒、透。第一是贾雨村口中之论；第二是东府正室壁上之联。联讲的是世事洞明，人情练达，雪芹的书，专擅于此，故能绝妙尽致。我有另文，不再烦絮。

雨村说：世人不解宝玉，必须有"格物致知之功，悟道参玄之力"，方能识得此人的真际与价值。

读者先生，多是当"套语"草草看过，抛在脑后，绝不肯为"寻思"暂停三秒钟。

盖在雪芹看来，中土文化精义分合交织的是三条大主脉：一是孔门之学，代表人事的实际行为事业等等，是社会、伦理、从政、治生的实践之学，故以"格物致知"为简号（代表格、致以上的修、齐、治、平）。再一条就是老庄的哲思哲理，代表华夏民族的智慧精神的活动，人天交感的灵性境界，故以"悟道参玄"四字为简号——这儿没有丝毫的玄虚，尤其是庄子学，不仅是思想智慧的圣贤，而且由他的文采风流的天赋，又同时领向了文学艺术的第三条文化大脉络。

这第三条，贾雨村"不是这里头的事"，故他口中不能出一字。是在另外人口中方才说出：有"才"，有"情"，有"灵"，有"性"。这就补足了"三脉论"。这三条代表了中华文化的精神脉络。

这就是我倡言创立"《红楼梦》是中华文化小说"论的简要理由。我以此证明，雪芹绝非一个"不学纨绔"，世俗正统的"知识分子""士大夫"们如何能理解他的层次境界，所谓管窥蠡测、自以为了不起的狂妄人才这么说话呢。

雪芹的"学"，不以传统的"板定"死面貌外形出现于人们的耳目之间。他呈献出的精髓、精华——即陆士衡所说的"六艺芳润"! 芳润,好极了! 是"汁",是"味",是"香",是"色",是营养,是生机,是命源——是天地间最宝贵的"丹"。只有它,才会芳润,是生机才会光彩,才会灵动,才会具有大真大善大美。

打开《红楼》,芳润之气扑人眉宇,芬腴四溢。这也就是所有其他小说名著所望尘莫及的最大特质特色之所在。无芳少润,"死"物一堆而已。

假如新一代有志之士愿意步入"红"界,我劝他(她)努力在这三大脉络上痛下功夫,有了真心得,必然后来居上,而不屑于陈陈相因、重炒冷饭,"将活龙打做死蛇弄"了(禅家语)。

诗曰:

不学纨绮义何安,障目徒然笑泰山。

我为雪芹争一句:谁知芳润换金丹。

89. 曹子建的谎话

雪芹文笔妙绝,其妙之一即善用"狡狯"之方,令你虚实难辨,真假费思。那一回,写得极为别致而又好看耐赏的文章是宝玉偷偷离家出北城门郊外去祭金钏,所谓"不了情",仓皇中"撮土为香",聊以达诚申信,告慰亡魂。

他在城北寻到了一个水月庵。进庙抬头一看,先就望见一座洛神塑像，那高手塑得真有"宛若游龙""翩似惊鸿"之姿态——但他并不赞赏那艺匠手艺高超，却"不觉滴下泪来"！

见了洛神之美，却先洒泪伤情，何也？作文者不作"交代""说破"，却又只表明了一点：世上哪里真有个洛神？原是"曹子建的谎话"。心眼儿不够活便、专读"死"字的人，当下就认为"这是曹雪芹批评曹子建"了，你看他多么认真严肃，实心实话！——完全"死"于句下了，什么味道都没了。

其实这是雪芹"夫子自道"，他用不着单单在这节骨眼儿上去批评什么曹子建。因为，这尼庵是水月庵，庵里专门供奉观音菩萨——哪个庵也不曾真把洛神当主神来敬礼膜拜。这就是作者自己"坦白"：是我曹雪芹的谎话！

于是，有一派"红学专家"就说了：你瞧，《红楼梦》是一部小说嘛！哪儿又有什么真人真事？就把"考证派"第一百次地大大嘲笑了一番——好像"考证派"都是"低智商"，总不能懂"小说与历史的区别"！多么愚而可哂！

"贾氏窥帘韩掾少，宓妃留枕魏王才"，李义山这人，大约神经也有毛病，他竟又"扣实"了洛神的"具体情节"。

我是个"考证派"，无容置疑。我每读这段不了情"暂撮土为香"的故事，辄深受感动，不能自已——我不认为我的感动是信了谁的"谎话"。"谎话"者，今之时髦理论所谓"艺术手法"也。只要一运用艺术手法，就必定是"全盘虚构主义"了？能有如此文艺理论逻辑吗？我的感受是：感情如此真切打动人心，那"谎话"背后必有真人真事，否则——一切是"谎话"成为不折不扣的"一部小说"的文字，我这"考证派"是没有兴趣、愿望去做什么"考证"的。我们这"派"同意考一下《儒林外史》的

"杜少卿"有否原型与素材，但我们没有说过这同样"适用"于铁扇公主和白骨精。

"一部小说嘛"，笑煞了人，也吓煞了人，成了"理论武器"，靠它打倒"考证派"，百战百胜。

但愿如此。

诗曰：

曹家谎话向来多，姥姥常开信口河。
可笑多情痴宝玉，虚劳焙茗大奔波。

祭来法宝甚威哉，"小说"为作好盾牌。
其实他全偷考证，高明就在不沾埃。

90. 洛神赋

第五回，宝玉方入太虚幻境，见一仙姑，便有一段四六对句的、像一篇小赋的文章来描写这位仙姑的美丽：

方离柳坞，乍出桃房。但行处，鸟惊庭树；将到时，影度回廊。仙袂乍飘兮，闻麝兰之馥郁；荷衣欲动兮，听环佩之铿锵。靥笑春桃兮，云堆翠髻；唇含樱颗兮，榴齿含香。纤腰之楚楚兮，回风舞雪；珠翠之辉辉兮，满额鹅黄。出没花间兮，宜嗔宜喜；徘徊池上兮，若飞若扬。蛾眉颦笑兮，将言而未语；莲步乍移兮，待止而欲行。羡彼之良质兮，冰清玉润；慕彼之华服兮，闪灼文章。爱彼之貌容兮，香培玉琢；美彼之态度兮，凤翥龙翔。其素若何？春梅绽雪。其洁若何？秋菊披霜。其静若何？松生空谷。其艳若何？霞映澄塘。其文若何？龙游曲沼。其神若何？月射寒江。应惭西子，实愧王嫱。吁！奇矣哉，生于孰地，出自何方？信矣乎，瑶池不二，紫府无双，果何人哉？如斯之美也！

拿它与洛神赋的开头一部分来对看，分明可见，曹雪芹是在模仿曹子建：

黄初三年，余朝京师，还济洛川。古人有言，斯水之神，名曰宓妃，感宋玉对楚王神女之事，遂作斯赋。其辞曰：余从京域，言归东藩。背伊阙，越轘辕，经通谷，陵景山。日既西倾，车殆马烦。尔乃税驾乎蘅皋，秣驷乎芝田，容与乎阳林，流眄乎洛川。于是精移神骇，忽焉思散。俯则未察，仰以殊观，睹一丽人，于岩之畔。乃援御者而告之曰："尔有觌于彼者乎？彼何人斯，若此之艳也！"御者对曰："臣闻河洛之神，名曰宓妃。然则君王之所见也，无乃是乎？其状若何？臣愿闻之。"余告之曰："其形也，翩若惊鸿，婉若游龙。荣曜秋菊，华茂春松。髣髴兮若轻云之蔽月，飘飖兮若流风之回雪。远而望之，皎若太阳升朝霞；迫而察之，灼若芙蕖出渌波……"

243

这两者一对照，就可看出雪芹是有意仿效洛神之赋，全无"实际"描写，只是"一堆比喻"，这就是表明本无其人，是个"表象""表意"的手法——所以方叫作"曹子建的谎话"。

既如此，则书中落水的那个"潇湘妃子"，颇与洛神相似，也是"曹雪芹的谎话"，他自己"拐了一个小弯儿"承认了，只不过读者还看不懂罢了。想起这，又忆女作家张爱玲的"红学"，她有一个与众迥殊的见解，认为湘云是有原型的，而黛玉却是后来为了衬托湘云而虚拟的一位艺术人物。

诗曰：

> 作家灵慧契奇书，感念微茫与众殊。
> 道是颦卿乃虚构，惊人一语诧迂儒。

（玖）

文采风流今尚存

91."作者自云"与三十而立

年少时读不懂《石头记》，这不奇怪，因为读不懂的原因太多了，例如还没有足够的人生阅历，也没有充分的历史知识，甚至很多语义和笔法也看不明白、弄不确切，那"懂"又从何而来？这些之外，还有一个问题：开卷头几回，特别"杂乱无章"，十几岁的孩子很难感到什么真兴趣，领略什么真意味。再加上一点：一打开书，旧日流行本一律是头一回回目之后劈头就是一大段"作者自云"，哩哩啰啰，不知是说些"甚底"（即今的"什么"）——当然无法知道那原是回前的批语或《凡例》中语，离正文还远呢。我的切身经验是：多少次拿起书，一看这"自云"，就没了意兴，将书放下了……

到如今，才知道这"自云"的重要，理解了其中内容所"交代"的几大要点，俱是了解曹雪芹和《红楼梦》的关键要害问题，少小时候是太无知了。依拙见而言，雪芹公子这段自白（乃批书人代记，非其亲笔行文），至少向我们说明了五大事实，今试粗叙如下：

一是作书的宗旨与手法。二是作书时的年龄、处境、心情。三是表明书之"自叙传"与"为己"者不同，是"为人""唯人"的。四是作书时的生活写作条件。五是把"小说"的体裁、质性、功用与科举"时文"（八股定制）区分开来，给以评值。

第一，宗旨是"自叙传"，而手法是借假演真。几个"关键词"要弄清："历"过"梦幻"之后，故将"真事"隐去，怎么解？是说：我亲自经历的真事，过后如梦如幻，正好借梦借幻来写真实。"将真事隐去"，绝不等于"将真事"放弃，不再写它，是将不能（不便、不敢、不容）直写的用手法"掩饰"一番，让字面上像是"假话""荒唐言"一般。

借梦，故书又名红楼之"梦"；借"幻"，故"梦"境又名太虚"幻"境。真事是亲自经历的，故借"通灵宝玉"将"我"掩饰为"石头"。

我听不止一位颇有学识水平的专家讲这儿一句话，竟解为将真事都"隐"掉不写了，改写的都无真实性（素材、原型）的虚构内容——即小说作品的文学"本质"就是"艺术创造"云云。

我很诧讶：他们那样懂得文学理论的红学家，会把作者的自白说成是如彼的一回事情，这太不明白雪芹的语义了——其实那十分简单，只一个小"弯儿"，就给"绕"住了！令人难信竟会如此读书识义。

第二，是雪芹说明白自己"自云"时年正三十岁。这话何以为证？就在"一事无成，半生潦倒"这句上可定。因为，古以六十花甲子一周为人寿的基数，六十岁为"一生"，是故"半生"即为三十岁。

事情的有意思就在于还可推算出"旁证"：乾隆甲戌即十九年（1754），已有"脂砚斋抄阅再评"的《石头记》了，书前题诗又有"十年辛苦不寻常"之句（他本概无）。则自拙考雪芹生于雍正二年甲辰（1724），计至乾隆十九年，为三十一岁。这正符合"半生"之数。

这不是"偶合",是历史实情。

第三,雪芹此时已在郊西山村。他在城里,败贫无所居,"寄食亲友",不会有"瓦灶绳床,茅椽蓬牖"的房屋情况,此乃山村陋室无疑。又云"阶柳庭花",正又是张宜泉赠诗所云"门外山川供绘画,庭前花鸟入吟讴",一丝不差。互证之下,是雪芹到远郊后的生活景况又已分明。

第四,他自叹"风尘碌碌""一技无成"。先说"风尘",此词用来大抵有三种情况:一是征人游子,离乡背井,每日在旅途中奔波,故云"风尘仆仆",是辛苦不得休歇的意思。如举小说为例,也正好有《儿女英雄传》的安龙媒安公子的"三千里"远行"走风尘"。二是处于困窘不得志的境况中,就拿《红楼梦》本书作例,则先是贾雨村"风尘"怀闺秀,彼时他功名不就,寄居庙中,卖文过活,故也是在风尘中(古小说的"风尘三侠"属于此义)。三是陷于更坏的处境,以"风尘"作为婉蓄之喻词。雪芹的自云"风尘碌碌"属于第二类义。但接连着的"一事无成""一技无成",则除了给"风尘"作出补说而外,还有与"半生"紧紧关联的一义,不可忘掉——

这就是,要懂得他为何一再表示"无成",这个词义到底有无具体的含义?"功不成,名不就",什么事业也没成就,一件事也没做好……而年已"半生"——这正是暗里针对着这"三十而立"的话而自家感叹的。"立",正是"成就"之意,如云"立下一番事业"的立,即谓此也。

所以,我断言"半生潦倒"的话是指"三十而立"的三十岁,六十花甲的一"半",与五十岁的"半百"不是同一语义。这是一个"主线"贯串在字里行间的——由这儿才透出一个议意：什么也没做成，我就写小说吧。这就是"忽念及当日闺中固自历历有人……"的思路的由来。

第五，身经巨变，知愧而不悔。

自云早先有过"锦衣纨绔之时，饱甘餍美之日"，而目下是"茅椽蓬牖，瓦灶绳床"了，可见这与"富贵不知乐业，贫穷难耐凄凉"正合，贫富之殊是现象，巨变的根由是政治牵连遭祸。身在贫困中，回念幼时种种，自愧"不肖"有"罪"，已无可挽转，故不悔而转惜当日所有的女子——是为作书的一切来由与旨义，忠诚恳切，并无虚饰。

以上诸端，其实并非十分难解、需要多言；及至说到这"襟怀笔墨"四个字，看似平常，却是更为重要而不易宣讲了。张宜泉赠诗说雪芹"爱将笔墨逞风流"，又是字字对得上"口径"，洵非偶然。由此可悟：这种笔墨，是情性风流的表现，与正统士大夫的"学"与"文"不是一回事——所以"自云"上文先已表明："我虽不学无文"了。这都是内含针对和呼应的语意。

雪芹并不以能"文"自诩，也承认"不学"。也许他自四五岁上遭逢家难，以后的就学受教、读经诵典等等正规的从师就傅确实是不大完善的，故"不学"之语，亦非全出自谦。至于"无文"，就是"愚顽怕读文章"的结果了。

那么，年登"而立"，愧罪自惭，一事无成，转念闺友……这种复杂的心境，就是他的"襟怀"了吗？

真是一言难尽。我只能用简单的办法来粗陈鄙见："襟怀"，与"心境"不是等同的意思，心境是一时外因内感的况味，可久可暂，但终归是因时而变的。襟怀则不是一时的、易变的，是一种修养的、涵泳的精神境界，是持久的、有基本造诣的"道行"、"器量"。

雪芹虽然平生遭遇坎坷百端、内外交困，但因天赋是大智大慧、大仁大勇、大慈大悲；加上后天的磨炼淬砺，于是达到了一个高层的襟怀境界，这却是与时悲时喜、可伤可痛等感情变化可以分开"处置"的。他在贫困、寂寥、悯惜……中仍然有一个基本的光明而坦荡的"胸次"——只有这，才使他在激烈的情感冲击中保持执笔写作的能力。

因此，"字字看来皆是血"，是书的内涵，是心思，是艺术。而"阶柳庭花""晨夕风露"之与襟怀的合拍与融洽，是创作力量的"能源"——否则的话，他早就支持不住，而被浮动的感情所压倒了。

92. 雪芹与迷信

曹雪芹这人，思想不与世俗常流一样，时有奇思奇语，令世人瞠目结舌。所以目之为"异端"，加以恶语。既如此，那他必定不迷信、反迷信，是个"无神论"者无疑了。如果所断不差，也是难能可贵的一个方面，却未必因此就增加他之所以为伟大之分量了（因为古代无神斥鬼之人甚多）。

问题是：假如他也并非绝非不迷信，这就会减弱了他的伟大了吗？我看，论事取人，不宜运用这种死逻辑——这种思维模式最害人不浅。

雪芹写书，有贬僧骂道之言，又对他意中所指的老尼、道婆之流，绝无好感，写得极不堪。这表明他不信仰佛教，也不入道门。他写凤姐，明笔畅言她"不信阴司地狱"。他写宝玉劝诫藕官不可烧纸，欲祭亡者须另行措置……如此等例，可以罗列。

这就"证明"他"不迷信"了吗？我看未必。

"欲知命短问前生"，"无情的分明报应"，"尘寰中消长数应当"，"闻说道西方宝树唤娑婆［应作桫椤，笔误。西山卧佛寺即以此树见称，云从天竺传来］，上结着长生果"……这不都是雪芹写的吗？不是轮回、因果、"极乐世界"等等俱全吗？

这样若两论对争，各执有"证"，就会抬杠抬一万年也抬不清了。

刘姥姥"信口开河"，讲出一个若玉村姑娘"显灵"的故事，宝玉听了，倾心信受，十分尊奉欣幸，务要为之重修庙宇再塑芳容，并郑重晓谕姥姥说："这种人规矩是不死的！"

不死者，精神不灭，即称为"神"者是也，唯神唯有"灵"。这一点，宝玉是深信不疑的。所以，他不是"迷"信，是有理有据、有验有证的"悟信"。代表雪芹心灵的书中宝玉，以为天地间一切事物皆有情有理，即有性有命——性即灵性。灵性是可以交感，感而遂通的，故谓之"通灵宝玉"。

此灵曰诚曰真，诚则灵，灵是本真。世俗的迷信，正是盲信了那些假东西而取假昧真。他斥的是假僧道、假教门、假仪式、假规矩——以之骗钱坑人。这是他反的迷信，因为他不以为真的是"迷信"，真的都不可反，也反不了。世上若有真神真佛真圣，他是会礼敬而仰慕的。

讲曹雪芹，讲《红楼梦》的问题，用空洞的概念教条式的

"反迷信"的思维模式去从事，是没有什么意义的，那离真懂得也实在远得很呢。

93. 雪芹是文字学家

打开《红楼梦》，不少地方流露出雪芹手稿中的书写习惯，有行草体，有隶体，有篆体，兴之所至，笔即随之，初无板定死规矩。他的楷书也是十分考究的。这些都有证可凭。

雪芹好写"异体""别写"字，即书家文士的传统爱好，也是中华汉字丰富多彩的一大特征。比如，两字重叠的复词，省事的下一字只写"〻"两点，叫"重文"，但雪芹却喜欢两字都全写，但上下不同，总要有小小变化。此例多得很，惜此处难以排印，有兴趣的可参看《石头记鉴真》，中有示例字表，一目了然，甚乃许多异体，一般文士未必知道，会写的，令人赞佩雪芹的学识。

行草书例，我也举过最显著的就是"无才可去补苍天"的"去"，不应与第四句的第四字重复，在一个仅仅二十八字的小绝句中，这是格律所忌的疵病——因而可从草书考明：那句原稿本是"无才可与补苍天"，"与"者，参加、参与、出席、在场……的意思，说的是没有资格参加在补天众石之列，而不是什么"去"的俗话俗义。

恰巧这儿就牵连上一个"补"字。说来有趣：一个典型的好例，出在第五十五回书上，那是因凤姐病了，告假养息，把探春

253

请出来代理家务，由宝钗为助。她们每日晨起，即到园门外一个小厅上去治事，接见仆妇等人讨示和回话。那小厅原是元妃省亲时入园以前在门外下舆小息更衣之处。厅上有一匾额，题着四个字"礻甫仁谕德"——不少校订专家都定字曰"补仁谕德"。他们以为"礻甫"是抄手把左边少写了一点，该当是"衣部"，即"補"字。殊不知这大错了。原来，那是"辅仁谕德"四字，那个"补"，应作"礻甫"才是，礻甫字左为"示"旁，不是"衣"部，乃"一点"与"两点"之差。礻甫乃辅的古体。一般人是不晓的。

这闹错了。抄手很忠实，多种抄本都写作"示部"字，没有那所疑的"缺一点"。抄手难道会"联合缺笔"不成？

原来这就是个古文大篆，就是后世的"辅"字。这个"礻甫"，也写作"立人"旁"俌"。这证明：雪芹原稿就是这样写的。传抄者是没有这种文字学问的。如果再重看"通灵宝玉"和"金锁"上的图样，那各有两句八个字的写法，恰好也都是古篆籀文。这是最好的参证。

很多迹象说明雪芹喜欢古篆。古篆即秦小篆以前的文字，有大篆、籀文、古文奇字、金文、铜鼎篆等等名称，这包括了后世所能见到的商、周铜器铭文，"六国奇字"等等不同时代、不同地域的古篆文，形体各异，别有古趣奇致，是学问，也是艺术鉴赏审美乐境。

即此可见，雪芹用字选体，异常考究，时有奇雅新趣。至于篆字，更易寻见了：通灵宝玉所镌之字，悉皆古文奇字——而非李斯小篆（即秦篆）也。

又如初叙建园，写到怡红院室内精致的木雕槅扇，其花纹图案的"万福万寿"，不用楷字，改用篆书，尤见新奇出人意表，格外有趣——此皆书法家精于字体的明证，无可或疑者也。

我所见明末清初的文物，如砚铭、印章等处，每件多是"古文"籀篆，方知此亦一时书坛风气。人或谓雪芹"不学"，岂其然乎？

校订雪芹的书，要小心，要通文字学，不可把他的个性特点都"一般化"起来，那就大煞风景了。

诗曰：

> 先秦古籀郁乎文，"不学"休轻曹雪芹。
>
> 補"礻甫"莫作同一字，愧煞今朝辱许君。

94. 曹雪芹之"阶级论"

曹雪芹这人很怪，什么他都想过、悟过、论过、叹过……比如西方社会科学家所倡导的"阶级论"，他想过；人世间有那么不同"类"的人的问题，他也想过。当然他不是将人分为"剥削者"和"被剥削者"，即应该闹革命的人，而且是殊死斗争的。他将"门第"分为"三级"——虽然划分了，却又结论为"易地不同"。这种差异显然是很不小的。然而，"三级"由何而分的？自然也包含着政治、经济、社会等因素的"标准"在内，只不过他还不认为"富贵"就必然好或必然坏，贫寒也一定总是受屈遭害者，而且二者也是"转化"或"辩证"的关系。

曹雪芹借贾雨村而透露的"阶级观"是三层结构:最高是"公

侯富贵之家"；中间是"诗书清贫之族"；最下是"薄禄寒门"——
这大约正是代表着中华传统上的"门第"观念，而又夹上了官与
民、贵与贱的政治社会分域。这和西方的"阶级"并不全同。

曹雪芹在第二回同时用了两次"公侯"而回避"王侯"一词，
其实他心里指的还是包括皇家贵族在内的。这是封爵与高官的组
合。诗书清贫，是书香世家而产业不丰的人家，也会有几亩薄田
（算个"小地主"）和佃户、长工，但与富贵者相比，真是又清
又"贫"，太"寒酸"了——可是大有文化家风，诗书品格，与
财禄权势是不相干的。薄祚寒门，方是一般贫苦百姓和农耕技艺
的"自食其力"者。

说宝玉（雪芹的化身投影，或借书中他人之口，也能代表宝
玉见解）的"阶级论"有如上几等，是书中有据的；这种将"社
会人"及其家庭成员分级的标准是中国式人情味的"阶级"，与
外邦学说不同。比如，以"富贵"这个意念来说，宝玉是如何看
待的？这就复杂微妙，而非一个硬性模式概念那样认为的。请看
实例——

第一，富贵并不一定让人"乐业"。第二，富贵也会遭人"荼
毒"。第三，富贵是瞬息繁华。第四，"老来富贵"还是一种幸
运，而比老来贫苦似乎多少是好些。第五，"富贵闲人"是个美
号，宝玉谦辞当不起……

这样看来，如粗粗分梳理会，则可得以下几个层次："富贵"
这个理念本身并无绝对是非好坏之死规定可言，它本身自成一个
"格局"，允许存在，而且受人尊敬称羡；但"富贵"的人，却
要分别善恶美丑——人品败坏的事糟蹋了"富贵"——这意味着，
也包括了致富达贵，要出于正当手段，建功立业，兴邦利民——

富贵是赢得的酬报，不同于害人肥己的那种"假"富贵。

再者，生于富贵，有乐，也有不乐，甚或为苦。这好比现代人的语言：物质生活和精神生活是两回事，非"正比例"也。复次，富贵易逝，终无定局。它的弊害是限制，乃至隔绝了富贵人与清贫人的性情、军事、文学艺术等的顺畅往来与交流发展。这是一个最大的问题。

——我如是断言，如有不信，即请检看书中原文，如——

证一，《西江月》："富贵不知乐业，贫穷难耐凄凉。"

证二，太虚幻境湘云"判词"："富贵又何为，襁褓之间父母违。展眼吊斜晖……"

证三，《红楼梦曲》收尾《飞鸟各投林》："老来富贵也真侥幸。"

证四，宝玉初会秦钟，见其人品，自惭形秽，甚至以为自己是"泥猪癞狗"，是绫棉纱罗裹了我这根"死木"，简直自卑感已达极点——认为秦钟之人品，方配生于富贵之家，自己是"荼毒"了富贵——此论可谓奇极，千古未闻也。此证亦即说明：贫富限人——这不是好事情，应改善之。

证五，"富贵的，金银散尽"——见曲文《好事终》。

证六，"富贵闲人"一号，乃宝钗赠宝玉者，宝玉并不表示鄙夷富贵，反曰谢不克当。这意味深长。其他涉"贵"的，先就是探春的命中得"贵婿"了。至于宝玉深契北静小王，即因气味相投，何尝概把王侯比为土泥？一句话：看得人品。人品高明，富贵助其高情上慧，大雅奇才。贫困往往埋没了天才，使之无辜枯萎夭逝。这方是宝玉的"阶级论"之中心环节。理解宝玉，必宜识此大端。

95. 雪芹蒙垢

高人文笔，断不可令"下士"看，看了必定提笔乱改。老子说："下士闻道，大笑之。"他们看不懂，或目光高明胜过雪芹，真是中华文化一大厄运。

高鹗之流的伪篡本，所改文字多是令人作呕的"扭捏"和"堆砌"，今不欲引来污此篇幅，只举几个另外的小例，以见一斑，可使尚不知辨者憬然能悟。

先举秦可卿室内一联，其句云："嫩寒锁梦因春冷，芳气笼人是酒香。"这儿的"笼人"，众多古钞本一致，无有异文，而在《甲戌本》上，那下句就出现一个浓黑的大字，把"笼人"悍然描成一个不伦不类的"袭人"。

此人即孙桐生。刘铨福将书借给了他，他就"大展才华"，信笔涂抹起来。这种"文人"，原不通文，他连平仄音律也茫然莫晓——那"笼"处平声最合，而"袭"乃仄声——假使此处用了仄，则下面的"是"必须用平，是为拗格。所以，愈是欠通的下士，愈要显能——反而成了献丑！

另一种遭改更不易察觉。如《葬花吟》开篇几句：——

花谢花飞花满天，红消香断有谁怜？
游丝软系飘春榭，落絮轻沾扑绣帘。
帘中女儿惜春暮，愁绪满怀无处诉。

手把花锄出绣帘，忍踏落花来复去！

首句从杜句"一片花飞减却春，风飘万点正愁人"脱化而来，故"花"字是主眼，是重音；而妄人偏要改为"花谢花飞飞满天"，把重点移向了"飞"。这叫什么"赏音""知味"！真可浩叹。

其下二句，运化《西厢》，我在《红楼小讲》中已略说及；今不复述。只说那"帘中女儿"，又已多被改成"闺中女儿"了。可叹，可恨。

这些改者一点儿也不细思：雪芹在这种代黛玉的歌行诗体中，每用"顶针续麻格"，即下句重复上句的字，连绵承接，取得一种新鲜而有力的艺术效果。后文如《秋窗风雨夕》，如《桃花行》，莫不如最为显著了。

所以，上句"绣帘"，下接"帘中女儿"——此帘正即篇尾的"寂寞帘栊空月痕"的那种呼应细密之诗心文意。还有《桃花行》更是一再重出"帘内""帘外"，处处呼吸相通。

此而不察，不明不悟，硬是要改为"闺中……"，那"闺"岂用你"点破"？那一变"闺"，何等地落入了"一般化"的庸文俗句！

还有另一类，也不可不知。

即如"画蔷"一回，宝玉遇雨，原文写的是正在伏热天，"扇云可以致雨"，是说雨下得特别容易：你用扇子扇扇云彩，就会下起雨来。这个"扇"是动词，看不懂本意，以为须改，于是变成了"片云可以致雨"。

艺术的个性不许存在，得消灭它，一切归之于"一般化"，人云亦云，陈陈相因，心里才觉得舒服——世上这种人多了，文学艺术就只剩下"乏味"了。

诗曰：

> 才人处境大可怜，只许千人律一篇。
>
> 嚼蜡谁云太无味，如今嗜蜡意欣然。

96. 雪芹高才"一大病"

从清代文士起，就总有人在用心"捉"雪芹笔下的"破
绽""漏洞"，比如常可听到的就是书中把宝玉的李奶娘写得太老
了，以致无法协调奶母与奶儿的年龄矛盾。这个"失误"，被评
为雪芹奇才妙文的"一大病"。此评直到今日今时，还有旧话重
提之例。可见为文不易，须加上一百分的小心，切勿给人家留
个"把柄"——哪怕至微极琐的"毛病"，人家也抱着最热烈的
情怀为之挑剔奚落，有快于心，兼显自己的高明，可以压倒曹
公子。

问题还要"进一步"发展。有人由此"生发"，就得出一个
见解，说这可证作者不是雪芹一人，是两辈人的事迹经历糅合而
成书的，云云。

中华道德，伦理关系总居首位，所以有"百善孝当先"的格
言。在清代，尤其八旗满洲，尤严于人伦等次，"犯上"是"逆"
罪，恶不容赦——这虽是行为的事，而"言行"是一样的，写书
就能把老子、儿子"混为一谈"而乱了套？万万不可想象——如

若现今有人这么想，那恐怕是"后现代""超现代"的文艺理论家吧，平常人断难"接受"。倒退二百四十年，曹雪芹会把他父、伯、叔等人的"素材"拉进来，并说成是与自身"合一"的，有此"情理"否？自愧下愚，不敢妄置一词。

李奶娘"太老了"！怎么雪芹弄得这样糟？凡事必有其缘由。我也是多年在想到这一点时，就又疑惑，又"相信"大才如雪芹，偶有毫末之疏失，是可以成为"理由"的；若是轮到这样的一个大矛盾，必不同于"常理"可解，应是另有其所以然了。

按清代皇家宫内制度，规定选奶母以二十五岁为标准龄限。大富贵人家也许差不甚多。至于一般百姓，产后缺奶，必雇奶娘的，三十岁开外，那太寻常了，没有一定的"年限"可言。奶娘有短期的，也有终身成为主家家庭之一员的。奶娘是小姐的形影不离的保护人，可以干预一切，管教丫环，参与要计。但在奶儿这里，情势即稍有不同：奶娘"规矩"太多，嘴唠叨，不属她管也自命有权干涉……不懂奶儿的性情、精神活动，什么都要"管教"。这就够讨人嫌了。最让人"受不了"生反感的，还有动不动就以"你是我的奶养活大的，奶是我的血变的"，以此来要挟奶儿时刻勿忘报恩！李奶娘就是这种人物的"典型"。

书中贾琏的奶娘是赵嬷嬷，凤姐见了，须尊为长辈，十分礼貌恭敬，上礼优待。贾琏其时也不过二十多岁，假设二十五岁，加上比他大三十岁的奶娘，年当五十五岁左右，但她亲历过康熙"太祖皇帝南巡"，不是"太年轻"之人。凤姐见了，口口声声是"你儿子"如何如何。

宝玉比贾琏小多了，他的奶娘确实不会比赵嬷嬷还"老"。那么如何解释？我也只能"揣度"，不是假充什么有过人之高见。

说一说，大家"民主讨论"。

依拙考拙见而言，宝玉年当十三岁时，李嬷嬷还在职——前一年还在宝钗屋里"管教"他，不许多喝了酒；本年又还为"云哥儿，雨哥儿"传话引路入怡红院。假设她三十岁为宝玉供奶，则其时应在 13+30=43 的年纪。若到"三春去后诸芳尽"时，宝玉遭难是在十七八岁之间，那时李嬷嬷已将近五十岁的光景了。如果她是个早衰的妇人，到此身子已渐有老态；若她患有关节病或其他缘故的腿疾，则五旬上下的嬷嬷行走不便，已使上了一个小拐棍儿，是完全可能实有的事相——在雪芹流落以前的最后时期目中所见奶嬷嬷的音容形态是那么一个样子了，印象最深；及至写书之际，遂将自己目中的奶娘写给了宝玉（当然在鄙人的"自传说"的理论上，宝玉即是雪芹的化身投影，不必再赘絮重重了）。

归结起来，"太老"的奶娘之所以出现于笔下，应该是因为雪芹少时"身杂优伶""粉墨登场""被钥空房"……这几年间"放浪"时期，家长训斥，他的奶母尚在，也加入了"管教"班子。所以雪芹对她有一种不太喜欢的反感情绪，并加大了她的年貌，脱离了实际，但也不是多么离奇悬殊到"可笑"的程度。

拙见未必即是，聊为雪芹作一点"辩解"，说是偏爱，也无不可——但我总不会承认他那笔下会有"乱伦"的奶嬷嬷——奶的是爸爸，写的是儿子。

诗曰：

道德伦常已成陈，嬷嬷何事乱天伦。

足如有疾当扶杖，岂必七旬八纪人？

97. 曹雪芹的"文化女性"观

　　"文化女性"，我杜撰了这个名词，妥不妥可以讨论，目的是要研究曹雪芹对中华女性传统才德品格的评议与理想，借一部《红楼梦》来抒发他的情思意念。他的书写了一百零八位各有特色的女子，而除了凤、探这一理家治事大干才，与世外奇流妙玉等这些类型暂置不论外，我想先就人们最喜谈论的钗、黛、湘三位与宝玉俱有特殊亲密关系的女儿作一点儿研索尝试的讨论。

　　如若涉足这一领域，需先梳理一下雪芹笔下所流露和赞美的代表"文化女性"人物，计有——莺莺、薛涛、红拂、朝云、谢道韫、乐羊子妻、班姑、蔡女等名贤淑质。这些不同品格的当中，林黛玉显然是"咏絮才"的诗人型，薛宝钗则是"德言容工"俱全的贤良型，不难分定。史湘云应属何者？这就复杂十倍了。

　　在我看来，曰德曰才，她都够格，而且出类拔萃，却又有德者才者所万不能及之异样性情气概，迥异于一般琼闺绣女。这就是，她几乎是一个复合体天赋奇才，非一格一品所能定位称名——她是红拂、薛涛、朝云的综合型。这样，宝玉就以"奇缘"的形式而亲历了这三"型"的情缘滋味，最后获得了他的决断性选择。

　　这个选择，构成了《红楼梦》的大格局、大理论、大哲思、大悲叹。因此，才与以往的"言情"小说、才子佳人大大不同，万难混为一谈，切莫相提并论。林黛玉，什么也难胜任，只会作

《葬花》《风雨》《桃花》等好诗。而这雪芹之意似乎是说，与诗人型的黛玉结为夫妇，过着完全是与物质不相干的诗意生活，每日良辰美景，月下风前，吟诗作赋……固然很好，可是先决条件是衣食无缺，仆婢齐全——饭来张口式的享受生活；倘若不然，只他们两个，除了作诗以外，什么也不会，"生活不能自理"，那非饿死不可。

因此，雪芹的结论是：那种幻想没有实际意义，到了实际上并无"幸福""享受"可言，只能是苦不堪言。他也不想写成那样的小说的事。

那么，就该认定"贤良型"与宝钗结合了？却又不然。盖与宝钗"过日子"，理家一切才能不成问题，可是又太实际而不讲"诗意生活"，她动辄相劝相诫，每日正颜庄论——少年少女，"老成"太过，雪芹也无法禁当这样的贤德，势必日久即会琴瑟难调——宝玉弃钗为僧，正与"悟道"无关，是"受不了"那种"堪叹停机德"，因为他毕竟是个多愁善感之人，不能只有"物质""实际"，而没了精神的自由自在。

这一点，已写入《红楼梦》后之"三十回"了。

以上二"型"皆经认真考虑，这归着于无有佳名的"复合型"史湘云。

湘云的德、言、容、工，才貌情思，样样具备而且超群。她最难为钗黛之流所能理解、所能企及的，是她的女儿式的英气、豪气、侠气、正义气、爽利气！这包括了红拂和李清照，绝非一般娇柔纤弱型的富家小姐——即"莺莺型"的姑娘。那种型，有其可喜堪赏，但缺陷弱点太多——作为一种"想象"还蛮好，若变为"实际"，麻烦就大了！

所以，湘云如红拂，是杨公难以羁縻的女丈夫，她喜欢两句古语："唯大英雄能本色"，"是真名士自风流"！这样的风流，才是真正本义的风流。这样的风流，才是高于钗黛的风流高致。

也许雪芹确曾一度踌躇斟酌过，但终于无法让自己心灵深处将以上"三型"的前两型放在首位，首位是还没有定名的"湘云型"。

所以，书到"后之三十回"，湘云才是真主角，文章的精彩也全在后边。可惜，佚稿不存，狗尾打混，读者不知，先入为主——总以为高续伪书是"对"的，一部书除了林黛玉，就什么思想艺术都不存在了。这个错觉成见很难解脱匡救。大家只能同情为林妹妹哭鼻子，如若给史湘云说了好话，简直就像犯了罪过，触了众怒，纷纷为林黛玉"抱打不平"，说不该"捧"湘云而"贬低"林小姐……云云。

奇怪的是：伪续书把史湘云整个儿"消灭"了，却并未见有谁也替湘云抱一抱不平之冤。难道这就是理解了曹雪芹，读懂了《红楼梦》了？愿君再思。

诗曰：

到底谁为负大冤，不平应为枉者宣。
我替湘云多说话，谁偏谁过试寻源。

98. 文采风流迹可寻

自从诗圣杜少陵作《丹青引》，将"文采风流"四个大字专诚归属于"魏武之子孙"，于是后人就很难掠曹氏的氏族文化之美了。我为雪芹作传，多次引用杜句，因为这是对雪芹的最好评价，也是最佳写照，无可"取代"。但我在《红楼梦》书中，寻找这个痕迹，却未发现，心中纳闷：敦诚的《寄怀曹雪芹》一诗，全从《丹青引》脱化而来，他们岂有不知这四个字之理？以为必有缘故。

后来，我学会了思路要能"拐弯""侧取"，方可领会雪芹千变万化的笔法匠心。于是，就向众女儿的文句中去寻痕，终于在史大姑娘湘云的故事里，找到了久索的"谜底"。

一次是湘云来住，进入大观园去看袭人等亲密女伴，行至蔷薇架，丫环翠缕忽然捡到了一个金麒麟，湘云接过一看，比自己身佩那一枚，又大又文彩辉煌……

这枚麒麟，是"雄"性的，是宝玉之所得——偏偏它荣膺了"文彩（与采通用）"之美号。

又一回，就是湘云的英豪气概，脱略了世俗一般女儿的"闺秀"娇弱之意态，烤鹿肉，饮热酒——黛玉嘲笑她，她不屑地自表：你知道什么？"是真名士自风流"——鄙薄了那些假名士的扭捏装作。在这儿，第一次见到了"风流"二字的标举与对它的真正理解。

我很高兴：原来"文采风流"皆出于湘云之心中目中。

——写至此处，这才想起，叙颠倒了：在省亲一回，李纨奉命题诗，已经写出了"秀水明山抱复回，风流文采胜蓬莱"了，如何又说是出自湘云口中？

这却有个微妙的小分别。

李纨的诗，是借此四字以写境而非写人。蓬莱者，仙岛胜地之喻也（正符今日所称之"恭王府"遗址的地理环境）。而湘云的名士风流，是与宝玉心境、人品相为契证向往的人格气韵、器量丰标。这就不可以混为一谈了。

书中人物，严格排比，恐怕还是只有宝玉、湘云两个堪当"文采风流"而无愧色（钗，难言"风流"二字。黛，文有余而"采"不足，即"风流"的真义也并不相合。东坡"千古风流人物"，指三国人物英姿的周郎也，与俗人无涉）。

诗曰：

> 文采风流孰敢当，英豪儿女傲时狂。
> 少陵心迹无人会，魏武才情计斗量。

99. 家·加·嘉

当"考生"答"试卷"时，其中一题若是："曹雪芹是什么人？"这时答题写的，必然是："曹雪芹是中国的伟大小说家。"这一答，应当得"满分"，无懈可击。但细按下去，事情就复杂得多。先不涉及他的"身份""职任"，即就他写出一部《石头记》来，也不单是个"小说"之"作家"的问题。

他的友朋对他的倾倒，并不在"小说"，而是诗、画、琴、剑四大绝艺。其实，又不止此，我看他首先是个思想家。其次，又是个史家。这两项已然早非一个"作家"所能"界定"的了。这是学问，其他方轮到才华技艺的造诣。

这样，若论起"家"来，就有思想家、史学家、诗家、画家、音乐家、武术家的六面全才了。还有我们尚未详知的，例如唱曲家、演戏家、讲故事家、辩论家……也并非夸大张狂，在记载中都是可以寻到根据的。

这么多的"家"，不是"分列"摆摊子，是一个"加"在一起的无以名之的"家"。

这样的"家"，才是能够写出《石头记》的一位"嘉"名不朽的小说作家。

试看他的一支笔，不仅仅是"生花"之妙，其绝不可及处是那浑身的"解数""招数"，全能的本领。他的运笔像是舞剑，使你看到的不再是"手、眼、身、法、步"，只觉一片光影，眼花缭乱。

他把画法运化到文法之中。这方面，脂砚在批书之际不时指出几句，如"画家三染法也"，如"攒三聚五"，如"横云断岭"，如"背面傅粉"……皆可为证。

将"诗"融入小说——不是指起诗社，咏红梅，那些作诗填词的故事情节，是指将文境化为诗境。

中国的诗和画，都是造境而非"记录"。境，是与"景"有联又有分的。境可以景为助，但无"景"也有境生。

细分起来，造境实不能与"借境"混同。借境是一种"挪用"，比如实有与曾见之境，适合了情节，搬来运用，这其实不是"造"的真谛。"造"是不曾眼见身经，或世间本无此境而以笔以艺创出，这方是真的"造境"。

造境不是"模拟"式移借，穿插拆借诸手法，不是造出新境异境。《红楼梦》中诗境取胜，为一大特色，为他家小说所无，其所造之境，又需有好文妙笔为之"传达"。所以这又不是一个什么"想象力"的问题，"想象"通常与"文采"搭不上，而雪芹的造境却全然是文采风流的事情。

《葬花吟》常人极口称赞，其实它的"造境"远不如《桃花行》，因为前者的文采不逮后者。

造境的好例还可举《姽婳将军》一首，那"眼前不见尘沙起，将军俏影红灯里"，方是诗人的造境。

这是因为有"物境"，有"心'"。人之目中所见，构成一境，但目中所无，（不在眼前）也会生出一境乃至无数之境。例如：

马踏胭脂×××，月冷黄昏鬼守尸。

这是造境——而不同于一般常言的所谓"想象"。再说一遍：因为这是文采，是文采所造之奇境。

——那么，文采又从哪儿来的？

这就"问到底"了。我答：来自雪芹的天才特异，情性非凡，"其聪明灵秀在万万人之上"！

举诗人作诗善于造境，却是为了说明：诗人雪芹的小说虽属文体，却也善于"文境"中造以诗境。

最佳之例就是冬闺雪夜，大月亮照地，晴雯欲吓麝月而潜出后房门那一回。那真是无比的诗境，最高的文采，断乎无人能及，令我如置身境中，恍若成了"书中人物"。诗笔，亦神笔也！

不是身为诗人者，只系一般小说家，其笔下就出不了这等诗境。诗、文之分，亦即在此。

西方提出了"叙事学"这门文艺理论，不知"叙事"之中包不包括这诗境手法的问题？因不懂，只好阙如了。

至于以音乐喻文笔，请参看拙著《红楼艺术》，"鼓音笛韵"，今不复云。

读《红楼梦》，要识得中华文化的丰盈雄厚，不单一，不浅薄，看看那里面多么超群出众的"东西"，是那些文化造诣把这部小说"托"起来的。

总说它伟大，究竟伟在哪里，大在何处？还望从这"家"与"加"思量认识一番，就不致误以"伟大"为一个空词的颂词了。

100. 雪芹与白傅

白傅者，唐诗家白居易之雅称也。曹雪芹只两句遗诗中，曾有"白傅诗灵应喜甚"之语很够尊重了。但这是他为好友题剧曲《琵琶行》，并不能表明他是否真喜白诗。白傅之诗平铺直叙，讲究"老妪都释"，不尚文采，又乏英气奇气，估量雪芹不会十分爱赏这种诗格。

如寻找痕迹，则在"幻境"中读晴雯的判词曲文时，却有引用白诗之处。如"霁月难逢，彩云易散"，即暗用白句"世间好物不坚牢，彩云易散琉璃脆"之语，可见他对于白傅之诗也不陌生。

自唐以后两篇歌行最为人所称诵，即《琵琶行》与《长恨歌》。白公自己对《长恨歌》最得意，实际远不如《琵琶行》一曲写得甚是风流感慨、曲尽弦索之妙。这是公论。《长恨歌》是等到洪昉思（昇）的《长生殿》风行一世，这才身价增高的。而雪芹因喜欢《长生殿》，也连带赏鉴《长恨》之歌。

可是，曹雪芹还从那首歌得到启示，写出了《姽婳将军》林四娘一篇长歌行。依拙见看来，此歌胜过《长恨》旧篇，精彩大大过之。

何以说雪芹是受白傅之启示？盖白公云"汉皇重色思倾国"，雪芹即云"恒王好武兼好色"，连句法带韵脚都是一望而可见其"相似乃尔"的。

我以为，曹雪芹在咏四娘时是有意地仿学白诗而又翻居上层，显然胜于古人。

雪芹这篇长歌，从白诗化来，效其风格，而笔力之健美，文采彰明，俱为《长恨歌》所不逮。评鉴古人笔力才情，自有一个公正的尺度，与偏见偏爱、有意抑扬是无关之事。

雪芹在书中借黛玉教香菱学诗，不客气地贬了陆放翁几句，但这并不妨碍他又从"花气袭人知昼（骤）暖"之陆句而给袭人取了那个名字。又其好友赠诗"卖画钱来付酒家"，也是从陆句

"卖花钱来付酒家"借来的。可知他们的"腹笥"之富。这与喜不喜不能直接画等号——不是先定喜张憎李，而是多读之后的自有抉择。白诗自有其佳处，非一句抹杀之意也。

（拾）

势败家亡字字清

101. "散"——弦上悲音

"散"：《红楼梦》是燕赵之悲歌，而寻其所以兴悲之由，却在一个字，曰"散"——恰好，"散"亦乐名，晋贤就有《广陵散》，不是很有意味的双关语吗？

《甲戌本》卷前题句云："盛席华筵终散场。"宝玉梦游，听见曲词里有"家亡人散各奔腾"这句话。小红对同伴的抱怨之词，说道："千里搭凉棚——没有不散的筵席。"——不久，就"各自干各自的去了"。可卿托梦，向凤姐婶子诉说心思："……应了那句'树倒猢狲散'的俗话……"凤姐说"笑话"（即俗语谓讲个有趣的故事）："聋子放炮仗——散了"吧！

这是最显眼的凡例，恐怕还有，可见"散"者，全书大格局也，基调已定。

书中说得明白：黛玉不愿聚——是知道有聚必有散，散则欢罢生悲，故不如不聚。

宝玉则反是以为：大家伙儿常聚为人生大愿，怎么得这常聚才好——只怕难"常"，那散字临头。

二人"不同"，黛似"悟"开了？其实皆一片痴心，情缘太重，萦于心头，放不下，一时姑作豁达之言，聊以自慰而已。

因又想起，还有一例，即和尚来救解，被魔法害得垂危的宝玉，念"咒"时说是"冤债偿清好散场"，又点这个散字，而且这儿多出了一个"冤债"的新"命题"。这就吃紧重要了。

何谓"冤债"？

书里有句云："冤冤相报岂［定字之形讹］非轻"。这是初见"冤"家。有关联吗？贾母说的"不是冤家不聚头"是俗谚，小说戏本中常见，是一种"人生哲理"，说明了难以尽言的"人际关系"——"冤亲平等"，乃佛家教义。冤与亲，实在是个"辩证法的因缘"。

那么"冤"又怎么成了"债务"呢？——又怎么通灵玉上刻有"贰疗冤疾"之语呢？大约就是"冤债"不清，则致为"疾"。此疾无良方可医，唯一生路是"债"之偿清。

好难懂的文章！

姑妄解之吧：此"冤"，乃"情"之重也。情重而不能答报，遂欠下了这笔"情债"；这债又横遭错乱、诬谤、破坏，遂成"冤债"。

宝玉虽然怕散，散却又不是那轻易而等闲的，是要消了债方许一散的。

宝玉之悲怀，即由此而兴，他是不惜一切甘愿偿债的——可是尽了情、完了债，却归到一个"散场"了的事上，这实在是令人无法理解、难以承当的最大悲剧。

宝玉遭逢的"散"，第一个是茜雪。这怨他自己。第二是芳官，这是王夫人的"威风"。冤债的首位是晴雯。因此，宝玉的冤疾也必应是因晴雯而起——又经了一次生死关头。

诗曰：

都说人生有散场，红楼非梦散应当。

可怜无限悲欢泪，洒向人间日沁芳。

102. 诗中的伏线

人知"幻境"中的"判词"和曲文是预示各人命运的伏线，而只有真懂雪芹笔法者才知道"幻境"以外的诗句，同样也都是预示和伏线。比如，黛湘中秋之夜联句，到"寒塘渡鹤影，冷月葬花魂"一句，就能悟知是分写二人的结局了，但又不一定尽晓上面的"秋湍泻石髓，风叶聚云根"一联已然是分示在先了。

书中的很多联语或排句，细按都兼此义。

即如贾政初入大观园一回，叙其迎门翠嶂，即有"清溪泻雪，石磴穿云"的对句，我读到此处即觉两句各有隐义，一句暗指黛玉，一句暗指湘云——那"泻雪"实际是下文贾政所拟亭名"泻玉"的变词，其实一也。

由此可悟"泻"即"花落水流红"之"浓缩"，只是嫌它粗陋不雅而已。所以，这个"泻"又出现在"秋湍""石髓"里了。

谜语里已有了"泉向石边流出冷"之例。值得思索。

"泉石"是相关的，盖"小"者为泉石，大者即山水是矣。"抚石依泉"总在一处写。

湍乃急流之义，故王右军《兰亭集序》有"清流、激湍"之语。"石髓"最奇：石头也有皮肉精髓——那么，如以玉为比喻而若外皮为璞，则苞玉即髓了，然玉又有"液"之一种形态，有古书传述之说，若然，则玉的"汁液"又是最高级的石髓了。倘如此，玉液随秋湍而流泻，岂此句之意义乎？——也许，雪芹就干脆是将流水比为石之髓液，亦未可知也。

然后，下句的"云根"，就以石之异名而接咏石头的事了。

秋水即急流"泻玉"，而秋风扫叶又聚在石边。至此，我有悟了——

上句说的是有的女儿夭逝，如花落而水流了。有的女儿则仍在，虽在而身世不幸，如落叶当秋，随风流转，意外地，她们又重聚于"石"（人也）之身边了。

因此，我以为：上句是预示黛、钗一干人；下句是喻指湘、茜一干人。

总之，既非"咏物"，亦非"写景"——实"叙事"之又一法耳。

举此谜语，仍然是为了说明向来不为论者注意的"秋湍泻石髓，风叶聚云根"二句奇文——被容易吸引人的"寒塘渡鹤影，冷月葬花魂"给"淹"没了！"清流"与"激湍"是对举的，只一个"湍"，便道出了"花落水流红"的"急"势，莫可阻挽，可谓惊心动魄！而令人不觉的是前文两次出现的"泻"，到此这才公然不再遁避而加倍点醒。

风叶，柳絮，飘蓬也，家亡人散也，然而偏在此际特下了一个"聚"字。这些可怜可叹的叶、絮，还能暂聚于"云根"，相为唱和，感知无端："石为云根"，好极了！云是出于石而又归于石的——云不只是"散"，还会重"聚"——上句是黛，下句是湘，一丝不走。

此之谓诗中伏线。雪芹的"伏线诗"，乃是唐篇宋句绝不曾有的，可不谓中华文化之奇致与绝唱哉？！

278

103. 三辰——星辉辅弼

　　贾府宗祠，高悬一匾，文曰"星辉辅弼"。"辅弼"一词，暗用魏武帝之《求言令》中"建立辅弼"一典，乃是雪芹借书念祖之义，我于另文讲过。但"星辉"二字，也并非泛词，今再略作补充。

　　按"星"为匾文的一个眼目。星者，是"三辰"之一，即日、月、星，合为"三曜"者是也。这不必再引经据典，一般老百姓妇孺也具此常识性的知识，因为这是中华传统文化中天文历象的启蒙观念。

　　既然如此，这就引出了这匾文与荣禧堂上那副对联暗暗地联在了一起：那联文上句正是"座上珠玑照［或作昭］日月"。三辰遥遥辉映，气脉呼吸相通。

　　又按，另文已考明，日指皇帝——老皇康熙，月指太子胤礽，联即胤礽手笔。故匾为赤金，联为凿银，规格至为分明。那么，日月双曜既全，剩下的星曜，却在宗祠匾上显现。其用笔之精妙，叹为绝致！

　　这就是雪芹向人们表示：曹氏家门，与皇家两代合法真帝位是一气的，星是自居为日与月的"辅弼"，一丝不走！

　　这也就是说：雪芹一家，从孙氏夫人曾祖母为康熙的嬷嬷（保母，明代称保圣夫人），然后自从康熙八岁登位，次年曾祖父出任江南织造，一直到十三年胤礽诞生，又次年即封为太子——太子乳名"保成"，表明不仅康熙自婴幼即为孙夫人抚养长大，救治之瘟劫，得以继顺治而稳定了大清的国势。而且，从康熙十三年起，曹家便又是太子抚育教养成长的大恩人——所以取名就叫"保成"，意谓因保育而得成全也！何等重要！

宗祠联文也点明了"兆姓赖保育之恩"了。

不幸，后来太子被胤禛陷害，致遭黜废，而胤禛又阴谋矫诏，夺了皇位——于是苦治太子一"党"的所有之人，连包衣家奴及各种使用之人也不放过。

雪芹一生，百种艰险苦难的经历况味，皆由此而起源于分流，真是万言难尽。是故清人潘德舆说他是有"奇郁至苦"之人！

104. 势败家亡字字清

《红楼梦》第五回巧姐的判词云：

> 势败休云贵，家亡莫论亲。偶因济刘氏，巧得遇恩人。

这说得明白，贾府家亡，全由势败。但这个"势"是什么势？又因何而败？历来似未有确解。或许指为元春早逝，宫中失去政治资本，故为势败。其实那是果，而非因。因果倒置，遂失其"真事"，而误说亦缘此而多纷扰。

很明白，这个作为"因"的贵势，不是官势财势，那都够不上一个真正的"贵"字；这"贵势"就是"坏了事"的"义忠亲王老千岁"——康熙废太子胤礽，被雍正谋夺了帝位，而胤礽长子弘晳欲报此仇，密策推翻乾隆，又遭失败。两番罹祸，到乾隆五年案破，此一条十分重大的"贵势"伏脉承传，方告结束，而雪芹家族正是因这一逆案而再度抄没治罪——家亡人散，构成了一部《红楼梦》的"本事"（旧名词）、素材（新名词）。

所以，若真只是一个内务府包衣人家的事故，那是远远谈不上什么"势"，更不要说"贵"了。

书中的题诗还有佐证：

> 好知运败金无彩，堪败时乖玉不光
> 白骨如山忘姓氏，无非公子与红妆。

说的就是这个总因，祸变与平民百姓无涉，遭难的是"如山"的公子女眷——政治对手事败之后，成批地遭到了杀死、治死、害死、冻死、饿死的惨酷结局。薛宝琴两次说及此事，一是"援引"所谓外国美人的诗：

> 昨夜朱楼梦，今朝水国吟。
> 岛云蒸大泽，岚气接丛林。
> 月本无今古，情缘自浅深。
> 汉南春历历，焉得不关心。

这是未死者逃亡海岛的悲吟与愤语。

另一是她所作的咏絮的《西江月》：

> 汉苑零星有限，隋堤点缀无穷。
>
> 三春事业付东风，明月梅花一梦……

那"事业"，所指并非别故，而其事败，正同明月梅花之梦——凡说月，都与太子有关。

书中的对联"座上珠玑昭日月"，牙牌令中的"双悬日月照乾坤"等句，都属此义。只要理解了这一奥秘，便可一通百通了。

多年来我有一疑：就在第二回，冷子兴不过是"演说"荣国府一个家族之事罢了，如何回前标题诗竟然大笔昭示道：

> 一局输赢（赢）料未真，香销茶尽尚逡巡。
>
> 欲知目下兴衰兆，须问旁观冷眼人。

这是怎么一回事——这儿是一"局"政治"皇室争位"，谁胜谁负，还在较量之中——尽管笔下已然流露出败局已渐可忧了！

一个大家庭，无论长门二门，长兄次弟，有"阋墙"之纠纷，也断乎用不上"一局输赢"的话，太奇怪了！

多年不解，如今一下子明白了：原来此时此刻，贾府家（曹家）正在"政局赌博"，孤注一掷，若是"输局"，一切一切，身家性命，就都完了！这种"赌注"，也并非纯出自愿，不知利害如何，盲目从事……不是的。须知，在一个清代早期内务府包衣家，与康熙和胤礽两代结为几乎是"骨肉情亲"关系的皇家保育世家的曹氏，在那严峻危险万分的局势下，并无自己选择的任何余地，他们是被逼上这个灭顶之灾的旋涡中心点内的！他们心里明白——秦可卿"托梦"之言，正是说的这些情势和预虑。

"一场欢喜忽悲辛"，风云变幻，虎兕相逢——"忽喇喇似大厦倾"了！这种事，写得吗？谁敢？又怎么写？不写，行不行？不行！心里是无法隐忍的，精神上是过不去的——非写不可！

雪芹就是这么样活了四十岁，写了一部"小说"。

不经考证，谁又知之乎？

诗曰：

维扬城外酒边谈，一局输赢意未恢。

目下兴衰是成败，瞒君笔墨苦悲甘。

105. 一局输赢料不真

《红楼梦》每回应有标题诗，点睛指路，至关重要（可惜雪芹未及补全，只前数回具备），以前漫忽读过，未尽得味，实在是对雪芹的笔法领会太浅。例如第二回写冷子兴演说荣国府，回前的题诗，如今重读，方才大吃一惊——这太震动人心了，而过去总未深思细味。惭愧之至！

那诗题云：

一局输赢料不真，香销茶尽尚逡巡。

这是什么话？一个大户人家，家势由盛渐至衰落，子弟后代无人，坐享醉梦之中……这可真像胡适先生说的，是"坐吃山空，自然趋势"，怎么会拉扯到什么"一局输赢"？岂非大怪话？

看来，胡先生固然看得太浅，我们又何尝"深"了多少？胡先生的"浅"，原因正在于不曾细品这诗中言辞意味的奇怪难解，只以一般"情理"看待了。我也批评过胡先生，如今"补批"自己，虽晚亦略胜于不自检讨也。

原来，"一局输赢"四个大字，早已暗暗伏下了一笔，这部大书内中包含着一段"内情"，不可为外人道。这段内情，用今天的时髦新语来说，大约应该就是"政治冒险"吧？

嗟嗟，真是惊心动魄，哪里是什么"爱情悲剧"呀！

这种"冒险"，是押赌注的意味，却又不是单纯地自愿投入这个输赢难料的大"棋局"，身家性命都"押"在这一"注"上了。他家是旗奴，是旗主政争旋涡中的牺牲品，不由自主——可是也内心暗带着几分侥幸之想：因为倘若"赢"了，大大有利，一步由穷途末路走上"青云"之大道。这个赌注，就是押在"太子党"的继承人弘晳身上。

雪芹本人对家里的事看得透，所以他在《好了歌·注释》中写出了"乱哄哄、你方唱罢我登场，反认他乡是故乡，甚荒唐，到头来都是为他人作嫁衣裳"。

《红楼梦》从一开卷，就隐约着一种迷离扑朔的政治棋局明争暗斗的气象。贾雨村咏怀的"天上一轮才捧出，人间万姓仰头看"，是"月"，是太子，不是"日"，不是皇帝。他投靠的路子是哪一条？这儿大有疑情。种种迹象，贯串着全书，只不过总是被钝觉的人们轻轻放过，而不知究其奥秘。

诗曰：

> 一局输赢事可惊，天翻地覆死乎生？
> 逡巡尚有流连意，可惜香残茶已冰。

106. "三爷"的雅谜

记载有云：雪芹素性诙谐，讲故事口才好，"触境生春"，娓娓之致，能令听者终日忘倦。我想象他的故事，一定能让人不时捧腹大笑。可惜，当时还没有录音机。

如今要寻找一丝半缕的痕迹，只有《红楼梦》里还偶存那么珍贵的三言两语，聊见"一斑"的"几分之几"而已。

讲这，人们会立即想到他写薛蟠。但"贾三爷"荣府的环哥儿，也堪居榜上有名位——就是他那所作的灯谜了。

那是奉娘娘之命，每人作一个呈进宫里的。元春看后，说众人作的都好，也猜中了，只有"三爷"的猜不着，特派人来问他——

> 大哥有角只八个，二哥有角只两根。
> 大哥爱在床上坐，二哥只在房上蹲。

他答说：一个是枕头，一个是兽头。大家听了，哄然一笑。雪芹笔下的谐趣略一点染，已是妙绝了！

薛蟠送妹进京，结识了贾家子弟，吃喝嫖赌，"学"得更"高级"，比先又坏了十倍！这样的一个"秽臭之气"的"浊物"，雪芹却让他在书中颇占风光，何耶？岂能无答乎？

薛蟠的重要，第一次表现在秦可卿病亡之后贾珍为之寻求上等棺木，总不合意，这时他来吊祭，闻得此情，立刻贡出一副珍板——乃是"坏了事"的义忠亲王老千岁所遗的，无人敢买！

奇了，如此奇物，他愿白送，贾珍也不计利害，独他敢买。这里面"文章"就大了！

107. 千岁如何号义忠

贾珍为秦可卿寻棺木，引出一个"义忠亲王老千岁"来。这老千岁后来"坏了事"。他遗下的这副"板"无人敢用，还存在薛蟠家木店里。

这儿，奥秘就太大了！

那时，皇帝叫"万岁"，只有太子才能"次一等"叫"千岁"。"老千岁"者，一度为东宫"储位"之皇子是也。但为何又特标"义忠"二字？此中奥秘，方是解开"红楼"之"建章宫"的关键，一把总钥匙。

原来，这"义"字之源是《大义觉迷录》（觉，动词，音jiào）。雍正以不可告人的手段夺得宝座之后，朝野哗然，人心不服，皇族宗室之内尤为骇愕震恐，局面是既混乱又危险——各种抗拒力量皆在鼓荡萌动。雍正清楚，在此巨大舆论、伦常、民

286

情、心理的万钧之重的压力下，寝食难安，几乎日日要发动动辄万言的"诏书"，向天下人"解释"自己的"合法身份"与"奸党"的"不法"言行。每一篇都让人感到"越描越黑""此地无银三百两"。

最后，"结晶"为一篇长达数万言的《大义觉迷录》。这篇奇文的百般啰唆，让人叹为观止。他颁发了，下达到各地的各级"学宫"，命令一切官民人等"敬诵"。及至雍正被刺暴亡，乾隆嗣位，深知其情，留不得这种大"经典破绽"，即又命令全国将那《录》缴回销毁——演出了一场极其有趣的笑剧。

雪芹这位"素性诙谐"的大才子，就抓住了这个"大义"的"义"字——以之说明：胤禛非法篡位，废太子胤礽服从父命处于逆境困局，此二人到底谁"义"谁"忠"？谁是康熙的"忠臣孝子"？!

此即"义忠亲王老千岁"之本旨也。

"坏了事"，政治失败之婉词妙语也。

108. "庚黄"与唐寅

薛蟠号称"阿獃"①，于四月二十六日芒种节后，忽设席专请宝玉，说得了四样奇物：猪、鱼、瓜、藕，只有宝玉方配吃这难得的新鲜物。

---

① 獃（dāi），今以"呆"字代之。

我早已考明，四月二十六日芒种节，明写饯花会，暗写宝玉生辰，佐证甚为"狡狯"，一是张道士说这日是"遮天大王的圣诞"；二是宝玉赴宴，特笔叙出了

"双瑞""双寿"二仆，为他处所未见。

近日，友人张加伦来访，提出一崭新见解，说：薛蟠不识唐寅二字，却认作"庚黄"，是雪芹涉笔成趣，看似为了取笑，其实还是暗写生辰——因为，《离骚》开头就说："维庚寅吾以降"，雪芹至慧，触事生机，便将"庚寅"二字拆开，编成一段小笑话，以形容阿獃之"不学"。其实却是借以比喻"吾以降"的生辰之义。

此解是极！

我深服他的妙得雪芹文心笔法之妙旨。非一般人所能也！

不仅又为生日宴席找到了一条新证，而且也解了另一宿疑。这就是雪芹写书，是要避祖讳的，是以于另处叙到后半夜，只说钟鸣四下，而不说正是"寅"时，脂批即点明，此避讳法也。那么，为何又让这一回里偏偏须得说出这个"寅"呢？此疑久不能解，而张先生今竟一语道破。盖古礼单文须讳，若引典籍章句连文，则无讳嫌，正谓此也。

诗曰：

> 只知夜宴寿怡红，不解庚寅吾以降[①]。
> 芒种巧逢四廿六，原来此岁始乾隆[②]。

---

① 《离骚》中的"降"，是降生（诞生）之义；因协韵之故，需变换古音如"烘 hōng"。
② 乾隆元年四月二十六，适逢芒种节，是为雪芹诞生日。

109. 三春去后诸芳尽

　　秦可卿"梦"中警示凤姐的两句诗，是一部书的总纲目。"三春去后诸芳尽，各自须寻各自门。"雪芹写来，令人惊心动魄，其奇险痛切，难寻伦比。但是"三春"何指？历来解法不一。有的说是贾氏三姊妹；有的又认为只指三姑娘探春。直到今年，作家刘心武先生方指出一个崭新的讲法：三春是指三个芳春的美好岁时年月，过此以往，便家亡人散各奔腾了。这就是，乾隆朝的元年到三年这段时光。

　　拙见云何？

　　我说刘先生的论点是应当信从的。

　　因为把"三春"解为三姊妹，那先就与"元、迎、探、惜"矛盾，抛开哪一"春"才算数？那被"抛"的理由又是什么？讲起来就缠夹费解了。

　　倘若说"三春"即是行三的三姑娘，同样是牵强欠妥的。除非书里有任何迹象，让人感到"迎"可称"二春"，"惜"可称"四春"，那么"三春"喻"探"方能顺理成章。无奈这样的理路全无线索可寻。

　　依我们文学传统来看，"三春"本是个"成语"，"九十春光"是指春季三个月共有九十日。然而，它又可以指"三年"而言。春与秋，都可以用为"年"的代词。比如，"一日不见，如三秋兮"（如查"三秋"确解，见《诗经》），是经书雅语；"来来来，

289

算一算，算来算去十八春"，是京戏《汾河湾》唱词。皆可作例。

再如，宋末谢枋得诗："寻得桃源好避秦，桃红又是一年春"，雪芹曾运用到袭人的花名酒筹中去（版中家云原本"又是"作"又见"，在此可以勿计）。唐诗也早有"最是一年春好处"之语。《绣襦记·打子》郑元和公子作了乞儿打《莲花落》，也要唱："一年冬尽，不觉又是一年家春啦，也么嗨嗨……"所以，在韵语文词中，"春"是一年的"代表"。这已成为"通义"。

由此看来，刘先生解"三春"为三年的好时光，就大有道理了。

旧解的牵强，病在哪里？

那是误把"春"与"芳"强行割裂为两"类"而且"对立"（至少是"分立"）起来。试想，迎、探等"春"，本是"诸芳"中的"成员"，怎么会是她们之"去"又成了"芳"尽的前提呢？她们只能是"同归于尽"的，没有什么"去"与"尽"的分别可言。

所以，"三春去"是指三年度过，斯为正解。

我赞同刘心武先生的论点，当然还有乾隆朝初期大逆案的史事的重要素材理据，今不复述；我只从雪芹笔下的"呼应"笔法上提出有力的佐证：书到第二十六回，有佳蕙与小红二人谈心的一段重要文字：小红听了佳蕙透露宝玉的痴计之后，讽之而作如是语云：

> ……，俗话说，千里搭凉棚，没有不散的筵席。……不过三年五载，各自干各自的去了！

佳蕙闻言，为之伤感——须知，小红此言，正是回映可卿的痛语，完全一致：那"三年"，即是"三春去后"（五载是汉语习惯喜用四字为句中的陪词），而"各自干各自的去"，又正是"各自须寻各自门"，如此丝毫不爽，何尝不是文心巨意的细针密线？如此分明，何再反要另寻误解？

诗曰：

> 各自寻门各自分，群芳一聚只三春。
> 长棚千里终须散，梦里惊人话有因。

110. "东安郡王穆莳"

第三回黛玉初进荣府正院正房堂屋的景象：

抬头迎面先看见一个赤金九龙青地大匾，上写着斗大的三个大字是"荣禧堂"。后有一行小字：某年月日书赐荣国公贾源，又有万几宸翰之宝。大紫檀鹏螭案上，设着三尺来高青绿古铜鼎，悬着待漏随朝墨龙大画，一边是金蜼彝，一边是玻璃盆。地下两溜十六张楠木交椅。又有一副对联，乃是乌木联牌，厢着錾银的字迹，道是：座上珠玑昭日月，堂前黼黻焕云霞。下面一行小字道是：同乡世教弟勋袭东安郡王穆莳拜手书。

黛玉抬头先见大匾，是先皇御笔，制字赤金为最高规格。然后再叙对联，字则鋈银——可知银在金下，乃太子的身份，故"东安郡王"者，即"东宫太子"之义也。这一点十分清楚。

但"穆莳"何喻？更待细绎详求，方能破解。

按康熙太子胤礽，立而遭废，废后再立，最后终归废黜。"莳"义，是栽种花木而又移植的意思，正与"立而废"之事暗合。剩下的还有一个"穆"字，雪芹为何又要用它来隐名喻氏？

原来，穆字在此读如"密"音。这道理在古音韵中是不稀奇的，如"母"字的一个变音即读如"米"。《潸潸·赋论》中有"皇皇穆穆"之句，因协韵即变音为"密"（此指北方以入声为去声之规律）。这是因为，胤礽卒后所得的谥号，正是"密"字。

111. 万姓——兆姓

《红楼梦》第一回中，贾雨村吟了一首中秋望月诗，其句云：

时逢三五便团圆，满把清光护玉栏。
天上一轮才捧出，人间万姓仰头看（kān）。

甄士隐正巧听见，大赏称妙，并言此乃不日飞腾之兆，值得贺喜。

这就奇了。

在那时候，"天上"是不可轻易随便用的，因为它常是喻指皇帝所在。即如东坡大学士，中秋咏月，解者便将"天上""高处不胜（shēng）寒"说成是指京中朝廷。一个破庙穷儒，竟敢把自己放置在什么"天上"，岂不"吓"人？

有人说，作诗嘛，用个"天上"也不罕见，有何不可，何必另处"甚解"？我答：不对。请你接看下句："人间万姓仰头看"，"万姓"不等于"万家灯火"的，那指"家家户户"；它是相对于皇帝而说的专用词义——即今日所说的人民、民众，普天下的一般人："全民。"

雪芹是不会不懂此义的。比如他写宗祠的联，就有"兆姓赖保育之恩"，正就是"万姓"的同义语，微变词。这都是不能乱用的"语言"。

由此可知，贾雨村岂敢如此狂妄？——会引发"文字狱"的！此诗明明另有含义。

这个"一轮捧出"的天上之月正是"座上珠玑昭（亦作照）日月"的那个"月"。此乃太子胤礽的象征，实因胤礽自比为月也，其诗可证，非我之臆说附会也。因此，黛、湘中秋联句，那"月"遥遥与此义呼应相关，故而又有"素彩接乾坤""银蟾气吐吞"的伟句。雪芹意中笔下，总在借境含情，巧词寓意，精心设计，密线细针——总非一般"小说"所有之奇致，而不易察悟也。

我说月喻太子，太子卒于雍正二年；以后的事，则转到其长子弘皙为代表，是继续与雍正对抗暗争的政治力量；而至雍正暴亡、乾隆改元之稍前，方正是雪芹书中所写的历史实际时间——即建园省亲以前的情节。所以那"天上一轮"，绝非乾隆的事，乾隆也不能以"月"为喻，这最分明不过了。

诗曰：

天上才看桂魄娇，人间万姓盼新朝。

穷儒也作离奇语，赚得书生鼓瑟胶。

112. 金谷名园

　　雪芹写大观园，似乎有意与金谷园暗为对比。这事全由黛玉透露。一次是元妃省亲，应命作诗，有句云：

　　名园筑何处，仙境别红尘。

　　借得山川秀，添来景物新。

　　香融金谷酒，花媚玉堂人

　　……

　　又一次是《五美吟》中有绿珠之咏。那诗写道是：

　　瓦砾明珠一例抛，何曾石尉重娇娆。

　　都缘顽福前生造，更有同归慰寂寥。

　　这首诗暗中将石崇与宝玉对比，指出石崇远不及宝玉——宝玉是真正疼怜爱惜女儿，只不过是他有顽福罢了；但虽如此，也竟有一个多情至义的绿珠，与他"同归"于尽，相伴于地下。何等可敬！

这就将双关转到湘云：石尉绿珠是死的同归，而宝玉湘云才是生的永伴。这种诗，当然是雪芹的高手心声，黛玉是无此声口器量的，只是借她"名字"而已。

那么，在《五美吟》中不只是"对比"，而"全部"整个儿喻指湘云的，是哪一篇呢？

郑重答曰：是《红拂》。

此为五美之殿——前边的西施、虞姬、明妃、绿珠，身殒殉情者三人，明妃也只"环珮空归月下魂"（杜句）。只有红拂是身存而另有了所归之人。这极关紧要。请看雪芹又"代"之写道：

> 长揖雄谈态自殊，美人巨眼识穷途。
> 尸居馀气杨公幕，岂得羁縻女丈夫。

这真好极了！一部书，除了第五回的"曲文"，再无第二篇正面为湘云传神写照的杰作。你看，湘云的高谈阔论、霁月光风，全与俗常女态不同；而"数去更无君傲世，看来惟有我知音"者，正是美人巨眼独识贫后的宝玉——从另一家冒着"舆情"而乘夜"私奔"，逃向了穷途潦倒的怡红旧友！

女丈夫——脂粉英雄。一丝不苟，从这篇《吟》中，可以确证湘云后来是在某一贵家做了丫鬟侍婢，是沦于奴籍——然而凭仗识力勇气，终得逃出羁绊，再与宝玉相聚于另一迥异的处境之中。

所以，牙牌令说的也是"御园却被鸟衔出"！多么可惊可喜，可歌可泣！

雪芹的这种极其罕见的文笔艺匠，似乎解得其中之味的寥寥无几，不禁流涕而深悲之。

诗曰：

识得湘云女丈夫，英雄脂粉古今无。

当时戟手千人指，红拂文君恐不如。

113. 宫镜与御香

宝玉自搬入大观园，百般惬意，因作"四时即事"诗七律四首。细看，春则咏花，夏则写风，秋为题月，冬乃赏雪——将传统的"风花雪月"改其顺序分配四季风光。懂诗的，就会感受到，他"扣题"不显山，不露水，却极贴切而又自如自在，毫无扭捏堆砌之劣笔。不见怎么高超，而实为佳品。

春之名句："枕上轻寒窗外雨，眼前春色梦中人。"夏之名句："窗明麝月开宫镜，室霭檀云品御香。"此两季写法不同，一沉思，一朗吟。秋冬手法又异。春之句，如感其芳润的气息，就如身在其间。夏之诗，生机流动，暑而不燥，热而能凉——那芳润之境仍然未有削减。

且单说一下开宫镜，品御香。

这一联奇特：明白地嵌入了两位丫鬟女儿的名字。"麝月"，月而能香，奇极！我于明人笔记中曾见"麝月"之名，但那是指墨（明代上品墨是圆饼形，内入麝香为清味）。如今宝玉则用以指镜。

镜也有香气吗？当然铜质不香，而奁则生馥。

至于"檀云"，那就更无须再解一言了。就是檀香——香篆如云也。这儿，云与月同出为对了。而檀香之云不就是借音"湘云"吗？"可怜转眼皆虚话，云自飘飘月自明"，果然终局与宝玉同归的，只有湘云、麝月两个。

可是，为什么这儿一再突出"宫"与"御"，岂不突然？在过去读到这里，以为不过渲染怡红院中用品之高贵，几乎有皇家的气味了——贾府会有宫廷赐物，不为稀奇……

如今，乃觉这是俗解，未必要得——有走失雪芹原意的"危险"。我深信，若为了借上皇家一二小字眼来抬高自己的"身价"，那宝玉可就"俗"气透了，断非此种用意。

书中叙及某匾是先皇御笔，出一"御"字，属于另一性质，不在此论。除那之外，雪芹是不肯滥使轻加"御"字的。而只在金鸳鸯三宣牙牌时，湘云给她的"牌副"完令时清楚地道出了"凑成樱桃九点熟——御园却被鸟衔出"。这极可注意——何况上句还夹上了"双悬日月照乾坤"和"日边红杏倚云栽"呢！

能说是偶然凑来全无寓意？令我难以承认。在后来黛、湘中秋联句中便又出现了"素彩接乾坤"的警句。乾坤日月，在那时代用来可就不同等闲了。湘云怎么和宫廷发生了奇特难知的重大关系，似乎非我"索隐"之当讥、心血来潮之妄臆。

湘云与宫禁发生了关系，迹象已明。但这宫禁已同时显示出有"日宫"与"月宫"两处了。那么，湘云被遣送入内的是哪个宫呢？这可又是以前无人考及的一大新问题。若依"日边红杏倚云栽"而言，似是属于"日宫"之事。但若从"窗明麝月开宫镜"来看，则又分明是"月宫"，已在句中点破。"天上碧桃和露种"日边红杏倚云栽",是原联的上下句,下句又为后文的探春所得(花名酒筹)。似乎这儿的"日边"并不指"日"之本身,而是"王"级皇子等之辈。若如此,"月宫"是太子东宫之喻词,与"诸王"身份区分了。

这位"东宫",自立了朝廷,乃形成"日月双悬"之奇象。于是我方悟及:宫镜之宫,御香之御,皆非指已经成为事实而在位的"日宫"乾隆,而是要与"日"争辉的"月宫"弘晳——康熙太子之长子,本为真皇长孙,实应是继统的嗣位"储君"——可称之为"准日宫"。

湘云的命运,好像是身为罪家女子,没入官籍,派到了弘晳府当奴作婢;弘晳政变失败,她又被遣发,流落于贱籍;最后终得义士搭救。九熟满红,完成了一段奇缘痛史。

诗曰:

> 御香宫镜两分明,岂是官奴入禁廷?
> 若使朱樱方是绛,绛珠九熟鸟衔轻。

114. 所谓"大团圆"

宝、湘重会,印证了开卷"悲欢离合、炎凉世态的一段故事"的总纲要旨。但有人评论,说这岂不还是没能脱出旧时小说"大团圆"的窠臼?甚至还下了"庸俗"二字的批评。

人家说:就在原书,不是早早预示了"落了个白茫茫大地真干净"的收尾了吗？哪儿又来的什么重逢再会？所以，毕竟还是程高本可取，创了一个"悲剧结局"，"前所未有"……云云。

是这么一回事吗？那所谓"白茫茫"者，是说"食尽各投林"，这一块"大地""干净"了，别处"林"在"食"在，众鸟纷纷去"投"了——鸟也在，并未一切"消灭""归空"。不要理会错了。

这"食尽鸟投林"者，也就是秦可卿说的"三春去后诸芳尽，各自须寻各自门"，语义一同。她们"家亡人散"，是"聚"的反面。秦氏又引那句"树倒猢狲散"的俗话，又是加一层比喻，义亦无别，绝不是空无一物的意思。

引"各投林"，驳不了宝、湘再会。重会是"散"后的二人命运的又一局了。

人家又说：不管怎么样，横竖不还是"团圆"了吗？不还是那"陈腐旧套"吗？旧套是大有"档案"可查的：大团圆者，是佳人才子，私订前盟，小丑播乱，破坏了"良缘"，"公子落难"，谁知一旦登科，做了大官，衣锦还乡，于是"破镜重圆"，夫荣妻贵——封了"一品夫人"，凤冠霞帔，然后，"连生贵子"，皇恩浩荡，耀祖光宗……

这是明、清大量小说的"板定"格局。宝、湘的重会，是这种"形式"与"内容"的"大团圆"吗？

太不一样了。

有情的，死里逃生。

昨夜不期经雨活，今朝犹喜带霜开。

霜清纸帐来新梦，圃冷斜阳忆旧游。

299

数去更无君傲世，看来唯有我知音。

傲世也因同气味，拍手凭他笑路旁。

这是重会的境界，这是另一种"团圆"——它"大"吗？"庸俗"吗？这种境界，妙玉于中秋夜预示了一些消息：

钟鸣栊翠寺，鸡唱稻香村。

有兴悲何继，无愁意岂烦？

芳情唯自遣，雅趣向谁言！

彻旦休云倦，烹茶更细论。

——这种宝、湘历尽悲苦、死里逃生、山村诗境的景象。这是对"一僧一道"所规定的"到头一梦，万境归空"的反抗，他们努力寻求人生可以不落妻、财、子、禄、功名、富贵的途路，他们追求"诗"的精神世界。

"青娥红楼归何处，不及当年石季伦"是富察明义的感受与感叹。单他理会错了。石崇因政治迫害而惨败，一场悲剧归结到爱妾绿珠为之坠楼以殉——这震动千古诗家史士。但把雪芹或宝玉比为石崇，是不妥的，他并没有任何政治投机冒险的意志与行为。他没有被害身亡，是"有情的死里逃生"的奋斗和自洁的结果。石氏有绿珠——宝玉有绛珠，两两对比。绛珠即"樱桃九熟"的湘云之象征，她用不着坠楼而殉——用全部身心为宝玉的"文化生活和事业"而尽力，而牺牲一切。这方是全书"大旨谈情"的情，人间最真诚的不可磨灭的情。

这和"庸俗的大团圆"结局，并无共同点与相似处。他们的重会之后的心境是"乐中悲"与"悲中乐"——乐中含有深悲，悲中获得至乐。这也就是开卷早定下的"悲欢离合"的真实义。

这不是什么"俗套"，以前没有过。

诗曰：

> 俗套拈来百复千，佳人才子大团圆。
> 愿君须断清官案，莫使冤书冤上冤。
>
> 傲世凌霜最有情，悲中有乐事堪惊。
> 无人识得红楼意，梦笔中华续六经。

（拾壹）

秦淮旧梦人犹在

115. **我读脂批**

我读脂批，当下悟得是一女流声口，其有一二不似处，则旧批混入，或脂砚明言之"诸公"之批而未忍全弃者，安得以此而疑其非女而是男哉。人贵能有识，尤贵能相赏——庄子谓九方皋相马，在牝牡骊黄之外；我则曰：既云"之外"，正见其本来不同一也。九方皋不论骊黄，可也；若乃不辨牝牡，则龙驹凤雏，由何而生？雪芹之书，先言"红妆""绛袖"，岂其"脂粉英雄"可以以"须眉浊物"代之乎？论事宜通达情理，实事求是；何必弄左性，强作梗，而致一无是处乎？

脂砚称"石兄"，唤"玉兄"。石兄，作者也；玉兄，怡红也。有别乎？若有别，何以皆"兄"之而无分？况书已明言玉即石化。何所别？何必别？脂砚声口，亲切如闻。

我读脂批，被她感动——感动的是：她是是处处，如彼其关切玉兄，如彼其体贴玉兄，如彼其爱护玉兄——为之辩，为之解，为之筹，为之计，为之代言，为之调停……其无微不至，全是肺腑真情一片，略无渣滓。嗟嗟！人间哪得有此闺中知己，有此手法，有此大慈大悲菩萨，由此至仁至义侠士？雪芹有此，复何恨之有。

唯其脂砚是湘云，故一切合符对榫。比如设想：批书的是黛玉,夫黛玉有此等意气豪迈、声口爽朗的"表现"否？人各不同,混淆是糊涂人的事,与芹、脂何涉?

脂砚对雪芹的情,方是以身心以之,性命以之,无保留,无吝惜——亦无犹豫和迟疑,只因她最理解玉兄,无所用其盘算思量也。呜呼,雪芹不朽,脂砚永存。同其伟大,岂虚夸可得而侥幸者哉。

读芹书而不知读脂批,其人永世与《红楼梦》无缘,亦与中华文化艺术无多会心可表。盖既昧于文,又钝于情,何必强作他她二人的焚琴(片)煮鹤(湘)者,荼毒中华仅剩的一部精华,一部可续六经的"第七经"乎!

诗曰:

我读脂批可忘餐,是中百味富波澜。

真情至性兼奇语,心折红妆李易安。

116. 葫芦和"案"

我曾有文讲了"壶",像是一篇偶然性的随笔,其实际还是暗与"红学"相通——这大约就叫"潜意识"吧?

葫芦即壶;壶是装药的,自古带着吉祥和神秘的色彩,关系着长命和后裔的不绝。药是治病延年的,药与丹不相割离。葫芦的蔓,连绵不到头,生命之力无穷。而丹药在内不可目见,故生神秘感,故曰"闷葫芦"。"闷"者,即又有"内情""内幕",鲜为人（一般常人）知的一层含意。"葫芦提的妙"，又喻文笔的涵隐作用之美——一切摆明，则绝少寻味体会——所谓"大嚼无复余味"者是也。这就与"葫芦僧乱判葫芦案"连上了。

但在讲"案"之前，再插几句赘语——

第一，如今皆知古文化从生活用具而言，先有陶后有冶（炼铜），两大历史文明时代。可是人们却很少提到：在烧土制陶（即女娲古史时代）以前，先民又是用什么作用具的呢？

这就是葫芦瓢。

你看古旧小说，常见形容下雨，说是"泼瓢一般大雨"，这瓢，就是葫芦了。又需讲清：壶分大腹者，即单腹葫芦，将它剖分两半，去瓤晒干，用以取米、舀水……离不开它。不要说古人，我小时候还是如此：大单肚葫芦瓢，就漂浮在水缸面上，可以随手舀水用。做饭取米取面，也有用瓢的遗迹可见。但它主要与水相联。不然的话，怎么会用"瓢泼"形容大雨？

双肚葫芦，又名细腰葫芦，在结果实的花木中，它的造型最为别致而美妙了。画葫芦的专画此形。端午节日，贴"五毒葫芦"的杏黄木版笺，一个大双肚葫芦，满身花纹，四周五个毒虫（蝎子、蜈蚣等等），是中华古俗夏季"卫生"防疫的文化活动，意味深长。小姑娘也带红布缝的小葫芦，内装香草，可以驱虫祛邪。所以，这是极古老的吉祥物。

第二，古篆文汉字的"孙（孫）"，右边原非"系"字，乃是一个小葫芦：𤔔。所以它表示"子孙万代"。这意念在《诗经》里早有"瓜瓞"的记载。

这些明白了，方又转回到"葫芦提的妙"——这俗话是说：一、写得"含浑"的妙；二、事情无须多问，大家心里明白，口

307

不便言——都"装糊涂",是为万全上策。

在《石头记》中,开卷第一重要"情节"即"薄命女偏逢薄命郎,葫芦僧乱判葫芦案"。这案是个大冤案,故"冯渊"者乃谓"逢冤"也——但此冤的内情,犯有大忌讳,绝不揭底泄真——故曰"葫芦案"!

这一隐词喻语,笼罩着全部大书的"内核",是"三春去后诸芳尽",是"家亡人散各奔腾"的缘由,即:一部绝大的冤案"故事"!

如今却说,芹书开头就写的是苏州阊门的十里〔势利〕街、仁清〔人情〕巷里有个葫芦庙,而由这庙生出一个"紧邻"甄士隐和庙内寄住的贾雨村。可知全书"隐真演假",全由"葫芦提的妙"而起。其义妙绝。

这比喻什么?比喻的是"葫芦妙"是个"闷葫芦"——雍正的政治骗局和因之而遭殃的"真"家(烧成一片废墟),而在"府?葫?里"寄住的"假"某,却进京发迹了——日后并投靠恩人的仇家,并"投井下石"也是个"中山狼"。

看官请来思量:这个"葫芦",对《红楼梦》的关系是何等地重大,真令人不寒而栗,而又深感"烈日炎炎,芭蕉冉冉"了。

[附记]

我说幼年误以为"悬壶"行医是挂个茶壶,很可笑,其实却"歪打正着",因为最古的壶也即是葫芦所作。"壶"本是象形,上是盖,下为葫形和底座。发音即从"葫"而得。后世还有酒葫芦、油葫芦等名字,其实即酒壶、油壶,非有二也。讲中华文学,要知一点儿文字训诂音韵之学。

117. 秦淮旧梦人犹在

雪芹好友敦敏赠诗有句云"秦淮旧梦人犹在，燕市悲歌酒易醺"；同时敦诚亦有同作，相应之一联云："燕市哭歌悲遇合，秦淮风月忆繁华。"这两联诗句中，隐现着一段重要的情事，也就是《红楼梦》中所写的一段"悲欢离合，炎凉世态"的那个最重要的主题"大旨"。

要解此谜，需先解那个"人"字。

我这样说会招来疑问："人"是个最普通的到处可用的字，如何是什么"谜"？这定是"红学"故弄玄虚。若有此疑，请赐阅以下的解说——

"人"，在诗词中是个最妙最难"确认"的字。除了已有形容范围以外的，如："孤独异乡人"，"从此萧郎是路人"，"始知身是太平人"……之类；凡是孤零零的一个"人"，就大有深味可寻而又难以界定了。

姑举数例于此，如宋人名作咏上元佳节的：

> 去年元夜时，花市灯如昼。
>
> 月上柳梢头，人约黄昏后。
>
> 今年元夜时，月与灯依旧。
>
> 不见去年人，泪湿春衫袖。

请问：你最高明了，请指指这个"人"是什么人？

再如，也是宋贤词人的名句：

　　……芳草有情，夕阳无语；雁横南浦，人倚西楼。

这倚楼之人又为甚等流辈？你可说得清白？还有女词人李清照的名句："帘卷西风，人比黄花瘦"，请问这"人"又是指谁？

其实，《红楼梦》中更不乏例，如《桃花行》云："桃花帘外东风软，桃花帘内晨妆帝。帘外桃花帘内人，人与桃花隔不远。"在这儿出来了一个"人"，只因你已看见是林姑娘之作，言明"晨妆"是女了——倘本来掩去，你能判明作者的"性别"吗？若是贾宝玉先生，而非林黛玉女士，难道就绝对不会站在"帘"内赏花吗？

由此可悟，那个"秦淮旧梦"的犹在者，原本何指？岂不正是一个绝大的"红谜"？

其实，倘若不知崔护是个男士，那"人面不知何处去"的"人面"，若让西洋翻译家译为外文时，有可能就联想到埃及的"人面狮身"了——哎呀，这个"人"怎么译？"man"？不行。"woman""girl""lady""maid"……都太不雅、太鲁莽、太不合身份。一句话：没法译！

然而，这么一讲，终于逗露一线"光明"，即：诗句中的"人"，大抵指的是一位女性，为诗人或被咏者的亲密相关的有情之人。这一点，大家早有共识。回到敦敏那句诗，那"人犹在"者，显然是雪芹的旧梦之中最为关切的女子了。而这位女子经历了"悲欢离合"，终于又在燕市"遇合"了！遇合岂不大大可庆可喜？

怎么又是"悲"遇合，又是"哭歌"？那感情可真复杂呀。岂止万言难尽，一部《红楼》百万言尚未写完呢。

这个"人"，是女性，是雪芹在南京时就形影不离的小友，给她取了个"湘云"的"艺术名字"。在书中给她的曲文，正叫《乐中悲》——他们二人的事情，只一般的悲乐字样是不够用的，因为他们是乐中有深悲，悲中又获得了至乐——这在世俗情理上是不可理解或想象的情感内涵！

好一个"秦淮旧梦人犹在"！多么沉痛而惊喜万分啊。

那么，雪芹到底对"富贵"是怎样看法估价呢，是羡慕，还是鄙夷？我要说的正是：用这种简单的公式化的思维方法去理解并"评论"《红楼梦》书中的一切问题，那是永远会南辕北辙而自以为探骊得珠的。事情的复杂绝非数语可了，正在这里。

必应牢记：雪芹和他的"投影""化身"宝玉的价值观是与世俗通常的尺码很不一致的。既不是羡慕，也并非鄙夷。他另有一番识见。他以为，富贵本身这个"格局"并不能孤立地、绝对化地说它是好是坏；问题却在于拥有它的人，是否具备享此格局的资格和才情品德。若有之，则应可享之；若无，则是那人辜负了、辱没了世界惠予他的这个条件。

这个思维、观照，堪称"绝特"（鲁迅语），是从来罕闻的"哲思"之语。

311

118. 雍正朝四大案

雍正不正，他是以阴谋手段篡得帝位的，上台伊始，即治李煦入狱——试问一个"包衣下贱"内务府"奴才"之家，为何如此受到"关注"？所系之重，可想而知。

李家遭了大殃，李煦两次入狱，最后发往极边，冻饿而死，同时就"治"曹頫了。何故，何故？

雍正得位，乃内有隆科多、外有年羹尧两大军权者的支持，他上台后予二人以百般的宠荣，用不像人话的卑词给他们"灌米汤"，然后忽然一下子"变脸"，将功臣演出"走狗烹"的惨毒之剧。是又为"年、隆大狱"。

因此，将两大狱"曹、李、年、隆"合起来，莫非就是"护官符"的那四大姓？

贾隐曹，史隐李，世已公认，不必赘言了，剩下的"王"是谁？"薛"是谁？我一直在寻绎其真情，却尚待深研，愧未有成。我已多次说过，"护官符"小注中王家的"都太尉王公之后"像是指佟姓隆科多身为"九门提督"，其家有驸马，即"东海龙王"寻找"白玉床"——"东床"乃佳婿之美称也。

假使此说能立，则最末的"丰年好大雪"，似应指年大将军之后，而以"年"字点睛——这会不会是巧合？

（拾贰）

一篇绝唱誓痴诚

119. 一篇绝唱誓痴诚

《戚序本》上有一首题诗，堪称奇作，其句云：

> 阴阳交结变无伦，幻境生时即是真。
> 秋月春花谁不见，朝晴暮雨自何因？
> 心肝一点劳牵恋，可意偏长遇喜嗔。
> 我爱世缘随分定，至诚相感作痴人。

此诗不知出何人之手，窃以为在古今诗中，实为罕见的绝唱，因为所说的意思全是人所未能道的老实话、真心思。

俗常人自以为聪明知事的，总自谓能辨何者为虚幻、何者为真实，二者断不容混。这位诗人却超越了那种死眼光，指出天地万物，皆由阴阳交会而出，其交会既万变，变而生者即是一境；此境或以为幻，是假象耳。

春花秋月，暮雨朝晴，试问似此诸般色相，是幻是真？

谁不见，心中目中，年年常在。又何因？若谓是幻，又何必让它出现弄人？为了"破"幻，根本消灭它，不给它发生的任何可能，不是更"彻底"吗？所以，春花秋月，朝暮雨晴，以为幻者有他的理由；然而以为真者又何尝没有理由，就是一味痴迷不悟？

只要阴阳之道在，就会总有交结变化发生，就有"幻境"存在——此所谓"幻者"，又与真何异？如说"一无所有"才是真，那又何必说阳论阴，何必"编"出一部《周易》为群经之首，为天地万物万理（包括自然科学技术如电脑……）之基？

　　这位诗人的结论是：我无意去纠缠那种空洞的"理念"，我只愿以我的精神之至诚无伪、相互感发、感动交流、相通相会，在人生的万象中做一个"痴"人，不求什么"彻悟""解脱"。

　　——由此方知：所谓真者，只在一个"诚"字上，诚即是真，有诚，幻亦是真；无诚，真亦为幻——而至诚者，实即情之至真之义也。

　　这位诗人才是真懂了雪芹的灵心慧性，哲理玄思。天地一切万物、万事、万境、万理（学术科技），皆由阴阳而生，这是西方哲学的唯物论的认识，而真情至诚是东方"诚心正意，格物致知""心诚则明，感而遂通"等洞彻事理的精神层次的表达方式。二者是统一而非对立的。

　　这首七律，就是雪芹在开卷不久所指点的"十六字真言"（因空见色，由色生情，传情入色，即色悟空）的最好注脚——那"十六字"讲的正是"幻"与"真"的关系，是个认识的问题。

　　这与"色空观念"恰恰相反。而昧者，完全讲错了。

　　诗曰：

　　　　春花秋月何时了？不了成为万古情。
　　　　除是阴阳已不在，那时人又作么生。①

————————
① 古语"作么生"即今言"怎么样"？

读红须识最高层，层层智慧达通灵。

灵非虚妄非空幻，原始真情感至诚。

120."北静王"与随园

清人笔记类文字往往讲到雪芹与随园的关系。那随园也就成为袁枚认识雪芹的论证的一种说法，随园即大观园，即出雪芹之手，云云。

其实，这是一个误传错认。雪芹所到的随园，不指南京小仓山，是在北京西城"官园（地名）"的——郡王胤禧的府邸范围之内。

胤禧是雪芹笔下的"北静王"，康熙第二十一皇子，封慎郡王。风流儒雅，不近权贵，专交寒士高隐一类孤僻而有特长（才、学、艺等）的人。他自号"紫琼岩道人"。诗格甚高，脱略凡俗。

我以为，"紫琼"者，即"绛玉"的变词。只看此一名号，就立刻觉察到它与雪芹的《红楼梦》中词语的十分相似了。他们二人有交谊，互相影响。

我在八旗名诗人、隐士（也是史家）李锴（眉山）的诗集中，发现他题咏慎郡王府邸随园的诗篇不止一处。其一篇列举园中宾友即有善饮、工画的"曹江"。因诗集原稿是手书草体，"江"本是"郎"字的章草写法之讹——左"良"上无点，只一拐弯下拉长，很像"三点水"旁；右"工"，本是"邑"，即"阝"的讹变，盖"邑"在章草是"口"边，末笔似一小横，"巴"似一拐弯而末笔横拖，正像一长横——不识草书者就"楷化"成了"江"字。懂书法的却寻绎而可悟。

我这一发现，是个新说者中之特别有意义者。但任何一个新说刚刚出来，总会有关心人士提出质疑，以为论据"不足"。"牵强"附会……这儿不拟多做枝蔓，感兴趣的读者请参看拙著《文采风流曹雪芹》有关部分。如今只说一点，质疑者会问：李锴和雪芹能相识吗？我答：雪芹大表兄福彭（小平郡王）与慎郡王情谊最好，李锴的好友方观承，就是福彭从贫困中救济并且提拔"成名立业"的——先做了平郡王家塾的西宾！所以我曾考论雪芹少小之时是受教于方师爷的，而方先生又即是李锴二子的业师。李锴在慎邸园中常见雪芹，将善饮、工画写入诗篇，并非可异之事，也不全是出于"牵强附会"。

当然，不习书法的还弄不清"郎"与"江"的形讹关系。这个我就没有善策了。好友黄裳，藏有李锴手写诗集，说不定他会在那里发现"曹江""曹郎"的秘密而终于论定"北静王"和"随园"的一段奇情佳话。

121. "凳"与"橙"

雪芹作书时，还不会写今日的这个"凳"字，他原稿上写的是个"橙"。今天的人见了，必以为这只该指橘子族类的水果"橙子"，说是"错别字"，也有"好心人"替他改为"磴"字，这就更乱了。

查一查古钞本，第六十二回湘云醉卧的那一处，就写作"橙"，《在苏本》《北师本》全然清楚一致，就是最好的证据了。到了《庚辰本》，出来了一个"櫈"的怪字。这个痕迹表明其间此缮抄者正处于"橙"与"凳"的过渡时期，也表明了其抄时比《在苏本》《北师本》都略晚。

从文字学来讲，"凳"是个复合体，只因今呼凳子之物，古名则为"杌子"（我外祖母还这么叫它）。所以，先是"橙"，表木制的小坐具；然后有人把"橙""杌"组合起来，造出"櫈"字。最后，干脆省去了"木"旁，成为今日通行的"凳"。

但是，不明此义者，却又提笔乱改，如《己卯本》，就用朱笔将"橙"改成"磴"。

其实，"磴"只能指上山登坡的石级，即俗呼"台阶"者是，与坐具无干。第十七回写大观园："清溪泻雪，石磴穿云"是例，而即此处之"磴"也是后改，如《己卯本》此句，正是将原抄之"橙"改成了"磴"。

凡此，皆失雪芹原笔，不可为"训"也。写作"橙"的，是忠实可靠而为时较早的钞本，十分可贵。不要把事实弄颠倒了。

122. 少陵与子建

曹子建，雪芹诗祖也。他好友说他"诗才忆曹植"；他自己作书也有一处说到洛神乃是"曹子建的谎话"。于是我们可以看看古今的诗坛谁最赏契子建的文心,以及他与雪芹有何共同的擅场独绝。俗常也都能知道六朝人推崇子建,说他之才富有"八斗"——天下众人之才一共方得一石,他竟一个人就占了十分之八!又有"绣虎"之美名等等,佳话不一。

于是,我方提醒学人:评子建的,不可忘了诗圣少陵杜老。杜老说:"赋料扬雄敌,诗推子建亲。"下了一个"亲"字,十分耐人寻味,亲者何义?在诗何指?

如让我解,就姑且鲁莽地释为"贴心",或者就是我于另文中提出的"恳切"(见《红楼夺目红》)。但更重要的还有一句"文章曹植波澜阔"——是叶燮也引用过以赠曹楝亭的杜句。这"波澜"一义,方是子建大才的超迈前贤的大端与特胜。在这个"波澜"壮阔上,我们一齐来体会《红楼梦》的规模与气象吧——规模可示巨大,气象可显万千,却仍不能兼含"波澜"之胜义。

"文似看山不喜平"。好。以山喻文笔之起伏嵯峨也。而在杜老,则首先以水喻文了。重要之至。何谓"波澜"——曹子建已独擅此绝了,那么雪芹的《红楼》,也有波澜壮阔之大美吗?太有了!也就是《红楼》所以伟大之一端一面,复乎万不可及!

波澜有怒潮,有涟漪;有激滟,有汪洋。波澜又不只指流动震荡,也指行文运笔的章法布局;大开大合,大擒大纵,大隐大显,大提大按,大跌宕,大风波,大坡峭。

我不知道古今中外的文学各体之作,有哪一部堪与雪芹椽笔的大波巨澜相媲美?似乎罕得难求。只看残存的"八十回"实只七十六回吧——

试看全书的时空背景的广袤,那是一个皇家内务府小官员的门第，却牵动着整个朝廷政局的大争夺大祸变；涉及了多少家太子、亲王、郡王级的贵族大府第的复杂关系。就在这样巨大的背景下演出了几百名男女老少的各色人物角色，交织出一幅万丈长宽的巨大诗画场景。然后，就由"芥豆之微"入笔，如同"青云乍展"，好比"清风徐来"，款款地，冉冉地，一步一步地向我们展开十、百个层、面的繁富绚丽内容，时时让你不自禁地喊出"真好看煞人！"（旧小说批点家用语）。

然后，再逐层逐次展演中，我们又惊奇不止、应接不暇、忙乱不迭地"接收"着一波未平、一波又起、大波小波、钩连回互、错综交结的震撼人心的场面。这些场面，无一类似雷同，无一不迥出读者意外"想外"，时而欢欣喜幸，时而悲辛嗟叹，时而沉思结想，时而倾倒心折……举凡人世人生的一切况味境界，都俱备于作者的那一支"魔笔"之下，不可估量，不可思议，不可名状——无以比方！

秦氏丧殡，元春省亲，大局面，大手笔，人们知赏。可是更不可及的是平儿理妆，鸳鸯截发，撮土为香，芙蓉读诔……说不尽的奇情异致，纷纷奔赴于雪芹的胸次和笔端。古人常说，不知某大文家胸中有多少丘壑？表示惊诧佩服，而我们对于雪芹，只好承认自己想不出什么惬怀的好赞语，为之惆怅不已！"丘壑"云云，不过是有高有低、有深有浅而已；雪芹的令人震惊和激荡心怀，绝不只是那种变幻多方而已，丘壑还没有"波澜"这一巨美。

123. "忠" 的暗潮

曹雪芹在书一开头就力表"不敢"干涉朝廷之意。不仅"不敢"，实亦"不愿"。他要写的层次高得多，无暇无意及此。按他家世生平又无一事一处一境不与"朝廷"的事故相连，这就使他又无法"彻底"避免这个方面的事情，因此书中隐隐约约，政局的暗潮也瞒不过明眼的"列位看官"——这就是"索隐派红学"的所以发生和广泛流行。此派的真根源是乾、嘉之际不少仕宦旧家父老传闻的"老话"，知道曹家的身世与朝廷政局的密切联系，等等，但又"传闻异词"，加上种种讹变、附会之俗见俗说，遂尔日益距离历史真实、作书本旨太远了，所以禁不住"考证派"的驳难纠核，难以自圆其说。如今我在此又旧话重提，却有何用？只因，我们不同意那些离奇的附会，不等于不承认书中确实写到了"朝廷"政局，而且更非不承认这关系书中人物命运的十分之重大紧要。

此刻我只从一个"忠"字的用法来看看情况——

书中以"忠"为名字的，有"义忠亲王老千岁"，有"忠顺亲王"，两个王爷级大人物。还有一个，就是"忠靖侯"，小说用语称之为"史侯家"。这"三忠"，皆隐寓大事也。

我 1953 年初版的《红楼梦新证》中即列有《新索隐》一章，用意是匡纠旧索隐的误区，而试作征文考史的求索书中所隐之"真事"。如今仍采此一名词，打算对三"忠"之隐略作简"索"。

第一是"义忠亲王老千岁"。这个名衔，略明清史的即能悟知，是指康熙废太子胤礽，他"坏了事"者，终于被废也。但"义忠"何解？我的揣度是："义"分二端，第一义是运用"仁义"这一传统道德词语，表明这位老千岁是仅次于"圣祖仁皇帝"（康熙）的"义皇帝"也。第二义是又有"义理"这一词语，于是又隐下了一个"理"字，而胤礽正是以"理亲王"为封号。那么，"忠顺亲王"又是谁呢？此人"巴结"雍正者——盖其时雍正一篡位，诸皇子大多数反对反抗，只有一二是支持者，所以"顺"者"忠"者目标已非老皇康熙，而是"皇四子"胤禛——即雍正了！

剩下一个"忠靖侯"，就"索"起来难多了。我不揣冒昧，也要贡我愚衷：这"史侯"家实即李煦家，已为研究者公认，问题只在：为何小说里却单单为之拟上一个"忠靖"？（在清代，封王的是皇族满人，异姓则分封公、侯、伯、子、男五级）。那么，李煦之子李鼎（史鼎）在政局争斗中是忠于"靖"字王爷的。考康熙第二十一子胤禧，谥号正是"靖"字——亦即书中"北静王"的原型是也。荣国贾府，一直处在"二王"之间：北静是"同难同荣""不拘国礼"的老亲旧友，而"忠顺"王府则是向贾家"找岔子"的对头势力——贾政听宝玉"藏匿"了忠顺王爷的戏子琪官，吓得魂不附体——"弑父弑君"的骇人的焦心痛语，正是说宝玉这孩子竟敢招惹"忠顺"雍正一党的是非麻烦，这会引发"灭门"的大祸（加上贾环谗诬宝玉强奸母婢！），这才恨、惧、慌、愧……自己生了"逆子"，应当置之死地以谢其不孝不肖之罪！

贾政笞挞己子，不是什么"封建势力迫害叛逆者"，是历史上政局斗争的"折射","包衣家世的血泪实录"。举此一例，以表我的"新索引"的面貌与心怀都是怎样的——其实也就是要理解曹雪芹的"满纸荒唐言，一把辛酸泪"的深隐内涵是什么？他如何一不敢明言，二又要暗示他有刻骨铭心的大痛苦、大辛酸，那"隐去"的"真事"并不是"小说编造"啊。

124. 读《西厢》也有曹家典故

"读西厢"者，人人熟见的红楼画，画的是黛玉坐着看书，宝玉一旁侍立的那段故事。这处原书文字，先是宝玉来到沁芳闸（园之东南角出水口）旁，在一棵桃树下一块石上坐了，细细品味王实甫的那种沁人心脾、余香满口的锦绣文词——然后才是风吹花落、正合曲文的"落红成阵""花落水流红"，于是不忍践踏落英，便以袍襟兜起，撒进芳溪，看那花瓣溶溶漾漾，随水流出园外。

这段文字，笔笔是诗意诗境，早已不再是"小说"体之所能有了，真是千古绝唱。再然后，方是黛玉忽然来了，问他看的什么书——所谓"读西厢"，就成了那样式的画题。

——画者有的却把桃花"冷淡对待"，突出了柳树（而且不是春柳，竟是深秋大叶子、苍老之态）；有的将所坐石头画成一条规规矩矩的长方形石凳……总不细读雪芹原文原义、原心原境。

"看官"看我写到这里，不禁要问了：这些，都知道，又哪儿来的曹家典故？——且听我讲。

原来，机关巧妙，正在紧接的二人互以《西厢》原句来斗口斗智，通情通意。等到宝玉惹恼了林妹妹，听她说要去"告诉舅舅（贾政也）"，吓得宝玉连忙起身赌誓，说到后半截，就有了"等你封了一品夫人，病老归西，我掉在池里变个大王八，替你驮一辈子的碑去！"这段奇语"疯话"，一下子把黛玉又逗乐了。

很多人纳闷：和黛玉对话，如何会谈得上封一品夫人的事？这都是怎么一回事？让我提醒你：这是作者自用自家典——他的一家人和亲戚听了都懂。

雪芹的曾祖父名曹玺，夫人姓孙，就是康熙大帝幼儿时的抚育人（保母），康熙二岁丧母（佟太后），不知有生母，只把孙夫人视为真正的慈亲，终身难忘。孙夫人殁后，因其丈夫已是工部尚书一品大臣，照典制：贵戚王公之外，官至"极品"即是一品（级）大臣，只有一品官，其墓前方许立碑——夫人随品诰封，即为一品夫人。

宝玉的话里，暗含此典，并非泛泛胡牵乱扯之俗笔也。

"大王八"，指海龟，雅名赑屃，"王八驮石碑"，是旧时常说的谚语。曹家坟茔应在北京东郊，确址早不可考。一品之碑极为高大壮观，然亦踪影皆无。我推测，定必是雍正把曹家定了罪，乾隆四、五年又再次抄家，罪名是与"弘晳逆案"干连，所以这样大碑也就下令毁掉了。

[附注]

康熙巨碑，实物今有马尔汉之碑幸存，今为北京团结湖公园一景。这正是正白旗高官葬地之例。其规模体制，可供参看。

125. "虎兕""虎兔"事关重大

《石头记》第五回，宝玉于"幻境"中"薄命司"里得读"金陵十二钗"簿册，其隐指元春命运的一首"判词"，写道是：

> 二十年来辨是谁，榴花开处照宫闱。
>
> 三春争及初春景，虎兕相逢大梦归。

这判词十分重要，中有"真事隐去"，若能解读，便是理解雪芹著书的心理动机与书文内涵的一层非常关键的奥要之点。

先说上面所录判词，文本是依据《己卯本》与《杨藏本》的，此二本独同，而其他诸本，则"谁"皆作"非"；"兕"皆作"兔"。所谓"诸本"者，计为：《甲戌本》、《戚序本》(包括《南图本》)、《蒙古王府本》、《庚辰本》、《北师大本》、《舒序本》、《梦觉本》、《程高本》；而独缺第五、六两回的《在苏本》则可以推断当也是"虎兔"之文。

这样，"虎兔"占了绝大多数，不容忽视了。

我与家兄祜昌作《石头记会真》时，决用"虎兕"而未用"虎兔"。当时取舍理由有二：一是"兕"不恒见，若本是"兔"而误写作"兕"的可能性等于零；而反之，如本作"兕"，抄者或读者误看误写，改之为"兔"，其可能性就大得多了。二是"虎兕"一词见于《老子》《论语》，而雪芹用来，似暗喻两种政治势

326

力之相斗，因而元春被累致死。

如今重新审视这个问题，有了新的修补看法，应当记下来，以资研讨。按，"二十年来辨是谁"与"二十年来辨是非"，虽一字之差，却读来含喻绝然不同：盖"是非"是个正误道理的思虑问题；而"是谁"却是个实实在在的指向某个人的问题。这一点特别重要。

我如今认为：这个"辨是谁"是隐指康熙太子胤礽与政变篡位的胤禛（雍正）。理由如下——

太子胤礽有一首《榴花》七律，其句云：

> 上林开过浅深丛，榴火初明禁院中。
> 翡翠帘垂新叶绿，珊瑚笔映好花红。
> 画屏带雨枝枝重，丹灶蒸砂片片融。
> 独与化工迎律暖，年年芳候是薰风。

这首诗显然是自喻之作——因为太子胤礽正是（康熙十三年）五月初三日的诞辰。这儿就是借用了韩退之咏榴诗的"五月榴花照眼明，枝间时见子初成"的一个"明"字，一个"枝"字，都十分显眼。他俨然自言他与"化工"（兼喻其父皇）迎来了"芳候"好季节，而且"年年"岁岁"丹砂"得寿。

——那么，再看雪芹为元春所写的"判词"恰恰就是"榴花开处照宫闱"——"照"即与"明"呼应，都用韩诗；"宫闱"即"禁院"，何其一致耶！

这就妙了——元春忽然方悟，辨出是"谁"才是真的——有个假的一直在图谋夺真混识。

这是指太子胤礽是真，而胤禛为假——所以太子之子弘皙为真，胤禛之子弘历（乾隆）也就假了。他们父子是非法登位的人。

然后再看一层笔法之秘——查清史、太子生于甲寅十三年（1674）五月初三，属虎。胤禛生于二十七年辛卯十月三十日，属兔，一个虎，一个兔，二人相"逢"，发生了阴谋陷害、矫诏篡位的巨变——由此而衍生的政局恶果，才是断送了元春的根本因由。

我深信，"虎兔相逢"不是指什么"寅年卯月"之类，乃是实指两个"属相生肖"，以指那个"是谁"，是指人，而非干支纪年的隐喻——那也没有"相逢"与否之可言。

然则，又如何解释"虎兕"的异文呢？这其实不难。盖雪芹初稿是用"虎兔"，后来改为"虎兕"。因为前者典雅为胜，但古语并无"两者"相争之义——只是喻指猛兽，是同类并举，表不出有"异"之点。况且，以"生肖"而论，"兕"只能是"牛"的代词，那么一来，属虎的太子并非与某一属牛的弟兄发生夺位的宫廷事变。用了"兕"反而会将事情弄模糊，甚至错乱了。是以决定将"兔"换"兕"——这样还会让人以为是"虎"吃了"兔"，可避免识者看穿，大兴文字之狱。

末后，还有一证：在书中"饯花会"（宝玉生辰）之后，元春忽然传命，让荣国府在清虚观打"平安醮"，而指定的日期正是五月初一到初三。这是为给已故的太子祝冥寿，并暗保"皇长孙"弘皙。

我推测，元春是"指配"（清代皇家制度）给弘皙的。不幸，因"太子系"的事业，父子两代的继位权通归失败，而弘历就将弘皙的妃嫔侍女身份的女子，都占为己有了。

在解说这个文例时，我们读《石》研《红》之人应当看出：在雪芹书稿中，有一类异文并非孰正孰误的性质，而是稿本整订的先后不同。又可以清楚看出：雪芹下笔选字，十分严慎，往往在常人不留意中"埋伏"下重要的内涵寓义——他当时只能如此办法，不能"直言"一切；而他心里相信，虽不明说，迟早定会有人窥破其中"机密"，既异于"猜谜"，又别于附会。聪明灵巧的笔法，笼罩了从古罕有的一部奇书的"内核"事故——这事故才是"你道此书从何而来"的真起因。

[追记]

丙戌九月得见新出十卷残抄本《红楼梦》，此本年代品格堪称《在苏本》（俄藏本）之姊妹本，其第五回元春判词作："二十年来辨是谁，描（应作榴）花开处照宫闱。三春争及初春景，虎兒相逢大梦归。"此"兒"字形为"兇"之误抄，正可合证。又，"辨是谁"之"谁"，与《北师大本》全同，亦可证《北师大本》绝非《庚辰本》之已录副本，其价值远胜某些人所妄断。

126. "细谙"和"虽近"

《石头记》真正的正文是从哪句开始的？是"列位看官……"，此前的文字，流行本是将回前批混入正文了。是以首回开头就是"列位看官：你道此书从何而来？说其根由，虽近荒唐，细谙却深有趣味"。

这一开篇起句，雪芹下字便大有讲究，不是随便落笔的。我提醒"看官"：要注意一个"近"字，一个"谙"字。"近"字各本一同。"谙"字则只有《甲戌本》如是定字，其余所有诸本皆作"按"字。

这分别何在？以及什么是"近"？且听一讲——

"说来虽近荒唐"，这个"近"用得好极了——也重要极了。怎么开头就先表"荒唐"？只因后文便有呼应。后文"按那石上记云"：以前这段文字，实为"楔子"，见于脂批点醒。楔子的结末即是人人熟诵的"满纸荒唐言，一把辛酸泪……"的五言诗。那儿出现了"荒唐言"这个"眼目"（可称为"关键词"）。

"荒唐"是作者自云的。然而他在开头就又下了那个"近"字。两见"荒唐"，即后先呼应。"近"字为何重要？因为，作者心知智慧不高的人，看《石头记》必然认为是"荒唐"的话，不可凭信，于是他告诉读者：你不要认为我这"荒唐"是真荒唐——它不过是近似荒唐、实不荒唐也。

一个"近"字否定了、抵消了"满纸荒唐言"云云。

说到"细谙"，唯《甲戌本》独标此义，别本皆改为"细按"。这也许是有人觉得"谙"字太"文"，不够通俗，改了"按"，于是传抄而不懂"谙"义者自然乐从了。但，这儿有一个理路：如底本原文是"按"，传抄者绝不会将它改为一个不常用的"谙"。只有一个合理可能，即反过来推断，应是原来作"谙"，而后来被改。

那么，"谙"字有何佳处？盖此乃仔细玩索、深咂滋味之语义。如"白话"译述，谙识深明详悉，即十分领会。因此含有"熟玩""详察""深思"的综合语义。这比"按"要典重而文雅得多。

这话不太欠"通俗"了吗？何必选此僻词？

"僻"吗？一点儿也不僻不冷，它在我的故乡，老百姓人人都这样说。其发音如"那（nā）模"；比如一个问题摆在当前，要某人拿主意怎么办？他就会回答说："你等我那模那模"——"等我思考、研究、了解……再定"，这个"那模"，正是"谙"的本音 nām。

须知，古音（今广东仍存的读音），凡"闭口韵"是 m 收音，北方人不说 m，不是"不说"，而是将 m 分出来，说成一个类似"么""模"之间的轻音，所以就成了"菴模"（天津音，谙、那等字与京音有别：是 nān，而京音是 ān，无 n 的开口声母）。

所以，"细谙则深有趣味"，是要"看官们"仔细咀嚼那"近似而实非荒唐"的文字背后的意味，方能得其旨义与兴趣。

127. 曹欣令人费解

曹欣应是曹寅之侄，曹宣（荃）之三子。楝亭诗中有"喜三侄顒能作'长幹'画梅"，为之题句，有"压卷诗从笨伯来"，风趣可想。但此侄是派在宫中当"茶上人"的，主管饮食。康熙五十五年，他将太子的食物做得和皇上的一样，得了罪愆。由这件事，可以体会到当时太子胤礽的地位，宫内包衣服役之人对他的巴结——盼望等他继了位，得个好待遇。

曹欣有了过失，反映了当时太子的骄纵，手下一伙人的势焰——过早地把他就当成了"圣上"对待。康熙虽然宠爱太子，却理智清醒，不许宫内"包围"者如此献媚，那会断送了他。

令人费解的是：这个巴结太子的曹欣，本该是胤禛一党的"对方"之人，如何胤禛成了"雍正皇帝"之后，他却又得了雍正新皇帝的信用呢？档案记录分明：雍正到腊尾"赐福"，曹欣以一个茶上人而荣列名单之内。而且，又赏了他坐落在烧酒胡同的住房。何其示爱耶！

文献无征，任何臆揣都会远离史实。今姑寻绎细微的蛛丝马迹，以供参酌。当曹寅、曹颙父子相继病逝，康熙责成李煦会同曹族人等从曹荃之诸子中选一过继子，而曹寅遗孀维持门户时，曾说"他弟兄原不和"的话。如此可推，家门之内久存矛盾，而胤禛为了谋位，广布密探，窥伺父皇言辞行动，于是遂以小恩小惠收买了曹欣，从他那里打听一些消息线索。须知，茶上人是皇帝最亲信者，他与宫中动静闻见亲切，是最好的"知情内线"。由于曹欣渐次与胤禛来往，得其宠任，有助于他的谋位，所以登基后，仍不忘"报答"。

但曹欣寿命不永，至雍正某年而卒。其中是否另有缘故？留一疑题，有赖于来哲考索解答，亦未必所关不大而可以置而不论也。

128. "木"——楷

欲解《红楼》之"梦"，不能越过"木石"这一关卡。石，不成一个问题，一切落在"木"上，道理已再清楚不过了。

书中写了哪些木？有柳、梨、杏、桃、榆、棠、楂。其他不见明文的，自不在此刻话下。柳，是"绕堤"的，周护怡红院的，二者最显。梨，应在梨香院，但探春那院有梨树。杏是李纨住处为主景，当然"杏子阴"也另有其树。桃树是宝玉读《西厢》时的主景。榆见于《葬花吟》（也有李树，不另举）。剩下的，就是棠与楂。

棠，有特写，见于贾政等初入新园观景，实为后来怡红院之地。楂，则在中秋夜联句中湘云的诗中，并特加说解。这样，柳、榆、李，皆一般性写及咏及，无特殊含义。杏在嫂院，梨在妹院，也不在话下。那么，发生了重要关系的，恰恰就是棠、楂二者。

对那海棠的描述，人皆熟悉，不必繁引。楂，则需说说上一回，请听湘云七十六回的话——

　　幸而昨日看历朝文选，见了这个字，我不知是何树，因要查一查。宝姐姐说不用查，这就是如今俗叫做明开夜合的。我信不及，到底查了一查，果然不错。……

湘云特作此语，只是为了她要押这个字韵脚吗？那就太简单了。

楂为合欢花（树）的本名，异名又叫马缨花，乡人口语则呼为"绒花树"。曹寅的诗曾云"节气馀萱草，庭柯忆马缨"，证知雪芹老家院里确有合欢树。在《红楼》书中，则是第三十八回菊花诗会中，宝玉说便命"将那合欢花浸的酒烫一壶来"。

为什么单单在此时特饮"合欢酒"？就正是暗喻：十二首"菊

谱"实为借花纵兴——歌咏宝玉、湘云二人重聚的重大情节。

再看看脂砚的批语吧,她在宝玉索合欢酒时批道:

> 伤哉,作者犹记矮𬒮舫前以合欢花酿酒乎? 屈指
> 二十年矣!

这就是说:合欢酿酒,实乃雪芹、脂砚二人幼时情事——即是一种"前盟";写入书中,就名之为"木石前盟"了,这"盟",果然历尽艰辛苦难,终于成为"姻缘"。

楂在第七十六回联句始出,似"始"而实为二次点题了——其首次即是第三十八回《菊花诗》时特笔预伏。那是写湘云方将诗题十二个绾于壁上待人来"占",这时黛玉偏要喝酒,斟得后是黄酒,宝玉见此酒不能解黛之胃疼,即命另烫一壶合欢花浸的酒来——脂砚亦即在此处忆旧加批。此酒本为湘云而设,却又偏偏不写湘云要饮,那就俗甚了! 笔法狡狯,故将此酒先令黛、钗二人各各先饮了一口,此笔妙甚,所谓处处"蒙蔽读者"是也。

所以,要解"木石"之盟,全部书中就应在这个"楂"字身上,已无疑义。至于那"盟"呢? 另篇有所交代。

129. 废太子胤礽遗诗窥豹

康熙废太子胤礽,生于康熙十三年五月初三日。这让我想起雪芹笔下写五月初一至初三时元春命家人打平安醮的好日子,又

有"榴花开处照宫闱"的诗句（判词），于是先就注目于太子咏榴花的这首七律：

> 上林开过浅深丛，榴火初明禁院中。
> 翡翠帘垂新叶绿，珊瑚笔映好花红。
> 画屏带雨枝枝重，丹灶蒸砂片片融。
> 独与化工迎律暖，年年芳候是薰风。

此诗平平，中间颈腹二联无甚可观。可注意者为起结两处，气度显示出不凡之内中另有含蕴了。

这是因为，胤礽生下来的第二年就封为太子了，到他能作此诗时，自然心中怀有日后即为"九五之尊"的志趣情怀了。正因他见榴开而思及自己的身份地位，则越发令我总是疑心元春判词中的"榴花开处照宫闱"之句恐有特别重要而尚不为人知的秘密情节，而在此情节上，若不能考明索清，终究读不懂《红楼梦》的"家亡人散各奔腾"这一大结局、大悲剧的真实原委。

事情本来十分奥妙神秘，而"红学"的学力目下还如此薄弱肤浅，让人徒唤奈何而无能为役。实感惭愧。

元春"娘娘"单单命令在五月初一至初三，在道观打"平安"之醮，是为了谁的平安无事呢？这说明此人此际，却正处于"不平安"的境中啊！这里面事情可就大了，不是什么琐情细故而出于特笔——雪芹总是如此的。

娘娘归省，众亲齐集，独湘云不与。娘娘打醮，又是东西两府阖家出动，大典也是空前，可又是湘云独不出场。然而"双悬日月照乾坤"的句子（暗示当时有两派势力争夺皇权，见李白的诗）却偏偏由她口中道出。更奇的是，在她同一牙牌令的答词中，就又有"御园却被鸟衔出"的另一惹人瞩目的字眼，何等奇怪！难道这都是雪芹的闲文赘墨，毫无所谓吗？何也？何也？岂不怪哉，岂不有待研索一番？这绝不能说是"多事"，是"穿凿附会"吧？

太子另有咏"桔灯"的诗让人想起"樯木"来——须知，书中提到"樯木"时，恰好说明那是"义忠亲王老千岁"坏了事，失败以后遗留下的棺木。他又有咏雪月的诗，一联云："蓬海三千皆种玉，绛楼十二不飞尘。"何其清丽可诵，岂是凡才——然而也和《红楼》中文句暗连牵带，总让我感到不同等闲。

130. 秦人旧舍

雪芹写《红楼》一书，用笔最慎，然而也有时用特奇笔，将最"慎"一下子变为最"不慎"，却胆大包天，"舍得一身剐，敢把皇帝拉下马！"叹为罕有——

那是第十七回，园子刚刚竣工，贾政"验收"，顺便"试才"，考验宝玉的风流才调。众人游赏到"蓼汀花溆"这一奇景之处，只见上是石梁渡水，下是水深数丈，萝薜倒垂，落花浮荡，清幽寒僻，异于寻常境色，于是贾政便又问："诸公题以何名？"先是一清客相公提议，用"武陵源"三字。贾政嫌它不好（旧词直用，平板乏味）。随后另一相公即云：不如用"秦人旧舍"四字。

这可真吓人！

宝玉还没等严父发言，便"忍俊不禁"了，说："这越发过露了！秦人旧舍说避乱之意，如何使得？"列位看官、朋友：你看了这短短几句话，有何感想？这是天摇地动之"逆词"呀！——不是宝玉之"逆"，是雪芹之"反"！

第一，雪芹首次透露：全书不乏"过露"之痕，但还有意让它莫太"过露"，这种笔法表面好象作者自己谨慎勿太过露，然而实际效果正是他点醒与读者：在此我却有意"过露"一下。

第二，在此处特笔点破"越发"之例，似"批评""制止"，实际正是"反言为正"，告诉天下人：这部书中含"避乱"深义。

"寻得桃源好避秦"（谢枋得之句），桃花源中人原是为避秦政而隐居在此的——但他们从朝代而言，又只好算是"秦代之人"。四个字的微妙关系复杂曲折，勿以陈词俗套观之。

摆在《红楼》读者面前的问题是：荣府贾家，修园迎驾，他们"避"的又是哪个"秦"？须知，修园时，乾隆尚在"东宫"（太子所居），尚未登位。这儿避的当然不是乾隆了。于是"秦"字的含义可就妙上加妙了。"秦可卿"为何单单姓秦？她也是"避秦"而又属于"秦代人"的特殊身份。

此外，大观园之地本为"秦人旧舍"，也顺笔说穿点破了。

话说回来：难道在贾政身边的文士们，真的连那个避乱典故的大忌大讳也不懂吗？笑话一段——人们总担心研《红》中把"小说和历史混淆"了。这可也够个"杞人忧天"了吧。谁那么低智？但雪芹独擅的一支笔却正是在"小说"外形中"偷运"而注入了"历史"。这根本不是什么"混淆"的问题，那是片面、肤浅的糊涂话。

雪芹首次提出"正邪两赋"的命题时，所举人物首位是许由，次即陶渊明，三顾虎头。他的"暧暧远人村，依依墟里烟"，由钗黛菱三人讲诗时，引出陶公不为五斗米折腰，不满东晋的社会官场，几次辞官，要求回家种地。陶公的这种精神也影响了雪芹，所谓"羹调未羡青莲崇，苑召难忘立本羞"（张宜泉咏雪芹之为人）者即是此义。因此，陶公的《桃花源记》也影响了雪芹，是情理中事。

但如今问题则是：《桃花源记》向来之论者解为"理想世界""乌托邦思想"云云。因此即又有人将"大观园"作如此如彼的比喻。但若仅仅如此，单 比附，就又失去了《红楼》笔法的独特性。陶公作《记》，自然含有不满于他所处的东晋政治社会，假使雪芹也不过只此一层而已，总以这种"一般化"目光和态度去理解《红楼梦》，这才自身陷于"一般化"，反而批评别人是什么"考证派""索隐派"，那实在是既不明"考证"为何事，也不懂"索隐"又是哪般了。

雪芹特地在应当"颂圣"的时刻，先出一个"桃花源"，再出一个"秦人旧舍"，而且更加特别令人"瞠目"的"越发过露"一语，真所谓："一之为甚，岂可再乎！"他居然公然地"再了"起来，此中况味，难道还不能领略一二吗？

"秦人旧舍"之例，回答了那些杞忧的好心人。

正是：

文曰避秦实未避，翻言旧舍"旧"尤奇。

[附记]

"秦人旧舍"出现在试才题园的正文中，其重要性可谓至巨至显。"秦人"义实应解为"避秦人"耳，勿被瞒过。

拙考大观园遗址在今之"恭王府"，其后园石上有二镌印，文曰："鹏腾"，又曰："馀生老人"。此印文之含义尤堪玩索。"秦人旧舍"是小说家曹雪芹的"政治语言"和"荒唐密码"。曾有人将大观园解为"理想（干净）世界"，差以毫厘，失之千里矣。

131. 读《红》似水须寻脉

我于1953年从华西大学调往四川大学（当时"院校大调整"是教师"思想改造"运动的结果的一个重要步骤，华大改为医学院，外文系留在成都任职的我是唯一例），很快和历史系名教授缪钺先生成为忘年之交。1954年我奉中央特调回到北京，缪先生想念我，作诗寄怀，中有句云"读书似水能寻脉，谈艺从今恐鲜（xiǎn）欢"。上句夸奖我读书治学的一项胜于他人之长处，下句则因分别后能相与谈文论学的人少了，因孤寂而自叹慨——如今我借其上句来说明我们欲读《红楼梦》，也需先看清其间的脉络，然后方能领略旨意和情味。

那么，依我看来，《红楼梦》之脉又是如何呢？我今试从几个层面来讨究这个至关重要的"似水"而"寻脉"，窃以为，如能"寻"得理路而不致太差，则于我等理解这部伟著奇书大有帮助。

我先提一个"总纲"，叫作"一条大脉络，两个水源头"。何谓"大脉络"？请你耐心听我一讲——

我们中华文学史上有四大小说名著，《三国》《水浒》《西游》《红楼》，已然是海内外世界公认的文化结晶，我们自己有过"才子书"的称号，也又有"奇书"的盛名。这四部书，从现象上看，谁也不挨谁，各自为政；实则一经细谙，内中即有一条民族文化思想大脉络，叫作"三才"理论，即天有天之才，地有地之才，而认为人是"天地之心""万物之灵"，所以人更有"人之才"，至为宝贵。

此才，不是狭义的"文才"，比如吟诗作赋，书画写作等等，是广义的禀赋之才能、才干，故亦称为"才具"。俗话可以说成是"本领""能耐"。古人认为天之才表现为云霞雨露，寒暑风雷……地之才表现为山川奇秀、物产丰盈，万般千品……而人之才则表现为才华智慧，气度功能，道德经验，丰功伟业……

因此，即可晓悟一层道理：《三国》是写帝王将相这类的人才；《水浒》一变，转而要写的是被诬为"强盗"的江湖"绿林""草莽"这类的人才；《西游》又开拓一步，假借"神话"而写出异样的孙悟空式人才。有了这三层的文化文学基石，曹雪芹于是一"反"前贤的铺垫功劳，来了一个大"突破"：立志要写闺门妇女的出色人才。所以，"人—人才"是这条大脉络的总纲要领。

然而，问题并不到此为止——"人才"的大主题虽已提出，却只是事情的一半。还有后面的一半，就是这些可喜可爱、可亲可敬、可珍可贵的人才的命运。他们，她们，当时的历史处境是怎样的？后来的结局又是如何的？列一个"程式表"：

人—人才—人才的命运

这个程式是认识理解四大名著的总钥匙。但我们此刻的主题是要读懂《红楼梦》，因而又要再讲明一点:《红楼梦》既是那些大脉络的接承，而又是两个"水源头"的结合点。

此话怎讲？试看——

《水浒》的故事情节是一百单八条"绿林好汉"的"才"和"命";《红楼》则正是要与它"双峰并峙，二水分流"，专门来写一百零八位"脂粉英雄"。这是一个"源头"的显示。

另一个"源头"更奇!

你看:孙悟空是怎么"诞生"的？是花果山、水帘洞的一个"石猴"! 好了! 这就明白了:贾宝玉是怎么"诞生"的？正与孙悟空为"对":

花果山—水帘洞—石猴

大荒山—无稽崖—石人

你看有趣无趣？一个伟大作家的智慧思维、才情联想，就是这样"进行"的。

《水浒传》和《西游记》——再到《红楼梦》

那么，孙悟空和贾宝玉太"不是一回事"了，如何能扯在一起？岂非"奇谈怪论"？请你"少安毋躁"，且再细作思量。

孙悟空是个什么"人"？是半妖半人——亦即半邪半正，与其他人才不同。贾宝玉又如何？恰好他是"正邪两赋而来"之人，这种人，其聪明灵秀之气在万万人之上，而其乖僻顽劣又在万万人之下（第二回贾雨村与冷子兴之维扬郊外酒肆谈奇）。

妙不妙？文心匠意，脱胎换骨，就在于雪芹这位奇才的神奇运化!

雪芹写了一百零八位女儿。他自言，她们虽是"小才微善"，比不上蔡女（文姬）、班姑（昭），却又"其行止见识皆出我之上"，使他十分惭愧。正因不想泯没这些女儿之才之善，方才立誓要为她们传神写照。这就是《红楼梦》的来由——亦即全书的总题目。可是，这些女儿后来怎么样了？

说来令人坠泪：一个个"家亡人散各奔腾"。

这是何故？

读雪芹之书，要看他用笔措辞，皆在深层而又警策，留与人善察而能悟者，方得其味。提醒你：第五回幻境中宝玉阅簿聆曲，其中于巧姐有云："事败休云贵，家亡莫论亲。"这与凤姐所云"家亡人散各奔腾"呼应，但家亡之真原因亦已点破：那是由于一个"忽喇喇"的"势败"！

什么"势"？区区一个荣府贾家，不过是个"员外郎"的微官，又有何"势"？其语可思。再看元春告诫贾政之语："天伦呵……须要退步抽身早！"这就分明，两府正在卷入一个致命政局旋涡中，如若他们所"附"之"势"一旦失败，立即招致抄家灭门、家亡人散之大祸！

其实，这场"双悬日月"的政治大斗争，早已于第二回冷子兴、贾雨村酒肆对话中揭出了："依你说，成则王侯败则贼了"——"正是这意！"所以那回的回前诗也就告知于读者："一局输赢料不真。"说的正是这场生死搏斗。而所谓的"荣国府"，就处于那可怕的"局"中。

及至叙到秦氏可卿临危，梦中诀别凤姐，指出不久即将大祸来临，抄家没产，子孙流落——即"家亡人散"的预兆，而这都"应了那句树倒猢狲散的俗话"者，那"树"并非贾府本身，是其所"附"之"势"：康熙帝与其太子胤礽一系的政治之"势"也。

雪芹写了家亡人散的根本缘由，重点将众女儿的流离失散，敷演成了一段故事，用"荒唐"之言，写了"辛酸"之泪——字字看来皆是血，何其深悲而大痛哉！

雪芹原著八十回后遭毁不存，也还是由于那个"成则王侯败则贼"之根本原因。我们认为：要真正读懂雪芹这部独特的书，尤须以独特的科学考证方法来揭示，这就是《红楼》寻脉的意义之所在。

家亡人散，雪芹所悲，一百零八名，也仍只是个象征之虚数，其意更在于"千红""万艳"同一命运——君不见书中有诗云"……白骨如彼忘姓氏，无非公子与红妆"，亦此意也。群芳饯别，正所谓"花落水流红"，此方是《红楼》一书总题大旨。

当日，大石苦求二仙携入红尘者，原为渴望去"受享"一番，不料入世之后，方知人间并非享乐的天堂——这才痛惜天地间真、善、美的毁灭是最大的悲剧；而且无论任何道德教训也无救于这种悲剧——政局之"势"的株连的无辜之儿女，是无从祈求什么仁心慈意的，孔圣、观音亦难挽救。

于是，他在历尽辛酸之后，悟出一条道理：人与人之间需要的是"情"。如有真情实意，则"达诚申信"，则人间苦难俱可获得交流、感应，彼此以情体贴，以情慰助，庶几可望较胜于儒道释三家圣训的功能作用，使最可宝贵的真善美永驻人间。

雪芹的这一胸怀主见，有现实意义吗？岂不是空想，岂不是徒愿而已。但是，雪芹写一部《红楼梦》的精神价值，正在于此。他的"自传"［带有自传性的小说］之伟大，并不因"现实意义"有无大小而表现为"市价"高低，那是永恒的、不朽的，因为那是中华民族精神升华的体现。因为，在雪芹看来，仁义、道德、慈悲，都只是一个"命题"、一种"思念"，是"空壳"——其所需要的正是一个真实的"情"字：有了情，道德、伦理，才有真实性、真功能可言，不然者，就是以"假"作"真"了。

"大旨谈情"，真义在此。

乙酉小阳春匆匆草讫

骥尾篇

——说说"红学"的热闹

2004、2005 两年，"红学"显得很是热闹。这热闹现象，有不少媒体说成是个"热潮"，而且是我"掀起"的。这倒有趣——假若我居然有这种"能量"能掀起一场红学热潮，那可太了不起了，我何其荣幸哉！然而这可以当个"热门话题"来闲话一番，却不可以认真当作"史实"。这也许是由两本拙著小书引起的：先是《红楼小讲》，后是《红楼夺目红》，出版界见它们卖得好，读者欢迎，都想印我的书稿。这么一来，读者爱读，印者愿印，我岂有"超然物外"的雅量？自然拿出来的新、旧"红"文就"多"了——多得让人家又生气又嫉妒［按，此时红网上的一篇评论内所指出的］，颇有微词。而我如今不但不知悬崖勒马，反而又拿出一本《别样红》来，可谓变本加厉，迷不知返之至！

惭愧惭愧。

《夺目红》和《别样红》，都是我喜欢写的"随笔红学"书。我不叫它"红学随笔"。为什么？二者似同而有别，即各自略有侧重，后者重在"文体"，而前者重在"内涵"。不论是否真像随笔，终究是想用不同方式来讲我的研《红》惜《红》的若干见解，寻求知音同道。所以，"红学"始终是核心；如果改成"红学随笔"，那就该我是个"随笔专家、大家"，平生擅长随笔文章，各种主题者全备，而谈《红》的只不过其中之一种罢了……事实并非如此这般。

有读者朋友问："红学"是什么？你为什么爱上了它？你又是怎样做法的？我说："红学"的定义、"界定"，至今还未"定"下来，纷纭得很呢！我只能回答我自己认为的，"红学"是确指什么、范围何若、意义何在；绝对没有资格来回答其他专家们都是怎么理解，如何"定"义"定"界的。

谈到我自己的红"学"，那可不易措辞——远不如卖瓜的老王，那么大方磊落、理直气壮，敢向来买者直说"我这瓜最甜最香……"没那么"大言不惭"的精神气概。文人嘛，传统上要自谦，开口须是"拙文""小著"怎么不好、不妥、疏陋、错失……大约您也早有所闻：我的"红学"是"胡适考证派"，主张的是"自传说"，即曹雪芹的书是写他自家（而非写张三李四，另姓他人）。这个"派"和"说"是遭人反对，受人批判、攻击（乃至讥讽辱骂）的。同情、支持、呼应、发挥的，不是没有，但在人数上讲，那比例是太小，太敌不上人家反对派了。

这可就没什么值得效颦卖瓜老王了。您如多翻几本论《红》之书，就会发现我的贱名常与胡先生的大名联在一起。是光荣的事吗？还是不大光彩的"关系"？这就又有了截然不同的两种目光。

有一种意见认定我与胡适的"红学"一个样子，只是沿袭继承而已。然而也有不同估量，2005 年 11 月《光明日报》上发表辽宁师范大学教授、红学家、评论家梁归智先生的文章《红学情结二百年》，文内指明了我与胡适的几个很不一致的要点。看来，不拘哪个"命题"上，都会遇到真知灼见和隔靴搔痒的巨大分歧。

"自传说"又如何呢？

这是多年来围攻的最主要的目标，其攻击的词句也最是激烈精彩迭出。到如今，我还是四个字：知愧——不悔。

什么叫"自传说"？是"坏东西"吗？主张曹雪芹作书一反从来是写别姓他人的传统常例，胆敢以自己"面世"，胆敢在万目睽睽、百口诽谤之中而"现身说法"，这是自有章回本小说以来的最勇毅、最神奇的大智大勇者，如何"自传"却成了恶名以至罪名？

"自传"之内涵本旨，不自胡适始，清代早有"自况""自寓""夫子自道"……的多位窥破者。他们都不是从"考证"上得来的，一律是读书、感受、体会……而获得的领悟。这是人类在文学艺术上具有五官以上的"第六官"之问题。有人就是不承认，只因无此六官，感受不到。

我初读《红楼梦》，诵其诗句："此系身前身后事，倩谁寄去作神传。"便觉这种语气口吻，早已告知人们：他是自写自己的经历——这儿有什么"考证"？须知考证不过是一种"佐证""参证"，增加所感之信服力而已。

在反对"自传说"上，所指或攻击我的条款又是哪些呢——

一曰"实录主义"。二曰"贾、曹互证"方法之谬。说这是对文学原理、创作艺术的错误看法，违反科学……

还有其他，暂可从略。

单就"实录"来讲，来由是我在1953年初版《红楼梦新证》上的一句话。这句话，不断为人引来引去，作为"话柄"，成为诟病（乃至辱骂）的核心要害之点。我也自忖过：在1947、1948年间我还是一名在校学生，学浅识陋，对《红楼梦》的认识说了这话，不管多么错误可笑，竟会受到海内外大雅专家学者的如此重视，实际上正是一种特殊的光荣，又有何不然之想？赞成者、反对者、攻击者，都是关注，太瞧得起我了，所以心平气和、衷怀感动。

在事情的另一面，我也不妨提醒一句：五六十年前的一切事，那时的用词习俗与概念含义的纷繁异致，与现时的"规范"是大有距离的。单是"实录"一词，在文人散论杂作中时常可遇，比如说到某人某语，不虚不妄，得其实际，就评之曰"……亦实录也"。这与君主专制时代每一皇帝死后要撰"××××实录"的是按年月排次其重要政迹，是不必都画等号的。那种"实录"，到底"实"否，史家们亦有不同的"史笔"技巧和作伪骗人的手段。那和文家的常言"实录"之义，是两回事。

至于再到"生活实录"这个词句上，事情就又多了一层"缠夹"。首先就牵涉到如何理解"生活"这个前题字眼。"生活实录"不是指"日记"，是指人们的"活动"的情状之真面貌。你看：雪芹笔下，府里府外，几百口人，上下尊卑，衣食住行，喜怒哀乐，风俗礼节，言语行动，年时节令，文化诗词……无一不是写出了当时人们"类""群"中的种种"关系"，这就是"生活实录"，当时就是那么个样式——而不是说那都是"开账篇""写日记"。我说是"精裁细剪的生活实录"，又说明了"穿插拆借""渲染夸张"等等手法，乃"小说家之故常"，这是文学艺术的规律，本用不着再去赘言了。

请勿厌烦，再听我重复一句：这些"随笔红学"小文，一点儿也没"离开文本"，更非"改变"了我研《红》的路向与性质。这正是对"文本"用心"考证"的结果之申述，只是想把文体风格略为变换，使之更为"自由自在"一些，如此而已。

说到这儿，又不禁联想到我的"考证方法"的问题。我曾评友人读《红》，"盖莫能悟"，于是也有人加之责难，说治"史学"靠"证据"，不是靠"悟力"。这话，表明了那人的学与识的品位。老实说，将"证"与"悟"对立起来是个治学史上的笑话。我们中华学术传统，自古最重的是"究天人之际，通古今之变"。那"究"与"通"，全是"悟力"高的方能获有的过人之成就。比如，治史撰史，也讲"通史"，这个"通"，就掌握了文献资料、一切"证"明之后，更须辨"证"之真假是非，更须"悟"其字句的表层与内涵的"距离"与关系，只有这样方能"一旦豁然贯通"。我们自古尊仰的是"通儒"，而不是"不通""次通"的陋士。我的"方法"只是边证边悟、边悟边考、证中有悟、悟中有考。二者何尝有丝毫的割裂与"敌对"？

更可异者，也有人把历史文件、书面档案之类当作了"史学"，以为史学即是"档案学"。这就更让人啼笑皆非了。

"红学"到底是什么？它从何而生？为什么要研治这门"学问"？读者朋友们向我提问，我是这么回答的："红学"发生于曹雪芹亲口告知我们的几句"大白话"："满纸荒唐言，一把辛酸泪。都云作者痴，谁解其中味。"人人背诵已久，滚瓜烂熟了——而不知这就是"红学"的所以发生，以及随之而来的一切"麻烦"。"荒唐言""辛酸泪"，听起来是无法"调和"的两"方"，怎么也不好解释，雪芹却偏偏将它们"牵扯"到一起的。只因要读懂《红楼梦》，特别是那其中之"味"，就必须先研究破解"荒唐言""辛酸泪"各各何指，而又紧紧地连在一起，成了一件事的"反正面"。这就是"红学"。

那么，此学又从何入手？也是雪芹的大白话告知我们的：他将"真事隐去"的真事，究竟又是何事？而此"事"也就是他亲自"经历"的一番"梦幻"（故意的反词：名为梦幻，正是真实——即那"隐去"的"真事"）。

拙著所展示的研考之结果，乃是明、清史上的几个大阶段：一、明末清（那时避"金"）初，雪芹祖上在辽北铁岭卫地区被俘，成为满洲皇族的"包衣"，即家奴。二、"金"军入关，建立满朝。雪芹的曾祖母，曹玺的夫人孙氏成了顺治皇帝之三子的教养嬷嬷，俗称"保母"，于是家族身份抬高，而且与郡王、尚书等贵族高官联姻结戚，成为"皇亲"富贵之家。三、康熙十四年，即立胤礽为太子，时方"两（虚）岁"，老保母之家自然又需管照太子的一切事务，重要的特殊家门，繁难无比。四、时至雍正（胤禛）阴谋篡夺皇位，陷害了太子，于是视曹家为"太子党"一伙，称之为"奸党"，遂一意寻衅，以治其"罪"。此雪芹自幼遭到首次巨变。五、再到雍正暴亡，乾隆即位后，胤礽之长子弘晳欲报父仇，又图谋推翻乾隆而自立（以续康熙之"正统"）；不幸曹家又被卷入这一政局旋涡，因而又遭再次的株连巨变。

雪芹后来的生活和创作两方面的特殊处境（物质的和精神的）

都由此一番"梦幻"而决定，而发展，而感受，而以文学艺术的"载体"来表达、表现——这才成为一部千古罕与伦比的小说。

孟子早就晓示于人："颂其诗，读其书，不知其人，可乎？"所以必须先知其人，并且为了知其人，又须论其世。"知人论世"，即是中华文化的一条非常关键的原则纲领，无论评文治学，都要遵循这条康庄大路。

——"红学"者，目的就在力图弄清曹雪芹用"荒唐言"写出的"辛酸泪"，既见其外形，又晓其内在，合起来方能真正读懂了《红楼》，懂了的同时也就领受了那个难以言传的"味"。然而，有专家又说了，雍正"整"曹家是"经济原因"，"与政治无关"，而且雍正做了皇帝是正当的嗣位，与谋夺无关云云。

这种"史识"只看见山东巡抚说曹𫖯的坏话，劾奏其家人"骚扰驿站"，讨好雍正……这主张只能相信这四个字的"证据"，方是"史学"……其实康熙朝六十一年，曹家的人，诸位皇子天天都有人在办事路上"骚扰驿站"。这是"陋规"（即官场沿袭的不合理章法），谁也没见有人"参他一本"，并抄家没产，家亡人散。如果"史学专家"都如此"治史"并"评红"，自然我这不学之人的著述，就都一文不值了。真是惭愧煞人。

"红学"是解读《红楼梦》的一个手段、一个步骤，解读之后，再深入体味领略那"荒唐言"的文学艺术之特色奇香，乃是第二个步骤的事情，二者倒置了，甚至以为"红学"妨碍了、"有害"于领略感受这部书的艺术审美，因而，对"红学"投以异样的眼光，加以误会的罪名……这不怪人家，还是真正的"红学"工作没有做好，只能责怪自己，"于人乎何尤？"应如是检讨。

"红学"所包含的，其实也不是只有"史学"与"考据学"。我的小书，并非"红学专论"，不过是在将一些小文结集时，乃因所闻所感而随手写下了这一漫谈，因为这也可归于"随笔"的样式，就存之以待将来删定吧。

乙酉九月十七日草讫

卷尾赘言

新稿《红楼别样红》，因百般冗杂，拖了很久，如今终成卷帙，得以付梓，衷怀异常欣慰。然而快慰之余，又不免含有谦怀的感想，这种感想虽是自己的事情，却也不妨向读者陈述一番，总之是为了交流，为了切磋，归根结柢，还是我们双方的事，不是单面的什么"大道理"。

感想之一是为文治学，务必努力求进，停滞不前，陈词滥调，是个大忌。出一本书，献于读者学坛，题目可以似旧，内涵到底要给人一点较为新鲜的思想见解，即过去没有的读书研讨的心得创获。假使没了这，就再出十本百册，也就终归浪费了，于人于己，两无好处，只增愧怍而已。也不能凭自己"大言不惭"，是要请读者给予评量的大公无私的问题。

感想之二是深叹自己的能力太不够了——这个"自知之明"不是什么谦虚的事，而是能力水平与理想愿望之间的矛盾日益增大的严重问题。年老目坏，表达能力毕竟是衰退而不是进步。自知文笔越来越不行了，这表现在文字的粗率平庸、寡情少味。

感想之三是自己写得快，忘得也快——当女儿们为之录入时，多处自己看认不清，无法"救治"，因我自己也无法记忆辨认了，实不得已，只好割掉，放弃了当时写作的若干重要语义——因为越是"文思泉涌"之际，笔下的字必然越发拥挤重叠，以至于不可卒读。这明明是一种损失，却只能"眼看着"它成为废纸。若说心里不自惜，那是欺人的旷达之言罢了。

感想之四是恨不能回归青春茂年，重新开始"红学"，再打"基础"。慨叹所生所历年代多属不安，早岁失学，而误入浮薄一途，即自身学识还十二分可怜之时，却不知先自励自重，时常犯了"勇"于评人的大病——此乃学人之大忌"狂妄"的根由。今日反省，何其蚍蜉撼树之不自量也。当然，此与时代风气有关，与教育素质更是一气相连的"流行病"。今略作检讨，或可为新秀后贤作一殷鉴，则不胜幸甚。

只因这么一本小书，在卷末提到这些杂感，也许又是节外生枝、画蛇添足了吧？天下明眼人自能审断，我愿大家多敦品行，多做与人为善的君子，多多贡献自己的新成绩，嘉惠学坛，方是中华文化之幸，民族学术之光。

　　　　　　　　　　汝昌记于铸梦楼，丙戌中秋佳节之夜

方才重读了一遍卷尾赘言，看到"丙戌中秋"四字，不禁心中又有感触。那时已是拖了一年之久，不能乘着大家对《红楼夺目红》的高涨兴致而及时问世，谁知此刻又已是"丁亥中秋"已过，重阳将至了，令人感慨系之。若问何以一拖至两年之久？原因很多，最主要的是工作条件太差，助手缺少。女儿们的生活家务、文化社会交往，使她们负担过重，忙乱已甚，还要加上帮我做这种非常复杂的学术研著和出版的重任。我对女儿助手所付出的辛苦劳动心又未安，在此记下几句，希望读者勿为题外枝言，即觉有些絮絮，还望多谅。

丁亥重阳节前夕

图书在版编目（CIP）数据

红楼别样红 / 周汝昌著. -- 北京：作家出版社，
2025. 3. -- ISBN 978-7-5212-3257-8

Ⅰ. I207.411

中国国家版本馆 CIP 数据核字第 2025BV4905 号

红楼别样红

作　　者：周汝昌

整　　理：周伦玲

责任编辑：刘潇潇　单文怡

装帧设计：书游记

出版发行：作家出版社有限公司

社　　址：北京农展馆南里10号　　　邮　　编：100125

电话传真：86-10-65067186（发行中心）

　　　　　86-10-65004079（总编室）

E-mail:zuojia@zuojia.net.cn

http://www.zuojiachubanshe.com

印　　刷：河北京平诚乾印刷有限公司

成品尺寸：142×210

字　　数：263千

印　　张：11.75

版　　次：2025年3月第1版

印　　次：2025年3月第1次印刷

ISBN 978-7-5212-3257-8

定　　价：58.00元